Prolog 11.05.20 Samstag

Locker war die Erde. Locker und durch den tagelangen Regen aufgeweicht. Die Schaufel fuhr wie durch Butter durch den matschigen Boden. Es war lange nicht so schwer, wie es in den Filmen aussah, eine Grube zu graben, die tief genug war. Jetzt setzte auch der Regen wieder ein. Das war gut. Er würde die Spuren verwischen und die Nasen der Spürhunde verwirren. Noch eine letzte Schaufel, dann war die Grube tief genug. Ein größeres Problem stellte das Hineingleiten des Körpers da, ohne ihn intensiv zu berühren. Ohne in die noch offenen Augen zu blicken. Ohne seinen Geruch in die Nase zu kriegen. Mit einem dumpfen Aufprall fiel er in das matschige, feuchte Loch. Ein einfaches Erdloch, das sich soeben in sein Grab verwandelt hatte.
Dann wieder die Grube zuschaufeln. Schaufel um Schaufel nasser Erde. Auch das war so viel leichter. Eigentlich war alles leichter, als es im Film aussah. Selbst ein Mord. Nur auffliegen durfte man nicht. Denn das passierte im Film ebenfalls viel zu leicht. Und vor allem zu schnell.

1. Kapitel 12.05.20 Sonntag

Liebe ich ihn? Liebe ich ihn nicht? Liebe ich ihn? Liebe ich ihn nicht?... Aufmerksam betrachtete ich sein schlafendes Profil von der Seite. Er war durchaus attraktiv mit seiner geraden Nase, dem lockigen blonden Haar, das ihm bis auf die Schultern fiel und seinen blauen Augen, die es schafften, mich fühlen zu lassen, als würde ich auf einer rosaroten Wolke spazieren. Allerdings konnten sie mich auch so eisig und abschätzig mustern, dass es mich fröstelte. Leise stand ich auf und huschte in die Küche. Meine Eltern waren dieses Wochenende zum Glück zu meiner Großmutter gefahren, um zu sehen, wie sie drei Wochen nach ihrer Hüftoperation zurechtkam. Allerdings würden sie schon heute wiederkommen. Allzu lange hielt mein Vater es mit seiner Mutter nie aus. Ich hatte nicht mitkommen müssen und das war mir auch ganz Recht. Bei Oma war es schrecklich langweilig. Also war ich zu Hause geblieben und konnte Zeit mit ihm verbringen. Ich stellte zwei

Teller mit Besteck und Tassen auf den Gartentisch. Heute war der erste sonnige Morgen seit mindestens anderthalb Wochen ununterbrochenen Regens. Kurz schloss ich die Augen und genoss die ersten Sonnenstrahlen auf meinem Gesicht. „Was machst du denn da?" Erschrocken drehte ich mich um. Da stand er. Angezogen und mit seinem Grinsen, das immer etwas überheblich wirkte. „Frühstück", sagte ich etwas unsicher. In seiner Anwesenheit fühlte ich mich schon lange nicht mehr wie eine siebzehnjährige, selbstbewusste und durchaus willensstarke junge Frau. Vielmehr, wie ein verliebtes junges Mädchen, das von ihren Gefühlen hin und her gerissen wurde. Er schüttelte bedauernd den Kopf. „Sorry, aber ich habe noch was zu erledigen. Sehen uns bestimmt bald wieder, Süße." Dann drehte er sich um, verschwand und wenige Sekunden später hörte ich die Haustür. Verdattert stand ich da. Wie bestellt und nicht abgeholt. Wie ein dummes, kleines Mädchen. Wut machte sich in mir breit. Feuerrote und beißende Wut. Bei diesem Typen würde ich mich nicht mehr melden. Allerdings wusste ich, dass das jedes Mal meine Gedanken waren und sobald die Wut verraucht war, fehlte, er mir und ich sehnte mich nach seiner Aufmerksamkeit und seinen Händen, die stets ein glühendes Prickeln auf meiner Haut hinterließen. Mit einem Klicken stellte ich die Kaffeemaschine an, griff dann nach meinem Handy und wählte Laureens Nummer. Es klingelte und klingelte, aber niemand hob ab. Genervt warf ich das Handy auf die Küchenbank. Und sowas nannte sich beste Freundin. Lust zu frühstücken hatte ich auch keine mehr. Also trank ich bloß eine Tasse Kaffee, ging dann wieder nach oben in mein Zimmer und riss die Fenster auf. Drastische Maßnahmen ergreifen hieß es jetzt. Und während sein Geruch durchs offene Fenster verschwand, wechselte ich die Bettwäsche, an der ebenfalls sein Deo haftete. Anschließend probierte ich erneut, Laureen zu erreichen. Wieder nichts. Allmählich begann ich mir Sorgen zu machen. Es passte nicht zu Laureen, nicht direkt ans Handy zu gehen, da sie praktisch 24 Stunden am Tag am Bildschirm klebte. Es konnte natürlich auch sein, dass ihr Stiefvater, der seit circa einem Jahr mit ihrer Mutter verheiratet war, ihr es weggenommen hatte. Er war ein Mann, der gerne die Kontrolle behielt und behandelte Laureen immer mal wieder, als wäre sie sechs und nicht fähig, selbst zu entscheiden. Mir blieb nichts anderes übrig, als mit dem Fahrrad vorbeizufahren. Seit ihrem Umzug dauerte das viel länger, aber das war jetzt egal. Ich brauchte ein Gespräch mit meiner Freundin und die frische Luft und etwas Bewegung würden mir sicherlich guttun. "Was man nicht alles für ein Gespräch mit seiner besten Freundin tut", dachte ich, als ich das Fahrradschloss entsperrte und losradelte. Mit Rückenwind und Wut im Bauch auf mein verkorkstes Liebesleben, ließ es sich die lange Strecke deutlich leichter fahren. Als sich die Villa der Königs vor mir erhob, war meine Wut verschwunden und einer ordentlichen Portion Selbstmitleid gewichen. Laureen konnte sich wirklich glücklich schätzen in so einem Haus zu wohnen. Die cremefarbene Fassade bildete einen wunderschönen Kontrast zu den dunklen Dachziegeln. Die großen Fenster wurden innen von seidenen Vorhängen umrahmt, die ungewollte Einblicke verhinderten. Der Gärtner sorgte dafür, dass die Blumenbeete, Büsche und die Kletterrosen, die sich um das Haus rankten, immer gepflegt und ordentlich aussahen und der Teich mit den teuren japanischen Kois glitzerte blaugrün in der Sonne. Der Kiesweg, der zur breiten Eingangstür führte, knirschte angenehm unter meinen Füßen. Es wirkte, als hätte jeder Stein einen für ihn vorgesehenen Platz. Ich drückte auf das aus Messing angefertigte Klingelschild und wartete. Die Villa lag recht weit abgelegen von der Innenstadt. Ich wurde morgens von aufgebrachten Autofahrern oder lauten Kindern mit ihren Rollern geweckt und hatte den Geruch von Abgasen in meinem Zimmer, sobald ich das Fenster öffnete. Laureens Geräuschkulisse beschränkte sich lediglich auf Vogelgezwitscher und das zarte Stimmchen ihrer Mutter, die ihre Tochter gerne mal mit einem Frühstück im Bett weckte. Das einzige, was man hier roch, war der Duft der Rosen und der Äpfel des Apfelbaums, der vor der Villa prächtig gedieh. Eine Minute verging. Zwei Minuten vergingen. Niemand öffnete. Bevor ich ein zweites Mal klingeln konnte, wurde die Tür aufgerissen und Laureen stand im Türrahmen. Ich wollte gerade anfangen, sie wegen des erst nicht Rangehens beim Anruf und dann des mich hier draußen so lange warten Lassens, was man nicht tat, wenn die beste Freundin Liebeskummer hatte, zur Rede stellen, aber Laureens Anblick hielt mich davon ab. Ihre

Augen waren gerötet, das sonst glänzend blonde Haar hing stumpf an ihr herunter und sie machte ein Gesicht, wie ein verschrecktes Rehkitz. „Was ist denn mit dir passiert. Du siehst... Hast du geweint? Warum bist du nicht ans Handy gegangen?", sprudelte es aus mir heraus. „Es tut mir leid", piepste Laureen. „Aber Martin. Er ist weg." Martin war weg? Wo sollte ihr Stiefvater sein? „Beruhig dich erstmal", bemühte ich mich, sie etwas zu entspannen, legte einen Arm um sie und führte Laureen so selbstverständlich in ihr Zimmer, als wäre es mein eigenes. Laureen hatte wirklich ein unglaubliches Zimmer. Riesengroß mit modernen, hellen Möbeln, einem Balkon und einem eigenen Badezimmer. Normalerweise präsentierte Laureen sich in ihren vier Wänden wie eine kleine Prinzessin, aber heute saß sie bloß zusammengekauert auf ihrem Boxspringbett und wirkte so verzweifelt, dass mir eigentlich in diesem Moment schon hätte klar sein müssen, dass etwas Schreckliches passiert war. Ich streichelte hilflos Laureens Schulter. Eigentlich war es immer eher andersrum gewesen. Auch als sie und ihre Mutter noch in der kleinen Wohnung, gerade fünf Minuten von mir entfernt, gewohnt hatten. Ich war die mit den Problemen, die sich gerne Ratschläge und Streicheleinheiten von ihrer Freundin holte. „Jetzt erzähl doch mal genau was passiert ist", bat ich sie und betrachtete ihre Miene. Ihre Augen fixierten das kreisförmige Teppichmuster und folgten den einzelnen Rundungen. „Laureen!" Langsam bekam ich es mit der Angst zu tun. Gut, Martin war weg, aber es konnte doch genauso gut sein, dass er bloß bei einem Freund übernachtete oder nach einem Streit mit ihrer Mutter in einem Motel geschlafen hatte. Auch wenn es augenscheinlich nicht so wirkte, konnte Martin, laut Laureens Erzählungen, ziemlich impulsiv sein und schnell einmal laut werden. Langsam drehte Laureen ihren Kopf in meine Richtung. „Er ist gestern nach dem Tennis nicht nach Hause gekommen. Wir haben seine Freunde angerufen und sie meinten, nach einem Bier hätte er sich, wie immer, in seinen Wagen gesetzt und wäre nach Hause gefahren. Er ist aber nie hier angekommen. Normalerweise ruft er immer an, wenn es später wird. Mama war die ganze Nacht wach, aber nichts ist passiert. Heute Morgen haben wir dann die Polizei angerufen. Die hat aber auch noch nichts Neues in Erfahrung gebracht.

4

Mama hat sich zum Glück jetzt erstmal hingelegt. Sie ist total fertig mit den Nerven. Was, wenn... wenn ihm etwas passiert ist?", überlegte sie laut und kaute dabei aufgeregt an ihrer Unterlippe. Oh, das klang doch ernster als gedacht. Das Wort Polizei macht Dinge immer gleich zehnmal bedrohlicher. „Das lässt sich bestimmt total leicht aufklären", nahm ich Laureen jetzt in den Arm. „Vielleicht ist er in einem Motel oder bei einem Freund und steht gleich vor der Tür. Und dann habt ihr euch ganz umsonst Sorgen gemacht." „Meinst du", fragte Laureen und sah mich angsterfüllt an, dass ich so bestimmt nickte, als hätte Martin sich bei mir persönlich abgemeldet. „Ganz sicher." Sie kuschelte sich jetzt eng an mich und ich lauschte ihrem ruhigen Atem. „Erzähl mir etwas. Irgendetwas", nuschelte Laureen nach kurzer Zeit. „Ich muss mich ablenken." Ich überlegte kurz. „Nathan hat letzte Nacht bei mir geschlafen. Wir haben uns, als ich gestern mit Lilly und Helena feiern war, getroffen und naja... Meine Eltern sind bei meiner Oma, also habe ich, gewissermaßen, die Chance ergriffen", grinste ich verschämt. „Warum hast du mir denn nichts davon erzählt", fuhr Laureen empört hoch. „Ich wollte ja, aber du bist nicht rangegangen", verteidigte ich mich. „Und", sah sie mich jetzt mit großen Augen an. „Was und?" Laureen verdrehte die Augen. „Habt ihr es getan?" Ich ließ sie kurz zappeln dann nickte ich. „Das war dann jetzt das dritte Mal", rechnete sie mit ihren Fingern nach. „Wie wars denn?" „Na wie die letzten zwei Male", murmelte ich. „Total aufregend, aber auch irgendwie zu schnell. Also das Romantische, das Gefühlsmäßige fehlt ihm... noch", probierte ich so gut wie es ging die Nächte mit Nathan zu beschreiben. Es gefiel mir durchaus, aber es war jedes Mal so, als ob sich da so eine gewisse Spannung aufbaute, wenn ich ihm tief in die Augen blickte und versuchte, ihn so liebevoll wie es nur ging zu küssen. Aber jedes Mal schien ihn dieses kleinste bisschen Spannung der Liebe abzuschrecken und er unterdrückte es mit aller Härte und Kraft. Und ehe ich mich versah, lagen wir nebeneinander und er schlief. „Ich nehme mal an, ihr seid nicht zusammen?", hakte Laureen nach. Ich schüttelte den Kopf. „Er ist heute Morgen, wie immer überstürzt, aufgebrochen. Aber jetzt melde ich mich garantiert nicht wieder zuerst bei ihm." Laureen nickte nachsichtig, aber ich sah ihr an, dass sie mir kein Wort glaubte. Aber immerhin hatte ich es geschafft sie etwas von ihren Sorgen, um Martin abzulenken. „Ich glaub, es ist besser, wenn du jetzt gehst. Mama hat gerade bestimmt keine große Lust auf Besuch. Aber danke, dass du da warst", meinte Laureen nach kurzer Zeit. Ich wäre zwar gerne noch länger geblieben, respektierte aber ihren Wunsch. Also stand ich auf und drückte meine Freundin noch einmal. „Wenn etwas ist, kannst du dich immer bei mir melden", versprach ich ihr. Laureen lächelte dünn. Dann begleitete sie mich zur Tür.

Bob Reller liebte seine Frau Tina. Er kannte sie seit der Grundschule, aber damals war sie für ihn bloß eins von diesen merkwürdigen, zickigen und nervenden Geschöpfen namens Mädchen gewesen. Später dann irgendwann waren ihm andere Sachen an ihr aufgefallen. Ihr kräftiges Lachen, das lange Haar, das kesse Grinsen und ihr entwaffnender Blick. Nach seiner Ausbildung zum Dachdecker hatte er Tina vom Fleck weg geheiratet und sie somit ein für alle Mal zu seiner Tina gemacht. Kinder waren ihnen verwehrt geblieben, weswegen sie sich einen Hund anschafften, der etwas Leben in ihr Haus brachte. Billy, den mittlerweile in die Jahre gekommenen Labrador. Auch Bob und seine Tina waren nicht mehr die Jüngsten. Beide hatten die sechzig erreicht und sich ein kleines Haus in der Nähe vom Wald gekauft. Nach ihrer Knieoperation arbeitete Tina nicht mehr und widmete ihre verbliebene Energie deshalb etwas anderem. Dem Garten ihres kleinen Hauses. Bob wäre die Küche zwar lieber als neues Hobby gewesen, ganz besonders der Herd, aber solange seine Tina glücklich war, war es ihm Recht. Nur brauchte sie jetzt neue Erde für Gemüse- und Blumenbeete. Frische Erde. Nicht die aus dem Baumarkt. Nein, frische Erde! Also hatte Tina ihn kurzerhand in den Wald geschickt. Zusammen mit einer Schaufel und Billy. Während Bob jetzt also mit seinen alten Knochen über die Wurzeln und Hügelchen im Wald stolperte, die Schaufel fest in der Hand, sprang sein Hund vor ihm her, als wäre er wieder ein Welpe und begann schließlich an einer Stelle wie verrückt zu buddeln. „Hier meinst du also", murmelte Bob und machte sich daran, seinem Hund zu helfen. Tina würde sich freuen. Die Erde war genau richtig für ihre Beete und... Entsetzt keuchte Bob auf und ließ die Schaufel fallen. Billy begann wild zu bellen und konnte sich gar nicht mehr beruhigen. In der ausgehobenen Kuhle starrten Bob zwei Augen entgegen. Eisblaue Augen. Viel zu blau für das regelrecht weiße Gesicht, das von einzelnen Erdklumpen bedeckt war. Bob begann zu schlottern und musste sich hinknien, damit er nicht umkippte. Billy schnüffelte interessiert an der Kuhle und beugte den Kopf vor. Mit einer harten Bewegung zog Bob den Labrador zurück. Fehlte noch, dass sein Hund das Gesicht einer Leiche ableckte. Allein bei der Vorstellung breitete sich ein metallischer Geschmack in Bobs Mund aus und es schüttelte ihn. Er musste etwas tun... jetzt sofort. Hektisch griff Bob in die Tasche seiner alten Cordjacke. Darin befand sich das Handy, das seine Tina ihn vorherige Woche noch gedrängt hatte zu kaufen. Damit er immer erreichbar wäre, hatte sie gesagt. Dafür hätte er sie jetzt küssen können. Seine Tina, die immer auf ihn aufpasste. Mit zitternden Fingern wählte er die Nummer der Polizei. Nur mit Mühe schaffte er es von seinem schrecklichen Fund zu berichten und musste zwischendurch immer wieder tief Luft holen. Die Frauenstimme am anderen Ende der Leitung versprach ihm, jemanden direkt im Wald vorbeizuschicken und bat ihn, einfach ruhig zu bleiben. Die Leiche sollte er nicht berühren und auch nicht weiter graben. Als ob Bob das in den Sinn gekommen wäre. Er steckte sein Handy wieder weg und lehnte sich dann an einen Baumstamm. Billy legte sich über seine Beine und betrachtete sein Gesicht aufmerksam. „Wird alles wieder gut mein Junge. Keine Sorge", wiederholte er immer wieder und klopfte dem Rüden auf den Rücken. Wen von den beiden er dabei zu beruhigen versuchte, wusste er selbst nicht genau.

Staißer betrachtete die Leiche. Keine Frage, das war der Mann, der von der Familie König als vermisst gemeldet worden war. Martin König. „Gruselig!", murmelte Hendrik neben ihm und betrachtete das starre Gesicht des Mannes. Die Spurensicherung war schon vor Ort und arbeitete auf Hochtouren. Staißer atmete aus und schloss kurz die Augen. Dann wandte er sich ab und ging zu dem verängstigt dreinblickenden älteren Mann hinüber, der mit seinem Labrador neben einer hohen Kiefer stand. Hendrik folgte ihm. „Guten Tag. Sie sind Bob Reller, der Mann, der die Leiche gefunden hat, richtig?" Der alte Mann nickte und strich nervös seine alte Cordjacke glatt. „Hauptkommissar Staißer. Und das ist Hauptkommissar Theobaldt. Wir ermitteln in diesem Fall", stellte Staißer sich und seinen Kollegen vor. „Könnten Sie uns bitte schildern, was vorgefallen ist", schloss sich Hendrik an. „Ich wollte Erde für meine Frau holen. Für ihre Beete", erwiderte Bob Reller mit tonloser Stimme. „Warum haben Sie ausgerechnet an dieser Stelle gegraben", wollte Staißer wissen und betrachtete aufmerksam das faltige Gesicht des Mannes. „Mein Hund hat an dieser Stelle gebuddelt und tja. Warum nicht. Ahnt doch niemand, dass da eine Leiche verscharrt liegt", brummte dieser. „Kannten Sie den Mann", fragte Hendrik. Bob Reller schüttelte den Kopf. „Nein. Ich und meine Frau wohnen in der Nähe des Waldes. Wir haben bloß noch zu ein paar alten Schulfreunden Kontakt. „In Ordnung", nickte Staißer. Er wusste nicht, woher er die Gewissheit nahm, aber er war sich sicher, dass dieser Mann nichts mit dem Mord zu tun hatte. So mechanisch, wie er dem Hund über das dunkle Fell strich. „Also darf ich gehen", stieß Reller hoffnungsvoll hervor. Die beiden Hauptkommissare nickten. „Falls wir noch weitere Fragen haben, melden wir uns bei Ihnen oder wenn Ihnen noch etwas einfällt, dann melden Sie sich selbstverständlich bei uns", merkte Hendrik an und reichte ihm seine Visitenkarte. Der alte Mann nickte flüchtig und verschwand dann mit seinem Hund. Staißer sah ihm nach, bis Hendrik ihn in die Seite piekte. „Die Familie ist schon verständigt, also würde ich sagen..." „Fahren wir los", stimmte Staißer seinem Kollegen zu. Die Befragung nach der Überbringung einer solchen Nachricht war nie angenehm, aber irgendetwas sagte Staißer, dass dieses Mal weitaus mehr hinter dem Mord steckte, als sie bisher dachten.

ဪ

Die Rückfahrt vom Hause der Königs kam mir deutlich länger vor. Der Wind hatte aufgefrischt, pfiff um meine Nase und erschwerte mir das Vorankommen. Zudem hatte mir das Gespräch mit Laureen über ihren

Stiefvater doch mehr zugesetzt, als ich gedacht hatte. Die Wut auf Nathan war, wie weggeblasen und ein feiner Schmerz machte sich in mir breit. Ich vermisste ihn. Ihn und seine blauen Augen. Seinen Geruch. Fühlte sich so Liebe an? Keine Ahnung. Ich spürte, wie Tränen sich in meinen Augen sammelten. Nein. Heulen würde mich jetzt nicht weiterbringen. Ich biss die Zähne zusammen und legte den Rest der Strecke zurück mit der letzten Kraft, die ich aufbringen konnte und somit nicht auf das Zurückhalten der Tränen verwenden musste. Zu Hause schleppte ich mich in mein Zimmer. Aber tatenlos rumzusitzen, hielt ich jetzt nicht aus. Ich begann fahrig ein paar Kleidungsstücke in meinem Schrank zu sortieren. Ablenken tat mich das aber auch nicht, denn bei jedem Oberteil, das ich in der Hand hielt, musste ich an ihn denken. Ich ließ den Pullover, den ich gerade hochgenommen hatte, zu Boden fallen und entschied mich, etwas fernzusehen. In unserem Wohnzimmer fühlte ich mich gleich wohler. Es roch vertraut und das rote Sofa mit dem Kamin, vor dem wir gerne mal im Winter hockten, verbreitete eine heimelige Stimmung. Draußen stürmte es. Der Wind rüttelte an den Fensterläden und brachte Unordnung in die ordentlich angelegten Blumenbeete, auf die meine Mutter so stolz war. Ich wickelte mich in meine Lieblingsdecke und begann, wahllos zwischen den Kanälen rumzuschalten. Dabei ertappte ich mich, wie ich immer mal einen Blick auf mein Handy warf, um zu sehen, ob eine Nachricht von ihm dabei war. Nichts. Natürlich. Entnervt schaltete ich mein Handy aus. Unerreichbar wirken, hieß es jetzt. Obwohl... ich musste erreichbar sein für Laureen. Seufzend schaltete ich das WLAN wieder ein. In der gleichen Sekunde begann mein Handy zu klingeln. Laureen rief an, verriet das Display. „Hey", meldete ich mich direkt. „Gibt es etwas Neues?" Doch aus dem Mikrofon kam kein Laut. Bloß eine Art Schniefen. „Laureen, was ist los?", drängte ich nach einer Antwort. Sie räusperte sich. „Sie haben Martin gefunden", erzählte sie dann mit belegter Stimme. „Das ist doch gut", wollte ich rufen, aber etwas hielt mich davon ab. Vielleicht war es Laureens Stimme, in der Verzweiflung und die nackte Panik mitschwang. Vielleicht war es auch der einfache Satz, der aber so viel mehr Ungeheuerliches hinter sich verbarg. „Laureen, was ist los", wiederholte ich meine Frage, ein unkontrolliertes Zittern in der Stimme. „Sie... sie haben ihn im Wald gefunden. Er ist... er ist tot. Er ist... ermordet worden." Es war wie ein Faustschlag ins Gesicht. Hart und voller Schmerz. Tot. Nur dieses einzige Wort spukte in meinem Kopf umher. Martin war tot. Laureens Stiefvater und Veras Ehemann war tot. Und bei dieser Erkenntnis rannen mir die Tränen wie kleine Sturzbäche die Wangen hinunter.

12.05.20

Liebes Tagebuch,

ich habe Angst. So eine unfassbare Angst. Sie hat sich in mir breit gemacht und verlässt mich nicht mehr. Ich kann mich nicht mehr im Spiegel angucken, ohne ihn zu sehen. Seine Augen. Ich hasse mich dafür. Es fühlt sich an, als würde Gift durch meine Adern fließen. Sich in jede Pore meines Körpers einnisten. Meine Lungen füllen und mir die Luft zum Atmen rauben. Ich habe das Gefühl, mit jedem Satz, den ich sage, der eine Lüge ist, vergifte ich mich selbst immer mehr. Meine Lippen brennen bei jedem gesprochenen Wort und die Wahrheit drängt sich an die Oberfläche. Liegt mir auf der Zunge und lässt sich nicht herunterschlucken. Das Gift spült die Wahrheit immer wieder in meinen Mund. Sie verbrennt mir das Zahnfleisch und erlaubt mir nicht mehr, ruhig zu schlafen. Denn immer, wenn ich meine Augen schließe, sehe ich seine vor mir.

2. Kapitel 12.02.20 Sonntag

Himbeerkuchen. Himbeerkuchen mit luftiger Sahne. Selbstgemacht. Keine Sprühsahne aus der Dose. Sahne so weich, dass sie im Mund regelrecht zerfließt. Dazu ein ebenfalls selbstgemachter Boden. Weich und fluffig mit einem Hauch von Mandeln. Es war der Himbeerkuchen, den Oma seit Jahren backte. Meine Eltern hatten ihn von ihr mitgebracht und jetzt erfüllte der Duft unser Auto. Schon das zweite Mal war ich heute auf dem Weg zur Villa der Königs. Ich merkte, wie meine Mutter mir immer wieder prüfende Blicke nach hinten auf die Rückbank zuwarf und bekam doch nichts davon mit. Es fühlte sich an, als wäre ich betäubt. Als hätte man mich gelähmt. Es fühlte sich alles so falsch an. So unwirklich. Nach Laureens Anruf hatte ich weinend dagesessen und genauso hatten mich meine Eltern kurz darauf vorgefunden. Nur unter mühsamen Schluchzern schaffte ich es ihnen zu berichten, was ich eben so Grausames erfahren hatte. Da meine Mutter ebenfalls ziemlich gut mit Vera König befreundet war, hatte Laureens Mutter uns gebeten vorbeizukommen. Ich als seelische Unterstützung für Laureen und meine Mutter, da sie für Vera die Schwester war, die diese nie gehabt hatte. Ich hatte nie viel Kontakt mit Martin gehabt, aber er hatte mit meiner besten Freundin unter einem Dach gelebt. Und jetzt sollte er tot sein? Ermordet worden sein? Ich begriff es einfach nicht. Als die Villa in Sichtweite kam, bemühte ich mich so gut es ging, meine Tränen abzuwischen. Ich musste jetzt für Laureen da sein. Eine heulende Freundin konnte sie in dieser Situation nicht gebrauchen. Vor der Villa parkte ein fremder Wagen. Gerade als wir ausstiegen, öffnete sich die Haustür und zwei Männer kamen zusammen mit Laureen und Vera heraus. Die zwei Herren waren allem Anschein nach von der Polizei. Der Eine steuerte höchstwahrscheinlich schon auf die fünfzig zu, war etwas beleibter, hatte einen dunklen Schnurrbart und sein Haar wurde von grauen Strähnen durchzogen. Sorgenfalten zierten sein Gesicht, was wahrscheinlich von der jahrelangen Arbeit mit Verbrechern herrührte. Der andere wirkte deutlich jünger und fitter. Er hatte sein langes silbergraues Haar zu einem Dutt gebunden und einen undurchdringlichen Gesichtsausdruck. Als sie uns erblickten, wechselten sie kurzerhand ihre Richtung und kamen auf uns zu. Unbewusst griff ich nach der Hand meiner Mutter und begann nervös zu schlucken. Mein Blick fiel auf die Pistolen, die an den Gürteln hingen, die um die Hüften der Kommissare führten. „Ludwig Staißer, Hauptkommissar. Ich und mein Kollege Hendrik Theobaldt ermitteln im Fall Martin König." Staißer und Theobaldt streckten uns ihre Hände entgegen. „Ida Welsmann und das ist meine Tochter Noelia", stellte meine Mutter uns vor. Staißer lächelte mich etwas wehmütig an. „Hab ich Recht mit der Annahme, dass sie beide Martin König gekannt haben", erkundigte er sich dann. „Wir sind sehr gut mit seiner Frau und seiner Stieftochter befreundet. Seit mehreren Jahren schon, aber persönlich hatten wir nie viel Kontakt zu Martin", übernahm meine Mutter wieder das Reden. „Hmm", nickte Kommissar Staißer. „Ich würde sie beide trotzdem gerne für eine Befragung auf das Präsidium bestellen. Würde Ihnen morgen gegen fünfzehn Uhr passen?" „Natürlich", bestätigte meine Mutter. „Dürften wir jetzt...?", fragte sie mit einem Blick auf Vera und Laureen. Die Kommissare nickten, verabschiedeten sich und verschwanden dann in ihrem Wagen. Meine Mutter lief auf die Treppe zu, auf der Vera und Laureen standen. Ich folgte ihr etwas langsamer. „Es tut mir so leid", murmelte meine Mutter und drückte die beiden. Vera bemühte sich um einen dankbaren Gesichtsausdruck und sah dabei völlig fertig aus. „Ist es okay, wenn wir euch beide allein lassen?", fragte sie schwach. Wir nickten gleichzeitig. Mama und Vera gingen ins Haus und Laureen und ich setzten uns auf die Treppenstufen vor der Eingangstür. „Ich... es tut mir so schrecklich leid für euch", stammelte ich. Laureen starrte mit leerem Blick auf den Boden. „Als die Polizei angerufen hat, habe ich nur Mamas Blick gesehen. Und dann hat sie angefangen zu weinen. Und da wusste ich, dass etwas Schlimmes passiert sein musste." Sie sah mich so hilflos an, dass mir das Herz schmerzte. Ihre sonst so leuchtenden Augen hatten jeglichen Glanz verloren und ihre Haut war aschfahl. Ich nahm sie in den Arm. Lange und fest. „Weiß man denn, wer der... der... wer ihn getötet hat", fragte ich, konnte mich aber nicht dazu durchringen, das Wort "Mörder" zu benutzen. „Ich habe keine Ahnung. Sie haben bloß gesagt, dass sie seine Leiche im Wald in der Nähe vom Tennisclub gefunden haben. Vergraben. Die Obduktion kommt erst noch, aber sie haben gesagt er hatte eine Kopfverletzung und mehrere Messerstiche in der Brust. Außerdem haben ihm zwei... zwei Finger gefehlt", murmelte Laureen. Ich schluckte schwer. Es fühlte sich an, als würde sich ein dunkle, klebrige Flüssigkeit in mir ausbreiten, die mich von innen verätzte. Der Mörder hatte ihn nicht nur umgebracht, sondern auch noch verstümmelt. Ich spürte eine Welle der Übelkeit ihn mir aufsteigen und bemühte mich, den Würgereiz zu unterdrücken. Ich atmete ein paar Mal tief durch und ließ meinen Blick umherschweifen. Auf einmal stutzte ich. Da hinter dem Busch stand ein junger Mann, schnibbelte an den Blättern und warf hin und wieder einen Blick auf uns. „Wer ist das?", fragte ich leise und rüttelte etwas an Laureens Schulter. „Das ist bloß Kyano. Unser Gärtner. Kommt aus dem Jemen", antwortete Laureen mit gesenkter Stimme. „Die Kommissare wollen ihn morgen befragen. Heute war das anscheinend noch zu viel für ihn. Das Gärtnern lenkt ihn ab, sagt er." Ich musterte den Jungen. Er war circa neunzehn Jahre alt, ungefähr einen Kopf größer als ich, hatte eine muskulöse, breit gebaute Statur und goldbraune Haut. Er schien meinen Blick zu spüren, fuhr sich einmal durch das nachtschwarze, kurze Haar und hob unsicher die Hand. Ich zögerte kurz und winkte dann ebenfalls leicht. Wäre ich nicht gerade in so einer Situation gewesen, hätte ich mir die Muskeln, die sich unter dem T-Shirt abzeichneten, genauer angesehen. Aber jetzt in diesem Augenblick wandte ich meinen Blick von dem Gärtner ab und kümmerte mich weiter um die schluchzende Laureen.

Staißers Nacken war verspannt. Bei jeder Bewegung jagte ein beißender Schmerz durch seine Nerven und er musste sich zusammenreißen nicht vor sich hin zu jammern. Zudem machte sich eine bleierne Müdigkeit in ihm breit. Die Nacht war die Hölle gewesen. Seit er einige Probleme mit seiner Frau hatte, schlief er auf dem harten Gästebett, das lediglich mit einer dünnen Matratze ausgestattet war. Dass Hendrik neben ihm so aufgekratzt war, machte es nicht besser. Manchmal wünschte er sich die alten Zeiten zurück, in denen er allein ermittelt hatte und sich mit 56 Jahren noch nicht so furchtbar alt vorgekommen war. Andererseits gab ihm Hendriks Frische immer häufiger Denkanstöße und seine Energie zog ihn regelrecht mit. Hatte er mit 29 auch bei jedem einzelnen Fall mitgefiebert? „Willst du auch einen Kaffee?", fragte Hendrik und hielt eine Thermoskanne hoch. Staißer schüttelte den Kopf. Allein der Geruch verursachte ihm Kopfschmerzen. Heute war wirklich nicht sein Tag. „Ich frag mich, wie die beiden mit dem Verlust fertig werden", überlegte Hendrik zwischen zwei Schlucken Kaffee. Staißer hob die Schultern. Viele wurden nicht mit dem Verlust fertig. Nicht wenige Angehörige, denen er die schreckliche Nachricht überbracht hatte, landeten danach in der Psychiatrie. Und egal, wie oft er schon den Tod eines Freundes oder Familienmitgliedes verkündet hatte, er konnte sich nie daran gewöhnen. Daran, wie jede Hoffnung, jedes Glück aus den Augen der Angehörigen verschwand. Manche brachen zusammen, andere fingen haltlos an zu weinen und wieder andere nahmen es so gefasst auf, als hätten sie schon damit gerechnet, wenn sie sich bemühten, die Fassung zu bewahren. Staißer schüttelte sich. Die Mutter und die Tochter waren bleich geworden und während die Tochter in Tränen ausgebrochen war, hatte die Mutter wohl unter Schock gestanden. Sie hatte nicht geweint. Bloß die pure Angst hatte in ihren Augen geglänzt und sie hatte sich beinahe die Lippen blutig gebissen. „Glaubst du sie hat ihn geliebt?", unterbrach Hendrik seine Gedankengänge. „Ich weiß nicht. Es könnte sein", sagte Staißer und umklammerte das Lenkrad fest. Nein. Er dachte keinesfalls, dass sie ihn geliebt hatte. Sie hatte ein mütterliches, warmes Gesicht, der Tote hingegen wirkte wie ein kontrollsüchtiger Mann, der auch mal dazu neigte, handgreiflich zu werden. Natürlich hätte er so etwas nie laut ausgesprochen. Eigene Gefühle hatten nichts in seinem Job zu suchen. „Also, ich denk ja nicht, dass sie ihn liebt. Sonst hätte sie doch wenigstens eine Träne vergossen", meinte Hendrik und kratzte sich nachdenklich an der Schläfe. Staißer schüttelte seufzend den Kopf. „Jeder trauert auf seine Weise. Nach einigen Jahren Dienst, hast du die unterschiedlichsten Arten, einen Verlust aufzunehmen kennengelernt", erzählte Staißer. Hendrik zuckte die Schultern. „Ich würde sagen, wir fahren jetzt zu den Tennispartnern", meinte Staißer und setzte den Blinker. Sein Kollege nickte und drehte dann das Radio auf. Irgendeine Sängerin mit viel zu hoher Stimme begann ein Liebeslied zu trällern. Staißer verdrehte innerlich die Augen. Jetzt setzten die Kopfschmerzen doch ein.

Die erste von Vera König angegebene Adresse führte zu einem Reihenhaus. Schlichte Vorgärten, weiße Häuser mit roten Dächern. „Na dann wollen wir mal", rieb sich Hendrik die Hände und sprang regelrecht aus dem Wagen. Staißer folgte weniger enthusiastisch. Die beiden klingelten an der Haustür. Wenige Sekunden später öffnete ein großer, schlanker Mann. Sein kurzes Haar war angegraut und er bekam einen fragenden Gesichtsausdruck, als er die beiden erblickte.

„Hauptkommissar Staißer und Theobaldt. Wir ermitteln im Fall Martin König. Sind Sie Frank Rotland?", fing Staißer an zu sprechen. „Äh, ja richtig, der bin ich. Martin ist mein Tennispartner. Was... was ist passiert?", fragte er besorgt. „Wir haben ihn gestern tot im Wald aufgefunden. Vergraben. Wir gehen von Mord aus", erklärte Hendrik mit behutsamer Stimme. Kurz sah es so aus, als würde Frank Rotland umkippen. Alle Farbe wich aus seinem Gesicht und er holte schwer Luft. „Wollen Sie sich vielleicht setzen?", erkundigte Staißer sich vorsichtig. Herr Rotland holte tief Luft und schüttelte dann den Kopf. „Wenn sie bereit dazu wären, würden wir Sie gerne dazu befragen", bat Staißer. „Ähm... ja... natürlich." Der Mann war sichtlich aufgewühlt, als er die Kommissare hereinbat. „Meine Frau hat sich hingelegt, also gehen wir am besten in die Küche", murmelte er. Staißer und Theobaldt folgten ihm und lehnten sich dann an die Küchenanrichte. Herr Rotland ließ sich direkt auf einen Stuhl sinken und griff nach einem noch gefüllten Wasserglas. „Wollen Sie auch?", fragte er mit schwacher Stimme. Die Kommissare lehnten ab. „Also Herr Rotland, am Samstag haben sie mit Martin König zusammen Tennis gespielt, richtig? Zusammen mit zwei anderen Freunden." „Ja das ist richtig", bestätigte Frank Rotland mit einem leichten Beben in der Stimme. „Martin und ich haben uns wie jeden Samstag mit Willi und Michael um halb drei im Club getroffen und danach zu viert Tennis gespielt. Wie jeden Samstag", erzählte er, trank einen Schluck aus seinem Wasserglas und starrte dann die tickende Uhr an der gegenüberliegenden Wand an. „Herr Rotland?", fragte Hendrik schließlich. Dieser blickte die Kommissare an, als wäre er aus einem Traum aufgewacht, fasste sich dann aber wieder. „Wir haben zwischenzeitlich die Partner gewechselt und dann etwa um 17 Uhr aufgehört zu spielen. „Frau König hat uns erzählt, dass sie danach gerne mal in eine Kneipe oder in eine Bar gehen. War das an diesem Abend auch so?", wollte Staißer wissen. „Das stimmt", bestätigte Frank Rotland. „Aber an diesem Abend haben wir uns bloß umgezogen, noch etwas geredet, ein zwei Bier getrunken und dann ist Martin in sein Auto gestiegen und nach Hause gefahren." „Wirkte er irgendwie anders als sonst?", bohrte Hendrik weiter. Rotland schüttelte den Kopf. „Nein überhaupt nicht. Er war locker und lustig drauf. Wie immer." „Hat er irgendwelche Themen angesprochen, die mit seinem Mord zu tun haben könnten?", forschte Hendrik weiter. Wieder wurde die Frage verneint. „Wir haben wie immer nur über die Arbeit gesprochen, über seinen neuen Tennisschläger und sowas. Kurz auch über seine Exfrau, aber eigentlich haben wir die meiste Zeit Tennis gespielt. Warum trifft man sich auch sonst in einem Tennisclub?" Bei dem Wort Exfrau war Staißer hellhörig geworden. „Herr König hatte eine Exfrau?" „Hmm... Exfreundin trifft es eher. Sie war wohl ziemlich eifersüchtig, als Martin sie für Vera verlassen hat. Hat ihn eine Zeit lang mit Nachrichten bombardiert und auf der Arbeit vor allen angeschrien", erinnerte Frank Rotland sich. „Die beiden haben zusammengearbeitet?", hakte Hendrik nach. Rotland nickte. „Früher zumindest. Ich glaube, als sie dabei erwischt wurde, wie sie seinen Computer kaputt machen wollte, wurde ihr gekündigt. Danach hat er nichts mehr von ihr gehört." „Interessant", murmelte Staißer. „Würden Sie so freundlich sein und uns ihren Namen verraten", bat Hendrik mit einem Seitenblick auf Staißer. Die beiden hatten den gleichen Gedanken. „Natürlich, wenn ihnen das weiterhilft. Antonia Meyer", meinte Frank Rotland. "Gut, danke schön, Herr Rotland für ihre Zeit. Wir würde Sie bitten, nochmal aufs Präsidium zu kommen, um ihre Aussagen zu Protokoll zu geben", verabschiedeten sich die Kommissare.

Meine Augen
Sehen viel
Vergessen
Sehen neues
Wimpernschlag und neues Bild
Augen vergessen
Ich nicht

3. Kapitel 13.05.20 Montag

Ich starrte an die Decke. Schon seit geraumer Zeit. Gefrühstückt hatte ich nicht. Wie auch? Allein schon bei dem Gedanken an Essen schwappte das Gespräch mit Laureen über Martins zerstückelte Leiche wie eine Welle in mir hoch. Sie brach in meinem Körper und die Übelkeit floss durch meine Adern. Ich konnte nichts essen. Wie es wohl Laureen und Vera gehen mochte? Höchstwahrscheinlich noch schlimmer als mir. Es war halb elf. Die anderen hatten jetzt Geschichte. Laureen und ich nicht. Wir waren krankgeschrieben. Laureen und Vera fuhren heute zum Leichenschauhaus. Ich lag rum. Meine Eltern hatten angeboten, ebenfalls zu Hause zu bleiben, aber das wollte ich nicht. Jetzt waren sie bei der Arbeit. Allerdings hatten sie mir eingeschärft, zu Hause zu bleiben und, sollte etwas sein, sie anzurufen. Ich warf einen Blick auf mein Handy. Drei Nachrichten von Lilly und Helena. Keine von Nathan. Enttäuscht schaltete ich es wieder aus, ohne die Nachrichten zu beantworten. Ich konnte nicht die ganze Zeit so rumliegen. Es brachte Laureen und Vera auch nichts, wenn ich hier so durchhang.

Also schleppte ich mich hinunter. Hunger hatte ich immer noch keinen, aber etwas frische Luft würde mir sicherlich guttun. Ich wusste zwar, was meine Eltern mir eingeprägt hatten, aber wenn ich hierblieb, würde mir bloß die Decke auf den Kopf fallen. Ich überlegte kurz, wohin ich fahren sollte. Ich brauchte jetzt definitiv Ruhe. Die Autos und den ganzen Lärm, konnte ich jetzt nicht gebrauchen. Also beschloss ich zu meinem Lieblingsplatz zu fahren. Der See, nicht weit entfernt von der Villa der Königs. Der See lag in der Nähe des Waldes, in dem Martin gefunden worden war. Egal. Daran wollte ich jetzt nicht denken. Ich setzte mich auf mein Fahrrad und fuhr los. Die frische Luft tat gut. Die Übelkeit, die die ganze Zeit in mir schlummerte, senkte sich und die Gedanken, die die ganze Zeit in meinem Kopf umherkreisten, ordneten sich langsam.

17

Staißer konnte Hendrik die schlechte Laune aus dem Gesicht springen sehen. Seine Augenbrauen hatten sich zusammengezogen und er schürzte die Unterlippe. So sah er immer aus, wenn sie durch die Tür des Gebäudes der Rechtsmedizin traten. Anfangs hatte Staißer noch gedacht, dass es an den Leichen läge, aber mit der Zeit war ihm klar gewesen, dass der Grund Lore hieß. Lore die etwas steife und kühle Rechtsmedizinerin, die schon seit Jahren mit Staißer zusammenarbeitete. Ihren Respekt hatte er sich bereits verdient, aber Hendrik behandelte sie immer mit einer gewissen Herablassung, als wäre er noch grün hinter den Ohren. Auch wenn er es noch nicht lange war, war Hendrik mittlerweile jedoch genau wie Staißer Hauptkommissar und machte seinen Job gut. Lore wollte das allerdings nicht wahrhaben. Die beiden Kommissare gingen die Treppe hinunter und steuerten Saal 35 an, hinter dessen Tür die Obduktion von Martin König durchgeführt worden war. Staißer klopfte vorsichtig an und öffnete dann die Tür. Der Raum sah, wie immer, klinisch rein aus und es roch nach Desinfektionsmittel. Auf dem Seziertisch lag Martin Königs Leichnam. Lore trat hinter dem Tisch hervor und ging zu den beiden Kommissaren. Sie streckte Staißer ihre Hand hin, der sie ergriff und schüttelte. Hendrik, der neben ihm stand, machte sich erst gar nicht die Mühe, da Lore sich eh nicht um seine Hand geschert hätte. „Hast du den Odubktionsbericht fertig", erkundigte Staißer sich freundlich. Lore nickte und hielt ihm ein Klemmbrett entgegen. „Gut, dass ein so erfahrener Kommissar den Fall übernimmt", erwiderte sie und warf Hendrik einen kühlen Blick zu. Staißer bemühte sich, ein Grinsen zu unterdrücken. „Also, was sagt die Obduktion", fragte er, um einen Streit zu verhindern. Lore wandte sich wieder dem toten Körper zu. „Die Kopfverletzung rührt von einem Sturz her. Mit dem Messer wurde einfach wahllos auf ihn eingestochen. Sieben Mal. Wenige Sekunden nach dem Sturz. Der Zeigefinger und der Mittelfinger wurden beide ebenfalls mit einem einfachen Messer abgetrennt. Ziemlich ungenau und schief, wenn Sie mich fragen. Der Mord muss samstags zwischen 17 und 18 Uhr passiert sein. Er lag nicht allzu lange in der Grube. Den Rest des Tages und die darauffolgende Nacht. Außerdem war er leicht alkoholisiert. Das ist erstmal alles, was wir wissen", schloss Lore den Bericht. „Falls du noch weitere Fragen hast, kannst du dich selbstverständlich bei mir melden", ignorierte sie immer noch gekonnt Hendriks Anwesenheit. Staißer bedankte sich und nahm den Obduktionsbericht entgegen, den Lore ihm hinhielt. Hendrik drehte sich auf dem Absatz um und verschwand durch die Tür. „Was für ein Feigling", brummte Lore. „Nicht mal ein paar Minuten hält er mit einer Leiche im selben Raum durch." Staißer erwiderte gar nichts darauf, sondern hob die Hand und folgte seinem Kollegen eilig, der schon wieder im Auto saß, das vor dem Gebäude der Rechtsmedizin parkte. „Ich hasse diese Frau", machte Hendrik seinem Ärger Luft und spannte zornig seine Muskeln an. „Beruhig dich. Sie ist doch nicht mehr da", versuchte Staißer Hendrik zu besänftigen. „Wie wäre es, wenn wir uns einen Kaffee holen, bevor wir die Befragung von dem Gärtner vornehmen", schlug er vor. Hendrik nickte und knurrte noch irgendwas, schnallte sich dann an und Staißer konnte den Wagen starten. Je weiter sie sich von dem Gebäude der Rechtmedizin und somit von Lore entfernten, desto mehr glätteten sich Hendriks Gesichtszüge und er wurde ruhiger. Staißer lächelte in sich hinein. Ein echter Hauptkommissar war man eben erst, wenn man sich Lores Anerkennung verdient hatte.

Als ich den See erreichte, fühlte ich mich besser. Ich lehnte mein Rad an einen Baum und spazierte den Weg, der um den See führte, entlang. Genießerisch hielt ich mein Gesicht in die zarten Sonnenstrahlen. Eine milde Brise wehte durch mein offenes Haar. Das einzige was ich hörte, waren sanftes Vogelgezwitscher und das leise Plätschern des Wassers, wenn ein Fisch nah an die Oberfläche tauchte. Nur noch ein paar Meter waren es bis zu meinem Lieblingsplatz. Eine kleine Bucht mit einem umgestürzten Baumstamm. Drumherum hohes Gras und eine Birke, die Schatten spendete. Doch auf dem Baumstamm saß schon jemand. Ein junger Mann, mit goldbrauner Haut, kurzem Haar und sportlicher Statur. Als er sich umdrehte erkannte ich ihn. Es war Kyano, der Gärtner der Familie König. "Ähm... tut mir leid, ich... ich wollte dich nicht stören", stammelte ich peinlich berührt. Kyano lächelte. "Nein, alles gut, ich kann mich auch woanders hinsetzen. Oder du setzt dich zu mir." "Okay danke", lächelte ich jetzt ebenfalls vorsichtig und ließ mich neben ihn auf den Baumstamm sinken.

❦

Sie war schön. Nicht so wie die anderen Mädchen, die alle gleich aussahen. Wie die Tochter der Familie, für die er arbeitete. Nein. Sie sah anders aus. Ihre Augen waren wunderschön. Giftgrün mit vielen, kleinen goldenen Sprenkeln. Augen, in denen man sich leicht verlieren konnte. So giftgrün, dass sie einen in sich ertrinken lassen, aber gleichzeitig einem auch das Gefühl von vollkommener Liebe bereiten konnten. Ihr gesamtes Gesicht faszinierte ihn. Es war mit Sommersprossen übersät. Er mochte ihre Sommersprossen. Sie ließen sie frech und lebenslustig wirken. Ihre porenreine Haut, der leicht gebräunte Teint, die Stupsnase und die hohen Wangenknochen ließen ihr Gesicht wie ein Gemälde wirken, das mit Zärtlichkeit in jedem einzelnen Pinselstrich des Künstlers filigran gemalt worden war. Jedes Detail saß genau am richtigen Platz. Selbst ihre Augenbrauen passten perfekt zu ihr. Dunkler als ihr Haar und buschiger als bei all den anderen Mädchen, die Stunden damit verbrachten, sie auf unnatürliche Art zu zupfen. Schminke trug sie keine. Das fand er gut. Jegliche Form von Make-Up war für ihn bloß ein Stück Unsicherheit, das das Gesicht in eine starre Maske verwandelte. Ihre vollen Lippen glänzten verführerisch in der Sonne. Er wollte sie berühren. Langsam mit den Fingern ihre Form nachfahren und sich vorsichtig mit der Zunge die Konturen entlangtasten. Die Farbe ihrer Lippen ähnelte der ihrer kupferroten langen, dicken Haaren. Sie fielen ihr über den Rücken und umrahmten zugleich ihr Gesicht. Wenn die Sonne darauf fiel, wirkte es so, als würde ihr Haar brennen und ihr Gesicht in Flammen stehen. Er wollte sie berühren. Er wollte ihre Haut küssen. Er wollte wissen, wie sie sich anfühlte und wie sie duftete. So wie sie dasaß, wirkte ihr Körper allein schon durch die Art, wie sie dasaß, anmutig. Schlank und dennoch weiblich mit den Rundungen an den richtigen Stellen. Alles in ihm lechzte danach, ihre Hände zu nehmen. Jeden einzelnen schmalen Finger zu küssen, ihre Hand zu führen und ihre Fingerspitzen sacht seine Wangen entlang gleiten zu lassen. All das wollte er. Er wollte wissen, wie sie sich anfühlte und wie sie schmeckte. Aber durfte nicht. Das wusste er. Er würde sich nicht beherrschen können, würde er erst einmal ihre Nähe spüren. Und er wusste, dass er nicht die Kontrolle ver-

20

lieren durfte. Niemals. Keine Kontrolle zu haben, bedeutet Schwäche. Und Schwäche konnte er sich nicht erlauben in Anbetracht der schweren Last, die er auf seinen Schultern trug. Also wandte er seinen Blick von ihr ab und starrte stattdessen auf den See, seinen Körper noch immer von dem nicht stillbaren Hunger nach ihr erfüllt.

Wunderschön
Noch nie habe ich das Wort benutzt
Es sagt so viel
Bedeutet so viel
Zu dir passt es wie angegossen
Bin ich für dich auch wunderschön?
Ich werde es nie herausfinden

Normalerweise ist so eine Stille zwischen zwei Fremden peinlich. Bei ihm war das anders. Das Schweigen war einfach nur … ruhig. Und angenehm. Als würden wir zusammen in einer Blase hocken, die die Außenwelt und all das Böse abschirmte. Er hatte mich eine Zeit lang angesehen, aber irgendwann den Blick abgewandt. Jetzt schaute er auf den See. Kyano. Mir gefiel der Name. Er klang fremd und trotzdem vertraut. Wie eine ausländische Frucht, die einem auf der Zunge süß zerfließt und dann den Rachen hinuntergleitet. Ich beobachtete ihn heimlich von der Seite. Er hatte markante Gesichtszüge und gekonnt geschwungene Lippen. Jetzt drehte er sich auch wieder zu mir. Sein Lächeln ließ mir einen Glücksschauer über den Rücken rieseln. Wie konnte ein Lächeln so niedlich und gleichzeitig so sexy wirken. Dazu diese Augen, die mich so intensiv in ihren Bann zogen, wie kein Augenpaar zuvor. Sie waren rauchgrau und es schien, als spiegelten sie jede seiner Emotionen in sich wider. Als hätte sich jeder Schmerz, jedes Glück, jedes Lachen, jede Wut und jede Angst in dem Rauch verfangen und war aufbewahrt worden. Sie wurden von langen dunklen Wimpern umrahmt, die ihn noch geheimnisvoller wirken ließen. „Ziemlich schlimm, was den Königs passiert ist, nicht?", fragte ich, bemüht darum, seine Stimme zu hören. Er runzelte kurz die Stirn, nickte dann aber. „Ja, das kann man so sagen." „Kyano ist richtig, oder?", probierte ich es weiter. Wieder ein Nicken und dann endlich wieder ein Lächeln, das mir wieder Schauer über den Rücken jagte. „Und du?", wollte er jetzt wissen. Wow. Was für eine Stimme. Tief und etwas rau. Eine Stimme, die einem wie Honig über den Körper gleiten, aber sich gleichzeitig in ein tiefes Donnergrollen verwandeln konnte. „Noelia", antwortete ich. „Ich bin Laureens beste Freundin." „Ich glaube, ich habe euch schon öfter zusammen gesehen", murmelte Kyano und sah wieder hinaus auf die spiegelglatte Wasseroberfläche. Ich begann nervös an meinen Nägeln herumzugnibbeln. So sehr mir das Schweigen auch gefiel, ich wollte weiter mit ihm reden und seiner beruhigenden Stimme lauschen. Vielleicht sollte ich einfach meine Zähne zusammenbeißen und ihn nach einem Treffen fragen. Wir könnten ins Kino, in eine Pizzeria oder hier im See schwimmen gehen. Schon allein bei dem Gedanken, einen ganzen Tag lang sein unwiderstehliches Lächeln, seine umwerfenden Augen und seine anziehende Stimme für mich zu haben, begann mein Herz wild zu schlagen. Fühlte sich so Liebe an? Ich nahm meinen ganzen Mut zusammen und fragte: „Hättest du vielleicht Lust, dich nochmal mit mir zu treffen?" Aufgeregt nagte ich an meiner Unterlippe und wartete auf die Antwort. Kyano sah mich wieder an. In seinen rauchgrauen Augen sah ich pure Unentschlossenheit. Mein Mut sank und ich sah peinlich berührt zu Boden. „Ich weiß nicht, ob das so eine gute Idee wäre", fing er langsam an. Jedes Wort formte er mit so einer Behutsamkeit, als wolle er mir unter gar keinen Umständen wehtun. Aber das hatte er bereits. Kyano stand auf und wischte sich umständlich die Hände an seiner Jeans ab. „Ich muss jetzt los. Die Kommissare wollen mich noch befragen. Aber ich fand es wirklich schön, hier mit dir zu sitzen." Er schenkte mir wieder ein zartes Lächeln, als ob er sich nicht ganz sicher sei, ob es angebracht wäre. Auch wenn ich es nicht wollte, spürte ich, wie sich dieses Lächeln auf meiner Haut festsetzte und sich wie ein Feuer warm auf ihr ausbreitete. „Ja ja, alles gut", stotterte ich und wäre am liebsten im Erdboden versunken. Kyano nickte und verschwand dann. Während ich ihm hinter hersah piepte mein Handy. Eine Nachricht von Nathan. „Hey Süße, du hast dich ja gar nicht gemeldet. Lust, zu mir zu kommen?" Ich seufzte einmal kurz und antwortete dann. „Bin gleich da."

꧁꧂

Er war wütend. Und traurig zugleich. Die Enttäuschung hatte sich wie ein Schatten über ihre giftgrünen Augen gelegt und ihnen das Strahlen genommen. Sie konnte sich gar nicht vorstellen, wie gerne er sich mit ihr getroffen hätte und wie schwer es ihm gefallen war, ihr abzusagen. Warum hatte er bloß beschlossen, dieses Geheimnis zu bewahren? Warum hatte er sich nicht unauffällig verhalten oder sich versteckt? Er wusste nicht, ob die Wut oder die Angst in seinem Körper überwog. Immerhin kannte er jetzt ihren Namen. Ihren wunderschönen, außergewöhnlichen Namen, der so gut zu ihr passte wie kein anderer. Noelia. Und während er den Weg zurücklief, flüsterte er ihn immer wieder vor sich hin. Kurz nachdem er in seiner Wohnung angekommen war, klingelte es. Kyano erschrak und fluchte, als sich das heiße Teewasser über ihn ergoss, dass er in einer Tasse vor sich her balancierte. Hektisch zog er sein T-Shirt aus und warf es rasch auf den Tisch. Erneutes Klingeln. „Moomeent", brüllte Kyano und bahnte sich zwischen Getränkedosen, Kleidungsstücken und Papierfetzen einen Weg zur Wohnungstür. Davor standen die Kommissare, die er schon bei den Königs gesehen hatte. Der Ältere mit dem dunklen Schnurrbart und der Jüngere mit dem silbergrauen Dutt. Der mit dem Schnurrbart musterte Kyanos Oberkörper etwas verwundert, während der mit dem Dutt sich ein Grinsen verkneifen musste. „Hallo Herr Iyrani, Hauptkommissare Staißer und Theobaldt", stellten sie sich vor. „Kommen Sie herein", murmelte Kyano verlegen und griff eilig nach einem trockenem T-Shirt, das auf dem Boden lag und streifte es sich hastig über den Kopf. Es war eine schreckliche Angewohnheit, dass er nach der Gärtnerarbeit bei den Königs immer sein Shirt auszog und es kurzerhand in den Flur fallen ließ. Die Kommissare traten ein und folgten Kyano in die Küche. Er bot den beiden etwas zu trinken an, aber sie lehnten ab. „Also", fing Kommissar Staißer an. „Könnten Sie mir bitte sagen, was sie am Samstag, dem 11. Mai zwischen 17 und 20 Uhr gemacht haben?" Kyano musterte die beiden ausdruckslos. „Ich war zu Hause. Eigentlich arbeite ich von 13 bis 16 Uhr, aber an diesem Tag hatte ich einen Zahnarzttermin und musste danach nicht zur Arbeit. War aber alles mit den Königs abgesprochen", versicherte Kyano. „Danach war ich

23

zuhause." Kommissar Staißer nickte und kritzelte etwas in einen Notizblock. „Ist Ihnen in letzter Zeit irgendetwas an Martin König aufgefallen. Haben sie ein Gespräch mitgehört oder eine auffällige Verhaltensweise beobachtet", versuchte der Kommissar es weiter. Wortlos schüttelte Kyano den Kopf. „Standen Sie überhaupt in näheren Kontakt mit Martin König", wollte Staißer wissen. „Nicht wirklich. Die Gärtneranzeige in der Zeitung stammte von Frau König. Auch hat sie mir immer die Aufgaben zugeteilt oder mir manchmal ein Getränk rausgebracht", erzählte Kyano. „Und sonst schien alles normal?", fragte Kommissar Theobaldt stirnrunzelnd. Kyano zögerte kurz, nickte dann aber entschieden. Er spürte den ruhigen Blick des älteren Mannes auf sich ruhen und musterte ihn kurz. In seinem Blick steckte jahrelange Diensterfahrung. Auch wenn er nicht so aussah, sagte dieser Blick, dass er, wenn er sich irgendwo festgebissen hatte, er auch sein Ziel erreichte und knallhart an jede Information kam, die er brauchte, um den Täter zu fassen. All das in diesem einem so ruhig aussehenden Blick, der auf Kyano verweilte. Dieser geriet innerlich kurz ins Wanken, zwinkerte ein paarmal kurz, hatte sich dann aber wieder gefasst. Er lächelte freundlich. „Haben Sie noch weitere Fragen?" „Ich denke fürs Erste nicht", meinte Kommissar Theobaldt. „Wenn Ihnen doch noch Hinweise einfallen, die zur Erfassung des Täters helfen könnten, haben Sie keine Scheu, sich bei uns zu melden", schloss sich Kommissar Staißer seinem Kollegen an. Kyano begleitete die beiden zur Tür und verabschiedete sie höflich. Als die Tür ins Schloss gefallen war, lehnte er seine Stirn gegen das kühle Metall und atmete tief durch. Es war geschafft. Das, wovor er sich am meisten gefürchtet hatte, war vorbei. Auch wenn der Blick, den der ältere Kommissar ihm zugeworfen hatte, ihm keine Möglichkeit ließ, sich komplett zu entspannen.

Maske
Aufgesetzt um anderen was vorzugaukeln
Spielt den anderen etwas vor
Malt den anderen eine Welt, die sie sehen wollen
Lässt sich aufsetzen und schützt mich
Bin ich alleine, setz ich sie ab
Du würdest dich erschrecken, sähest du die Wahrheit

Ich mochte keine Polizeistationen. Sie hatten so etwas Beunruhigendes und Verängstigendes an sich. Auch wenn ich nichts verbrochen hatte, fühlte ich mich automatisch so, als wäre ich schuldig. Ich saß neben meiner Mutter, die überhaupt nicht eingeschüchtert wirkte. Also setzte ich mich etwas gerader hin und versuchte, mein Gesicht zu entspannen. In diesem Moment kamen die zwei Männer, die wir schon bei der Villa der Königs gesehen hatten. Hastig standen wir auf und schüttelten den beiden die Hände. Kommissare Staißer und Theobaldt stellten sich die beiden vor und führten uns in einen Verhörraum. Ich bekam eine Gänsehaut. Im Raum war es kalt und außer einem Tisch mit Stühlen stand nichts herum. Die Kommissare nahmen uns gegenüber Platz. Nachdem sie uns erklärt hatten, wie das Verhör ablaufen würde, schaltete der Jüngere das Aufnahmegerät ein. „Wann haben Sie das letzte Mal Martin König gesehen", fing der Ältere an. „Ich habe vorletztes Wochenende mit Vera zusammen bei ihr zu Hause gekocht. Da habe ich Martin kurz gesehen, aber er hat bloß "Hallo" gesagt und ist dann in sein Arbeitszimmer gegangen", erzählte meine Mutter mit fester Stimme. Der Blick der Kommissare wanderte zu mir. Ich räusperte mich kurz, bevor ich antwortete. „Letzten Mittwoch war ich bei Laureen. Ich hab dort Abendbrot gegessen und da war Martin natürlich dabei. Später hat mich Vera dann nach Hause gefahren." „Ist ihnen irgendetwas ungewöhnliches an ihm aufgefallen oder wissen sie, ob er mit jemanden Streit hatte", forschte Kommissar Theobaldt nach. Meine Mutter und ich schüttelten unisono die Köpfe. Die Kommissare sahen sich kurz an. „Ich denke, das reicht", meinte der Ältere schließlich. „Sie dürfen gehen. Wenn Ihnen noch etwas einfällt, melden Sie sich bitte", beendete er das Verhör und reichte meiner Mutter eine Visitenkarte. Wir bedankten und verabschiedeten uns. Draußen in der Sonne fühlte ich mich gleich viel wohler.

Staißer knackte mit seinen Fingerknöcheln. Das tat er immer, wenn er gestresst war. Anders als Hendrik, der in solchen Momenten immer vor sich hin pfiff. Jetzt saß er allerdings über die Notizen gebeugt, die sie während der Befragung gemacht hatten. „Die Aussage von diesem Gärtner deckt sich mit der der Königs", murmelte Hendrik. Staißer nickte. Kyano Iyrani arbeitete laut Vera König, die zusammen mit ihrer Tochter den Abend zu Hause verbracht und auf ihren Mann gewartet hatte, und ihm selbst normalerweise von 13 bis 16 Uhr. Am Samstag hatte er angegeben, einen Zahnarzttermin gehabt zu haben und sei deshalb nicht zur Arbeit erschienen. Alles von Vera König bestätigt. Auch ihm war in den letzten Tagen nichts an Martin König aufgefallen. Der Zahnarzttermin war mit einem Anruf überprüft worden. Aber trotzdem wurde Staißer den Gedanken nicht los, dass Kyano Iyrani mehr wusste, als er sagte. „Bis jetzt haben alle ein bestätigtes Alibi", stellte Hendrik fest und ließ den Notizblock fallen. „Wie wärs, wenn wir morgen bei Antonia Meyer vorbeifahren?", sah er Staißer mit einem fragenden Blick an. Dieser nickte und griff nochmal zu Martin Königs Obduktionsbericht. Der Mann musste am Samstagabend ermordet worden sein. Das konnte man anhand der Wunden erkennen. Sieben Einstiche mit einem Messer. „Der Täter hatte wohl echt keine Ahnung", merkte Hendrik an, der unbemerkt hinter Staißer getreten war. „Offensichtlich", nickte Staißer. „Der hat einfach wahllos auf ihn eingestochen." „Schien also kein geplanter Mord zu sein, sonst hätte der Täter sich wohl einen Plan, eine Strategie zurechtgelegt", überlegte Hendrik. „Vielleicht wollte die Person ja auch nur mit ihm reden." „Dann muss es aber ein geplanter Mord gewesen sein. Wer hat denn bei einem Gespräch mit einer Person zur Vorsichtsmaßnahme ein Messer und eine Schaufel dabei?" Staißer tippte sich entschieden gegen die Stirn. „Ich denke jedenfalls nicht, dass es ein geplanter Mord war", meinte Hendrik beleidigt und setzte sich wieder auf seinen Schreibtischstuhl. „Das denke ich auch nicht, aber gleichzeitig kann ich mir auch die Kopfverletzung und die abgeschnittenen Finger nicht erklären", antwortete Staißer und stützte seinen Kopf in seine Hände. Auch auf dem Arbeitscomputer des Opfers hatten sie nichts Auffälliges entdeckt. Das Handy hatte er am Tag seines Todes bei sich gehabt laut

Aussage seiner Frau. Hendrik drehte sich auf seinem Stuhl im Kreis und dachte dabei laut. „Die Tennispartner haben alle das Gleiche gesagt. Das wird schon die Wahrheit sein. Aber, wenn praktisch alle ihn haben wegfahren sehen, muss doch auch das Auto irgendwo sein. Der Täter hätte ja wohl kaum eine Grube graben können, die tief genug für das Auto ist. Aber wo ist es dann? So eine Tonne Metall versinkt ja nicht einfach in der Erde." „Das ist die Frage", seufzte Staißer und schloss den Obduktionsbericht wieder.

13.05.20

Liebes Tagebuch,

die Angst hat sich noch nicht gelegt, obwohl ich dachte, dass sie es tun wird. Noch immer kriecht sie durch meinen Körper und lässt meine Knochen ganz schwer werden. Ich spiele jemanden, der ich nicht bin. Etwas, das ich mal war, aber nie wieder sein werde. Mit einer einzelnen Tat habe ich mich verändert. Einer Lüge folgten weitere. Ich weiß nicht, ob sie mir glauben. Aber warum sollten sie nicht? Sie haben keinen Grund. So genau sehen die Menschen nun mal nicht hin, um etwas zu erkennen, das ich nicht bin oder vorspiele zu sein. Für sie bin ich wehrlos. Klein. Sie denken, ich sei wie sie, was ich in gewisser Weise auch bin. In die Enge getrieben durch meine eigene Tat und hilflos gefangen in einem Netz aus Lügen.

4. Kapitel 14.05.20 Dienstag

Der Mond glänzte milchig am mitternachtsblauen Himmel. Keine einzige Wolke. Jeder Stern war zu sehen. Kyano verschränkte seine Hände hinter dem Kopf und starrte aus dem Fenster. Dieser Traum. Er war so... so real gewesen. Er und sie, Hand in Hand. Kyano atmete aus und drehte sich auf die Seite. Was hätte er dafür gegeben, diesen Traum wahr werden zu lassen. Er wollte so gerne bei ihr sein. In ihrer Gegenwart war alles so viel leichter gewesen. Die Angst, die Wut, das alles hatte sich in Luft aufgelöst und er war frei gewesen. So hatte es sich jedenfalls angefühlt. Er hatte schon ein paarmal probiert, ein Gedicht über sie zu schreiben. Aber so einfach war das gar nicht. Es war als fehlten ihm die richtigen Worte. Sie waren irgendwo da, das spürte er. Sie spukten in seinem Kopf herum, waren aber nicht greifbar. Dazu musste er sie erstmal besser kennenlernen. Und wie sollte er das tun? Vielleicht sollte er einfach den Mut aufbringen und jegliche Vorsicht über Bord werfen. Einfach sie fragen. Vorausgesetzt, sie wollte ihn überhaupt noch sehen. Bei dem Gedanken an eine Abfuhr zog sich sein Magen zusammen. Aber wenn sie ihn sehen wollte, dann konnte er ihre wunderschönen Augen sehen und vielleicht sogar ihr kupferrotes Haar durch seine Finger gleiten lassen. Er schloss die Augen und rief sich ihr Gesicht in Erinnerung. Bei dem Gedanken an ihr Lächeln entspannte er sich und eine wohlige Wärme durchströmte seinen Körper. Ja, er würde sie fragen. Er konnte ja auch Zeit mit ihr verbringen und sich trotzdem unter Kontrolle haben. Ja das war eine gute Idee. Und mit diesem Gedanken konnte Kyano auch wieder einschlafen.

Träume
Flüchtige Schatten
Vergangenheit oder Zukunft, Wahrheit oder Betrug
Einzelne Bilder, die sich nicht zusammensetzen lassen
Ich habe Alpträume
Sie verfolgen mich und holen mich ein
Doch dazwischen deine Augen
Grüne Bergseen
Lassen mich die Nächte überstehen
Aber die Alpträume haften an mir
Sie sind wahr

Staißer hatte schon seit mehreren Monaten Probleme mit seiner Frau Ellie. Sie fand, er verbrachte eindeutig zu viel Zeit mit seinem Job. An schlechten Tagen beschimpfte sie ihn deswegen als langweiligen Ehemann, arbeitsverliebten Bullen und Leichenjäger. An guten Tagen durfte er bei ihr im Bett schlafen. Staißer wusste selbst, dass er viel Zeit mit seinem Beruf verbrachte. Aber verbrachte er mehr Zeit mit Ellie, gerieten sie bloß aneinander. Deshalb widmete er sich lieber seiner Arbeit. Auch jetzt, bei ihrem gemeinsamen Frühstück, kreisten seine Gedanken um den Mordfall. Ständig gingen ihm Hendriks Worte durch den Kopf. Wo war das verdammte Auto. Zwei Tonnen Metall konnten schließlich wirklich nicht einfach so im Erdboden versunken sein. Nein nicht im Erdboden, aber... aber... in einem See. Wie vom Blitz getroffen sprang Staißer auf. Er hatte eine Vermutung. „Was ist los", fragte Ellie erschrocken und sah von ihrem Brötchen auf. „Erklär ich dir später", rief Staißer und zog hastig Jacke und Schuhe an. Noch ehe Ellie zu meckern anfangen konnte, hatte er bereits die Tür geschlossen, sich in seinen Wagen gesetzt und den Motor gestartet. Hendrik saß über seinen Schreibtisch gebeugt, als Staißer in das Präsidium gestürmt kam. Erschrocken sah Hendrik seinen Kollegen an. Staißer war klar, dass er einen schauderhaften Anblick bot. Er hatte ja auch gerade erst beim Frühstück gesessen. Weder geduscht noch Zähne geputzt hatte er. Von seinem Outfit ganz zu schweigen. Bloß die alte Jogginghose trug er, die ihm irgendwann vor langer Zeit Ellie mal gekauft hatte. Hendriks Gesicht war ein einziges Fragezeichen. „Ich bin mir sicher, dass ich weiß, wo das Auto hin ist", stieß Staißer atemlos hervor. „Der See ganz in der Nähe vom Wald, in dem Martin König gefunden wurde. Der See ist tief genug, um ein Auto darin zu versenken." Hendriks Augen waren bei Staißers Redeschwall immer größer geworden. „Dann los", nickte er, schnappte sich seine Jacke und folgte seinem Kollegen zu dessen Wagen. Während Staißer fuhr, telefonierte Hendrik mit ihren Kollegen, damit sie die Polizeitaucher zum See schickten. Auf der restlichen Autofahrt schwiegen die beiden Kommissare und trotzdem wussten beide, dass sie das Gleiche dachten. „Was, wenn das Auto nicht im See war?"

Endlich war die Schule vorbei. Der Tag war der reinste Horror gewesen. Laureen war noch nicht in der Schule gewesen, weswegen ich mit Fragen bombardiert wurde. Ich hatte mich wie der Hauptdarsteller eines schlechten Films gefühlt. Irgendwann hatte ich es dann geschafft, mich mit Helena und Lilly vor der geifernden Meute auf der Toilette zu verstecken. Meine Mutter hatte sich früher freigenommen und saß nun mit mir zusammen beim Mittagessen. „Alles in Ordnung, mein Schatz", fragte sie mitfühlend und legte ihre Hand auf meine. Ich zuckte zusammen. Mitleid von meiner Mutter war das Letzte, was ich wollte. Zumal Laureen mit wahren Problemen zu kämpfen hatte. „Ja klar", lächelte ich angestrengt und schob mir eine Gabel mit Gemüse in den Mund. Genauso gut hätte ich auch eine Gabel voll Styropor essen können. Ich kaute und schluckte. Bloß keine weiteren Fragen. „Ich treffe mich heute mit Vera", erzählte meine Mutter. „Wir bereiten die Beerdigung für Martin vor." Ich nickte und stocherte auf meinem Teller herum. „Vera hat gefragt, ob du dich vielleicht mit Laureen treffen würdest. Sie hat Ablenkung ziemlich nötig." Ich sah hoch. „Klar gerne." Meine Mutter lächelte mich an und aß dann weiter. Nachdem wir zur Villa gefahren waren, waren Vera und meine Mutter gleich aufgebrochen. Laureen war noch unter der Dusche, aber ich sollte mich schon mal in ihr Zimmer setzen. Es sah wie immer aufgeräumt in Laureens vier Wänden aus. Ich setzte mich aufs Bett und betrachtete die Bilder, zu mehreren Collagen angeordnet, an der Wand hingen. Viele Fotos von uns mit einem breiten Lachen auf dem Gesicht. Würde es je wieder so werden? Die Tür öffnete sich und ich fuhr abrupt zusammen. „Na", sagte Laureen leise und schloss die Tür. Ihre noch feuchten Haare hingen strähnig über ihren Rücken. Sie trug eine Jogginghose und einen Kapuzenpulli. Dieses Outfit ließ sie noch schmächtiger und kleiner wirken, als sie eh schon war. Sie hatte dunkle Augenringe und ihre Lippen sahen spröde aus. „Wie geht´s dir?" fragte ich vorsichtig. Laureen zuckte mit den Schultern und begann ihre Haare zu kämmen. „Wollen wir vielleicht ein bisschen an die Luft. Das würde dir vielleicht guttun", schlug ich vor. Laureen bedachte mich mit einem lustlosen Kopfschütteln. „Ein bisschen Ablenkung schadet doch nicht", versuchte ich weiter, sie zu überreden. „Noelia, lass gut sein ja", fuhr sie mich genervt an und riss regelrecht ihre Bürste durch die Haare. Ich starrte sie an und hatte das Gefühl, dass mein Kopf vor Scham glühte. „Ich wollte nicht... tut mir leid", flüsterte ich. Laureen seufzte und ließ sich auf den Boden sinken. „Du verstehst nicht, wie das ist Noelia. Wenn der Vater auf einmal tot ist." „Ich dachte, vielleicht möchtest du dich ablenken", sagte ich leise. Laureen schüttelte bloß den Kopf. „Ich bin mir sicher, die Kommissare werden bald den Täter finden", bemühte ich mich etwas Positives zu sagen. Ein kaum bemerkbares Zucken ging durch Laureens Körper und ihr Gesicht wurde hart. „Ja das wäre natürlich das Beste", spuckte sie regelrecht die Worte aus. „Wenn dieser Mensch seine gerechte Strafe bekäme." „Vielleicht können wir ja auch etwas herausfinden. Etwas, das zur Ergreifung des Täters führt", meinte ich und malte mir schon aus, wie wir der Polizei den entscheidenden Tipp gaben. „Nein! Das kann ich nicht. Das schaff ich nicht", sagte Laureen heftig und Tränen traten ihr in die Augen. Ich setzte mich kurzerhand zu ihr auf den Boden und zog sie in meine Arme. „Ich werde alles dransetzten, dass der Mörder gefunden wird und du mit der Sache abschließen kannst", flüsterte ich ihr ins Ohr und wiegte die schluchzende Laureen hin und her. Nach wenigen Minuten bat sie mich allerdings, sie allein zu lassen. „Ich ruh mich jetzt noch ein bisschen aus, wenn das für dich okay ist", meinte sie und umarmte mich kurz. Etwas irritiert nickte ich und verabschiedete mich dann. Als ich vor der Villa stand, atmete ich tief ein. Die Luft war warm und nicht gerade erfrischend. Siedend heiß fiel mir ein, dass ich ja gar keine Möglichkeit hatte nach Hause zu kommen, bevor unsere Mütter wieder zurück waren. Und das würde dauern. Missmutig bohrte ich die Spitze meiner Schuhe in den Kies. Zurück konnte ich auch nicht mehr. Laureen war wahrscheinlich schon eingeschlafen. „Hey, Noelia", flüsterte auf einmal jemand. Ich drehte mich erschrocken um und war mit einem Mal puterrot. Vor mir stand Kyano und betrachtete mich aufmerksam mit seinen rauchgrauen Augen. Ich schluckte nervös. „Hey", krächzte ich. Innerlich befahl ich mir selbst, ruhiger zu werden. Immerhin hatte mir dieser Typ einen Korb gegeben. Der sollte bloß nicht denken, dass seine Anwesenheit mich regelrecht zum Schmelzen brachte. Vorsichtshalber stellte ich mich aber doch lieber etwas breitbeiniger hin, da ich unter seinem Blick, doch nicht mehr so sicher stand, wie ich eigentlich sollte. Ich zählte stumm bis drei, bevor ich mich bemühte, den letzten Rest Coolness in mir zusammenzukratzen. „Was willst du?", fragte ich und sah desinteressiert auf meine Fingernägel, obwohl es mich ziemlich viel Mühe gekostet hatte, diesen Satz so abschätzig rauszukriegen. Kyano lächelte bloß und ich ertrank beinahe in seinen Augen. Wie konnte ein Mensch nur solche fesselnde Augen haben? Damit er nicht auf falsche Gedanken kam, wandte ich meinen Blick rasch ab und fixierte stattdessen den kleinen Leberfleck unter seinem linken Auge, der einen wunderschönen Kontrast zu seiner dunklen Haut bot und sich wie ein kleiner Schokoladentropfen darauf abzeichnete. Wie konnte ein Leberfleck so perfekt auf einen Platz passen... „Noelia?" „Äh ja." Mühsam löste ich meinen Blick von dem Leberfleck und zwang mich, in seine Augen zu schauen. „Ich hab dich gerade gefragt, ob du etwas mit mir unternehmen möchtest." Ich starrte ihn an. „Warum... warum auf einmal." Ein winziger Schatten zog über Kyanos Gesicht. „Ich war an dem Tag einfach nicht so gut drauf. Das hatte nichts mit dir zu tun. Wirklich", antwortete er langsam. Ich kaute nachdenklich an meiner Lippe. Irgendein kleiner Teil in mir glaubte ihm das nicht. Aber andererseits wollte er ja jetzt. Warum sollte er sonst fragen. Also nickte ich. „Ja, gerne. An was hast du denn gedacht?" Auch auf seinem Gesicht machte sich jetzt ein vorsichtiges Lächeln breit und er sah glücklich aus. Ein kurzer Windstoß brachte sein dunkles Haar noch mehr durcheinander, als es eh schon war. Ein paar Strähnen fielen ihm übers Gesicht und ließen ihn besser aussehen, als er es eh schon tat. „Hier in der Nähe ist ein Café. Wir könnten mit dem Fahrrad hinfahren", schlug er vor. „Ich hab leider mein Rad zu Hause", zuckte ich entschuldigend mit den Schultern. „Ich nehme dich gern hinten drauf mit", grinste er charmant. Ich blinzelte ein paarmal und bemühte mich, mir nicht anmerken zu lassen, dass mein Gehirn gerade aussetzte und sich mein Kopf stattdessen mit Watte ausfüllte. Hätte ich versucht zu sprechen, wäre nur ein Stottern rausgekommen, deshalb nickte ich bloß. „Cool, ich bin eh gerade fertig geworden", strahlte er und lief vor zu seinem Fahrrad, das am Apfelbaum lehnte. Ich folgte ihm und fühlte mich dabei, als würde ich schweben. Er schwang sich auf sein Rad.

Ich setzte mich auf den Gepäckträger und umschloss mit meinen Armen zögernd seine Taille. „Bereit", fragte er mit einem Blick nach hinten. „Hmm", machte ich zustimmend und lehnte vorsichtig meine Stirn an seinen Rücken. Anfangs schlingerten wir etwas, aber nach kurzer Zeit hatte Kyano die Balance gefunden und wir fuhren mit einem angenehmen Tempo die Straße entlang. Es fühlte sich wunderschön an. Einfach dazusitzen, seinen Geruch einzuatmen und ihn unter meinen Händen zu spüren. Genießerisch schloss ich die Augen und gab mich vollkommen dem Gefühl der Freiheit hin. Ich bedauerte es richtig, als die Fahrt zu Ende war und wir langsamer wurden. Wir stiegen ab und Kyano schloss sein Rad an einen Fahrradständer, der vor dem Café stand. Es war ein altmodisches Café, das merkte ich gleich, als wir eintraten. Die steinernen Wände, die hölzerne Decke und der große Kamin verliehen dem Ganzen eine urige Stimmung. Wir setzten uns an einen Tisch nah am Fenster. Die Vorhänge sahen aus, als hätte meine Oma sie persönlich genäht. Aber das war mir egal, solange Kyano dabei war.

Er hatte gleich bemerkt, dass das Café sie etwas stutzen ließ. Zugegeben, er selbst war auch kein Fan dieser alten Stimmung, aber die Frau, der das Café gehörte, war immer freundlich zu ihm gewesen und die Preise waren nicht hoch. Noelia betrachtete gerade die Gardinen mit dem Rosenmuster, als Inge an den Tisch trat. Die ältere Dame, mit dem grauen lockigen Haar und der birnenförmigen Figur, war für Kyano eine richtige Ersatzoma geworden, seit er in Deutschland war. Jeden Tag nach der Gartenarbeit setzte er sich in das Café, bestellte einen Apfelkuchen und ein großes Glas Eistee und redete mit Inge. Er hatte die alte Frau wirklich gern und vertraute ihr vieles an, aber eine Sache, die ihm wie ein schweres Untier auf der Brust lag, hatte er ihr nicht erzählt. „Und was möchtet ihr zwei Schätzchen denn", fragte Inge mit einem warmen Lächeln. „Hmm", ließ Noelia den Blick über den Tresen mit Kuchen und Torten schweifen. „Ich nehme ein Stück von dem Obstkuchen und eine Tasse Kakao", bestellte sie dann. Inge nickte und warf dann Kyano einen verschwörerischen Blick zu. „Bei dir weiß ich ja, was du willst, mein Lieber", meinte sie mit einem schelmischen Lächeln und verschwand wieder hinter dem Tresen. Noelia blickte ihr verwundert hinterher. Er musste grinsen. Wenn sie so erstaunt aussah, sah sie unheimlich süß aus. „Kennst du die", fragte Noelia und drehte sich wieder zu ihm um. Er nickte. „Ich bin hier öfter. Am liebsten nach der Gartenarbeit bei den Königs. "Oh achso", murmelte sie, lächelte dann aber im nächsten Moment schon wieder. Er sah sie so gerne an. Ihr Gesicht, ihr Lächeln. Während er sie so musterte, überzog ein leichtes Rot ihr Gesicht und sie begann an ihrer Unterlippe zu kauen. „Und also was machst du denn sonst noch so?", fragte sie schließlich. Gedankenverloren sah er aus dem Fenster. „Ich dichte gerne", antworte er etwas zögernd. „Wow!" In ihrer Stimme schwang echte Bewunderung mit. „Das ist cool. Kann ich vielleicht mal was von dir lesen?" „Bestimmt mal", meinte er ausweichend und erkundigte sich dann nach ihren Interessen. „Ich geh gerne shoppen und feiern", fing sie an zu erzählen. „Ich liebe es aber auch, am See zu sitzen und etwas zu lesen oder Musik zu hören. Außerdem schwimm ich im Verein." Sie stockte kurz. „Am liebsten habe ich das alles früher mit Laureen gemacht. Wir sind beste Freundinnen seit dem Kindergarten." Er spannte seinen Körper an. Anscheinend lief dieses Gespräch wieder auf Martins Tod hinaus. Zum Glück brachte Inge im selben Moment den Kuchen und die Getränke. Er dachte, sie würde erst einmal das Thema vergessen und sich ihrem Kuchen widmen, aber sie schaffte es gekonnt, zwischen den einzelnen Kuchenbissen zu reden. „Ich versteh das einfach nicht. Gut es gab manchmal Streit zwischen ihm und Vera, hat Laureen erzählt, aber das ist doch normal. Sonst hat er sich mit allen gut verstanden. Wer sollte ihn umbringen wollen?" Nachdenklich steckte Noelia sich ein Kiwi-Stückchen in den Mund. Kyano wurde unruhig. Er wollte nicht weiter darüber reden. „Hast du eigentlich einen Freund", platzte er heraus. Sie sah ihn verblüfft an und schluckte langsam die Kiwi runter. „Nein, nein hab nicht", antworte sie dann. Kyano kratzte sich etwas verlegen am Kopf und trank dann einen Schluck Eistee. „Und du", fragte sie und blickte dabei stur auf ihren Kakao, als habe sie Angst vor der Antwort. „Hab ich nicht", verneinte er ihre Frage und konnte sich kaum daran satt sehen, wie sich Erleichterung und Freude auf ihrem Gesicht breit machte. Entspannt wollte er sich eine Gabel Apfelkuchen in den Mund schieben, als sie wieder anfing zu reden. „Wer, denkst du, könnte der Mörder sein?" „Ich weiß es nicht", murmelte er. „Überlass die Arbeit besser der Polizei." „Laureen ist meine beste Freundin", meinte sie mit fester Stimme. „Ich muss ihr helfen. Sie leidet wirklich unter Martins Tod. Auch wenn es nicht immer einfach war mit ihm, war es das erste Mal, dass sie einen Vater hatte. Den leiblichen Vater hat Vera noch vor Laureens Geburt verlassen. Er war wohl ziemlich gewalttätig und..." Sie brach ab und griff so hastig nach der Tasse Kakao, als wäre ihr bewusst geworden, dass sie zu viel gesagt hatte. Ihm war bei ihren Erzählungen immer kälter geworden. Warum konnte sie nicht einfach das Thema wechseln – ihn in Ruhe lassen? „Jedenfalls müssen wir den Täter finden", nahm sie den Faden wieder auf. „Wie sollen Laureen und Vera sonst damit abschließen?" Er stützte das Kinn in seine Hände. Er konnte so viel reden, wie er wollte, aber er würde sie nicht davon abbringen können, das wusste er. Also war es vielleicht doch am besten, wenn er bei ihr blieb, damit ihr nichts passierte.

Du
Warum kannst du nicht schweigen?
Warum lässt du es nicht ruhen?
Willst du mir weh tun?
Willst du mir mit deinem Willen Wunden zufügen?
Warum kannst du nicht einfach nur da sein?
Warum bringst du Schmerz mit dir?

Staißer betrachtete mit zufriedenem Blick den Mercedes, den der Kran gerade eben aus dem See gefischt hatte. Ein ziemlich protziges Auto, das Martin König gefahren hatte. Der schwarze Lack glänzte grünlich, weil das Auto mit Schlamm überzogen war, Algen klebten an den Seitenfenstern und auf der Windschutzscheibe. Die Spurensicherung war schon vor Ort und im vollen Einsatz. Hendrik, der gerade das Kennzeichen überprüft hatte, stellte sich neben Staißer. „Keine Frage.

Das ist das Auto von Martin König", sagte er und nickte anerkennend seinem Kollegen zu. „Hut ab Ludwig, gute Arbeit!" Staißer lächelte bescheiden und wandte sich dann wieder mit verschränkten Armen dem Auto zu. Eine junge Frau löste sich von den Menschen, die sich um den Wagen herum scharten. Mayari war noch nicht lange im Team, aber die junge asiatische Frau hatte schon ein Auge auf Hendrik geworfen. Sie war wirklich eine hübsche Frau. Das dunkle Haar trug sie zu einem modernem Pagenschnitt geschnitten. Ihr etwas rundliches Gesicht und das breite Lächeln ließen sie auf Anhieb sympathisch wirken. Sie war einen Kopf kleiner als die anderen Kollegen bei der Spurensicherung, hatte sich deren Respekt allerdings durch ihre Genauigkeit und sorgfältige Arbeit verdient. Jetzt stand sie vor den beiden Kommissaren und reichte Staißer ein Paar Gummihandschuhe. Dann holte sie aus einer Plastiktüte ein Smartphone. „Das haben wir gefunden, allerdings gehen wir nicht davon aus, dass es noch funktioniert." Staißer wischte ein paarmal vergeblich auf dem Display herum, bis Hendrik sich erbarmte und ihm erklärte, wo er drücken solle, um die Funktionsfähigkeit des Handys zu testen. Mayari kicherte verlegen und betrachtete Hendrik mit verträumten Augen. Der schien das gar nicht zu bemerken, sondern war damit beschäftig, seinen Kollegen in die Welt der Elektronik einzuführen. Staißer kam sich augenblicklich älter denn je vor. „Ich denke wir sind uns jetzt einig, dass es nicht mehr funktioniert", unterbrach er Hendriks Vortrag schließlich und ließ das Handy wieder in den Plastikbeutel gleiten. Er zog die Handschuhe aus, die Mayari ihm bereitwillig abnahm. Dann warf sie Hendrik einen letzten schmachtenden Blick zu, der diesen etwas verunsichert erwiderte. Staißer betrachtete diesen Augenkontakt etwas resigniert. Hatte Ellie ihn jemals so angesehen? Er konnte es nicht sagen. Seit elf Jahren waren sie jetzt verheiratet. Und die letzten zwei Jahre davon waren mit Streit und Diskussionen gespickt gewesen. Er seufzte und beschloss, sie` heute Abend in ihr Lieblingsrestaurant auszuführen. Vielleicht würde danach auch endlich mal wieder mehr zwischen ihn laufen als der magere Kuss einmal am Tag. „Sie steht auf mich, oder?", wisperte Hendrik ihm ins Ohr und ließ den Blick nicht von Mayari. „Das du das jetzt erst merkst", schüttelte Staißer fassungslos den Kopf.

„Das war doch offensichtlich." Hendrik erwiderte gar nichts, sondern starrte die spiegelglatte Wasseroberfläche an. Gerade als Staißer sich für seine etwas ruppige Art entschuldigen wollte stand Mayari wieder vor den beiden. Augenblicklich zeichnete sich aufs Hendriks kantigem Gesicht wieder ein freundlicher Ausdruck ab. „Wir haben das gerade im Handschuhfach gefunden", sagte Mayari und öffnete eine kleine Plastikbox, die sie in der Hand hielt. Staißer und Hendrik beugten sich unwillkürlich nach vorne, um den Inhalt der Box zu sehen. Ein Brief befand sich darin. „Mach ihn auf", drängte Staißer. Er war sich sicher, in diesem Umschlag würde sich etwas Wichtiges verbergen.

19.12.19

„Ich liebe dich", flüsterte sie und küsste seine Wange, die vor Bartstoppeln schon ganz kratzig war. Sanft ließ sie ihre Lippen an seinem Hals hinuntergleiten und presste ihre Nase in seine Halsbeuge. Hmm… Er roch unwiderstehlich. Sein Brustkorb hob und senkte sich gleichmäßig, aber sie wusste, dass er nicht schlief. Sie küsste ihn noch einmal kurz auf die Schulter und drehte sich dann auf die Seite. Sie dachte nach. Das tat sie, seitdem sie sich kennengelernt hatten. Und seit dem 13. Dezember tat sie es noch mehr. Mal waren es positive Gedanken, die sie mit Glück erfüllten, aber auch negative, die sie in Verzweiflung stürzten. An solchen Tagen half auch seine Anwesenheit nicht. Nicht selten war es passiert, dass sie nach seinem Besuch zur Rasierklinge gegriffen hatte, nur um dieses beklemmende Gefühl der Taubheit verschwinden zu lassen. Die Narben, die sich auf ihren Armen und Beinen angesammelt hatten, waren stille Erinnerungen an schlechte Zeiten. Tonlose Hilfeschreie. Kleine Räuber, die ihr ihre Schönheit und ihre Selbstachtung stahlen. Aber sie gehörten zu ihr. Und erinnerten sie daran erinnern, was sie nicht mehr sein wollte. Aber alles würde sich ändern. Alles! Sie spürte, wie er sich umdrehte und seine Arme um sie schlang. Sie lachte und schmiegte sich an ihn. Er wollte sich gerade auf sie legen, aber sie hielt in sanft zurück. „Was ist los", flüsterte er atemlos und sah hoch. „Ich wollte mir dir reden", sagte sie leise. „Heb dir das Reden für später auf", wollte er sie ruhigstellen und zog ihr Oberteil hoch. Sie hielt seine Hände fest und sah ihm in die Augen. Etwas an ihrem Blick ließ ihn unsicher werden und er rollte sich wieder zur Seite. Sie setzte sich auf und begann mit der Halskette zu spielen, wie immer, wenn sie nervös war. „Was ist los", hakte er nach. Seine Stimme war rau. Er mochte es nicht, wenn sie ihn unterbrach oder gar widersprach. Sie schloss kurz die Augen und atmete tief durch. „Kathy?", fragte er ungeduldig. Alles würde gut werden. Bestimmt. „Ich bin schwanger", platzte sie schließlich heraus. „Von dir. Ich weiß es seit circa einer Woche und ich konnte das erst gar nicht glauben. Aber der Frauenarzt hat es bestätigt und jetzt... jetzt können wir eine Familie werden." Vergeblich suchte sie in seinen Augen nach Freude. Nach Glück. Wenigstens irgendeinem Gefühl. Aber da war nichts. Bloß starre, bewegungslose Kälte. Langsam mischte sich Fassungslosigkeit in seinen Blick. Er rückte von ihr ab und sein Blick wanderte zu ihrem Bauch. Sie fühlte sich ungeschützt und legte ihre Hände um ihren Körper. „Sag doch was", bat sie. Es konnte ihm doch nicht so egal sein. Sonst war er doch immer so liebevoll. „Ich soll was sagen." Seine Stimme war lauter geworden. Sie zuckte erschrocken zurück. „Verdammt, Kathy. Ich will kein Kind. Und wir werden keine Familie. Was denkst du dir denn?", schrie er sie jetzt fast an. Jedes Wort war wie ein Schlag. Hart und unerbittlich. Sie kam sich klein und dumm vor. Wie hatte sie erwarten können, dass er eine Familie wollte. „Ich dachte du liebst mich." Ihre Stimme zitterte und klang weinerlich. Mit einem genervte Laut sprang er auf. „Was denkst du dir denn? Du weißt, dass ich dich nicht liebe." „Warum nicht." Auch sie war jetzt lauter geworden und aufgestanden. „Was hat sie, was ich nicht habe. Wir könnten ein Kind haben verdammt." „Kathy ich will kein Kind. Es war schön, mit dir ein wenig Zeit zu verbringen, aber ich wollte es eh´ beenden. Es reicht", brüllte er sie an. Wie vom Blitz getroffen stand sie da. „Du hast gesagt, du verlässt sie", flüsterte sie. Er verdrehte die Augen und machte eine abschätzige Handbewegung. Tränen sammelten sich jetzt in ihren Augen. Sie konnte sie nicht mehr zurückhalten und schluchzte auf. Er wurde etwas ruhiger und ging auf sie zu. „Kathy, ich wusste nicht, dass es so eine große Bedeutung für dich hat." Er griff nach ihrem Arm, aber sie zog ihn ruckartig weg. Es war, als hätte seine Berührung sie verbrannt. „Verschwinde!" Ihre Stimme zitterte und ihre Augen brannten. „Verschwinde und komm nie wieder." Sie tobte innerlich und hätte ihn am liebsten geschlagen. Er sah sie einen kurzen Augenblick mitleidig an, dann zuckte er die Schultern, griff nach seiner Jacke und ließ sie allein. „Wenn ich nicht glücklich werden darf, dann du auch nicht!" Ihre Stimme überschlug sich, als sie ihm die Worte hinterherschrie, aber er reagierte gar nicht mehr. Als sie die Wohnungstür hörte, brach sie auf dem Boden zusammen und ließ den Tränen freien Lauf, die Hand so auf den Bauch gelegt, als würde sie verhindern wollen, dass das Baby seine Mutter hörte. Das Baby. Sein Baby. Und bei dem Gedanken krümmte sie sich zusammen und wünschte sich, es zu verlieren.

5. Kapitel 14.05.20 Dienstag

Andreas Sprangel. Das war der Name von Laureens leiblichem Vater. Bei dem Gespräch mit Kyano war er mir wieder eingefallen. Nachdem wir gerade unseren Kuchen aufgegessen hatten, hatte meine Mutter angerufen und gefragt, wo ich war. Ich wollte zwar noch nicht nach Hause, aber Kyano hatte vorgeschlagen, sich wieder zu treffen. Wir hatten Handynummern getauscht und er meinte, dass er mich anrufen würde. Ich schloss kurz die Augen. Es war wunderschön, Zeit mit ihm zu verbringen. Seine Nähe zu spüren. Ganz anders als mit Nathan. Ich öffnete meine Augen wieder und schaltete meinen Laptop an. Immobilienmakler war er, dass wusste ich von Laureen. Ich hatte keine Ahnung, warum ich versuchte, Laureens Vater ausfindig zu machen, aber ich musste doch irgendwo anfangen. Ich konnte mir durchaus vorstellen, dass der leibliche Vater den Stiefvater aus Eifersucht umgebracht hatte. Nach ein paar Mausklicken hatte ich das Bürogebäude gefunden, in dem Andreas Sprangel arbeiten sollte. Es lag gar nicht weit entfernt. Bloß eine Viertelstunde mit dem Bus. Ich kaute nachdenklich auf meiner Unterlippe. Mein Vater war noch arbeiten und meine Mutter hatte sich in die Badewanne gelegt. Ich wusste, dass die beiden meine Detektivarbeit nicht gutgeheißen hätten, aber ich wollte Laureen unbedingt helfen. Also riss ich einen Zettel von meinem Collegeblock und kritzelte hastig eine Nachricht. *Bin noch für ein, zwei Stunden bei Lilly, wegen Schule. Küsschen Noelia.* Ich legte den Zettel auf den Küchentisch, schlüpfte dann in meine Turnschuhe, griff nach meiner Jacke und zog die Tür hinter mir zu. Noch drei Minuten bis der Bus kam. Ich verfiel in einen leichten Trab und erreichte die Haltestelle gerade, als der Bus um die Kurve bog. Ich zückte mein Schülerticket und setzte mich dann auf einen leeren Zweierplatz. Ich lehnte meine Stirn gegen das kühle Glas und betrachtete die Autos und Menschen, die an mir vorbeizogen. Was erhoffte ich mir eigentlich von dem Gespräch mit Andreas Sprangel. Selbst wenn er Martins Mörder war, konnte ich ihn ja kaum abführen. Aber er war nun mal mein einziger Verdächtiger. Die Polizei konnte ich so ganz ohne Beweise nicht fragen und meine Eltern und Vera würden es sowieso nicht erlauben, dass ich auf eigene Faust ermittelte. Und Laureen schaffte es ja kaum, sich aus dem Haus zu bewegen. Blieb nur noch Kyano. Aber irgendwie wollte ich ihn da auch nicht mit reinziehen. Also war ich allein wohl doch am besten dran. Als ich ausstieg musste ich nur noch wenige Meter laufen, bis sich das große graue Gebäude mit den vielen Fenstern vor mir aufbaute. Ich straffte die Schulter und ging hocherhobenen Hauptes durch die Drehtür. Am Empfangstresen saß eine schlanke Frau, die das hell gefärbte Haar hochgesteckt hatte. Ihre Augen musterten mich durch die schmale Brille von oben bis unten. „Ich suche Andreas Sprangel. Könnten Sie mir bitte sagen, wo sein Büro ist", bat ich höflich. „Wer will das wissen?", quäkte sie mit einer schrecklich hohen Stimme. „Ist das wichtig", erwiderte ich immer noch bemüht freundlich. „Natürlich ist es das", keifte sie. „Sonst kann hier ja jeder rein- und rausspazieren." „Also schön. Noelia Welsmann", ergab ich mich und verdrehte innerlich die Augen. „Und was willst du von ihm?", bohrte die Frau immer noch nach. „Das würde ich ihm lieber selbst sagen", wich ich aus und begann ungeduldig hin und her zu wippen. Die Frau verzog das Gesicht, als hätte sie in eine Zitrone gebissen, tippte aber endlich auf dem Computer herum. „Du hast Glück. Herr Sprangel hat gerade keinen Termin. Du findest ihn sicherlich in seinem Büro. Nummer 190 im zweiten Stock." Ich bedankte mich mit gequältem Gesichtsausdruck und machte dann, dass ich in den Fahrstuhl kam. Hier war ich zum Glück allein. Puh! Die erste Hürde war geschafft. Im zweiten Stock angekommen, war es nicht schwer, Büro Nummer 190 zu finden. Viel schwieriger war es, den Mut aufzubringen und an die Tür zu klopfen. Aber Laureens verzweifeltes Gesicht, das ich mir in Erinnerung rief, brachte mich doch dazu. „Herein", rief eine Männerstimme von drinnen. Langsam öffnete ich die Tür und spähte in das Büro hinein. Die Wände waren in einem hässlichen Türkis gestrichen. Außer einem Schreibtisch, einem Drehstuhl und ein paar Stehpflanzen gab es nicht viel mehr. Auf dem Stuhl saß ein Mann, der mich fragend ansah. Es erschreckte mich, wie viel Ähnlichkeit Laureen mit ihm hatte. Die Nase, der Mund und das blonde Haar, das bei ihm allerdings kurzgeschoren war. Er trug einen teuren, engen Anzug, der sich unvorteilhaft über seinem Bauch spannte. In der Hand hielt er ein Brötchen und vor ihm auf dem Schreibtisch dampfte ein heißer Kaffee. „Hast du dich im Zimmer geirrt oder was machst du hier?", wollte er wissen und runzelte die Stirn. Ja was tat ich eigentlich hier? Ich trat jetzt ganz durch die Tür und fühlte mich so fehl am Platz wie noch nie zuvor. „Ich bin Noelia Welsmann, ich würde Ihnen gerne ein paar Fragen stellen", piepste ich und wünschte im selben Moment, dass ich lauter klang. „Bist du von einer Schülerzeitung oder was", brummte er genervt und biss von seinem Brötchen ab. Ich schüttelte den Kopf. „Nein ich bin eine Freundin von Laureen." Bei der Erwähnung dieses Namens erstarrte sein Gesicht. Langsam kaute er weiter. „Was willst du?", fragte er dann noch einmal mit belegter Stimme. Ich konnte ja schlecht einfach so mit der Tür ins Haus fallen. Also musste ich improvisieren. „Also eigentlich bin ich schon wegen der Schule da. Das Thema lautet *unsere Eltern*. Wir sollten uns in Paaren zusammentun und so viel wie möglich über die Eltern des jeweils anderen in Erfahrung bringen." Und ich arbeite eben mit Laureen König zusammen. Die Lüge ging mir ziemlich leicht über die Lippen. Bei diesem Namen blitzte in seinem Gesicht etwas wie Misstrauen auf, aber langsam glättete es sich wieder. „Hätten Sie vielleicht kurz Zeit für mich", lächelte ich so freundlich wie es ging, in Anbetracht der

Tatsache, dass dieser Mann die Mutter meiner besten Freundin geschlagen hatte. „Aber nur kurz. Meine Mittagspause ist nicht so lang", stimmte er schließlich zu. „Hast du denn gar keinen Block mit Fragen oder so?" „Doch doch, alles auf meinem Handy", versicherte ich, zog es hervor und legte es auf den Tisch. Vorher stellte ich die Tonaufnahme an. „Also Herr Sprangel", fing ich an zu reden. „Haben Sie irgendeine Art Kontakt zu ihrer Tochter?" Auch wenn ich die Antwort wusste, musste ich ja irgendwie anfangen. „Nein habe nicht. Ich habe sie kein einziges Mal gesehen." „Sie haben sich von Vera König vor Laureens Geburt getrennt, richtig?", machte ich weiter. „Vera hat sich von mir getrennt", berichtigte er mich. „Die Gründe sind privat." Dass ich die Gründe kannte, verriet ich ihm besser nicht. „Und danach hatten sie keinen Kontakt mehr zu Vera König?" „Ich habe mich bemüht, aber außer einer Mail, dass das Baby wohlbehalten auf der Welt ist, zusammen mit einem Foto, habe ich nie wieder etwas bekommen. Irgendwann hab ich es dann gelassen", antwortete er mit bebender Stimme. Das Thema schien ihn mehr mitzunehmen, als ich erwartet hatte. Allerdings musste ich jetzt endlich mal etwas Wichtiges fragen. „Haben Sie gewusst, dass Vera König wieder geheiratet hat?" Seine Züge verhärteten sich. Er nickte bloß. „Ihr Ehemann wurde vor ein paar Tagen ermordet im Wald gefunden", platze es aus mir heraus. „Was macht das mit ihnen?", fügte ich schnell hinzu. Andreas Sprangel lachte kurz auf. Es war ein ekelhaftes und hartes Geräusch, das mir eine Gänsehaut über den Rücken jagte. „Gar nichts macht das mit mir, junges Fräulein und jetzt denke ich, reicht das mit dem Interview." Ich griff hastig nach meinem Handy und beendete die Aufnahme. „Danke, dass Sie sich Zeit genommen haben", murmelte ich und verschwand dann so schnell ich konnte aus dem Bürogebäude, ohne noch irgendjemanden eines Blickes zu würdigen.

Inge hatte ein Auge für ihre Gäste. Mit einem Blick konnte sie feststellen, wer zahlen oder ein neues Getränk haben wollte. Inge sah den Leuten an, welcher Kuchen ihnen schmecken würde oder ob sie noch eine Portion Sahne mehr wollten. Sie bewirtschaftete ihr Café schon so lange, dass ihre Stammkunden und deren üblichen Bestellungen sich regelrecht in sie eingebrannt hatten. Aber nur einen Menschen hatte Inge so sehr ins Herz geschlossen wie keinen anderen. Kyano war der Enkel für sie, den sie niemals gehabt hatte. Ihr Mann Gustav war schon vor drei Jahren gestorben. Lungenkrebs. Genau deswegen hatte sie nie mit dem Rauchen angefangen und schärfte es auch Kyano jedes Mal wieder ein. Er hatte sie mit seiner Geschichte so bewegt, dass ihr die Tränen in die Augen gestiegen waren. So ein lieber Junge, so weit entfernt von seiner Familie. Inge hatte ihn immer wieder gefragt, ob es da nicht ein Mädchen an seiner Seite gäbe. So ein gutaussehender junger Mann wurde doch sicherlich umschwärmt, war begehrt. Aber Kyano hatte es immer verneint. Und jetzt hatte er ein Mädchen mitgebracht. Ein hübsches Ding. Mit roter Mähne, blitzenden Augen und einer Menge Sommersprossen. Inge waren gleich die Funken aufgefallen, die zwischen den beiden umher zu sprühen schienen. Aber für ihren Geschmack war das Mädchen nach viel zu kurzer Zeit aufgesprungen und hatte sich verabschiedet. Kyano war sitzen geblieben und sah nun aus dem Fenster. Alle anderen Gäste waren beschäftigt, deshalb ging Inge zu dem Fensterplatz hinüber, an dem er saß und setzte sich auf den Stuhl, auf dem eben noch sie gesessen hatte. „Da hast du mich wohl angeflunkert. Du hast ja doch ein Mädel", neckte sie ihn und zwinkerte ihm zu. Er musste grinsen. „Sie ist nicht mein Mädel." Inge legte den Kopf schief. Kyano seufzte. „Ja, ich habe sie gern. Aber ob das was wird, weiß ich nicht." Inge tätschelte ihm die Hand. „Bestimmt, du bist doch so ein feiner Kerl. Dir kann doch kein Mädchen widerstehen." Er lachte auf. „Na wenn du das sagst, Inge." Sie schwiegen beide kurz. „Hast du ihr denn alles erzählt? Von dir und deiner Familie und allem", fragte Inge schließlich zögernd. Er schüttelte den Kopf. „Ich werde es ihr schon noch erzählen, aber jetzt will ich noch kein Mitleid", sagte er dann etwas heftiger, als sie erwartet hatte. Sie konnte den Schmerz in seinen Augen sehen und beschloss, die Sache ihm zu überlassen. „Dann lass dir wenigstens was Gutes tun", zwinkerte Inge und stand auf, um ihm noch ein Kuchenstück zu holen. Aufs Haus natürlich.

43

Bis zum Haus von Antonia Meyer war es nicht weit. Gerade mal zehn Minuten mit dem Wagen. Hendrik hatte das Fenster runtergelassen und hielt die Nase in den Fahrtwind. Staißer konzentrierte sich auf den langsamen BMW vor ihnen. Manchen Leuten durfte man wirklich keinen Führerschein geben. „Ob es sein Kind war?" Staißer sah irritiert zur Seite. Hendrik starrte immer noch nachdenklich aus dem Fenster. „Ich könnte es mir gut vorstellen", antwortete er vage und sah wieder auf die Straße. Bestimmt war es sein Kind. Man bewahrte schließlich nicht einen Brief mit einem Ultraschallbild in seinem Auto auf, wenn es nicht das eigene war. Jedenfalls dachte Staißer sich das so. Aber obwohl eine Schwangerschaft für gewöhnlich eine Freudenbotschaft war, sagte der Zettel, der ebenfalls im Umschlag gelegen hatte, nichts dergleichen aus.

Wenn ich nicht glücklich sein darf, dann du auch nicht.

War das eine Drohung? Eine Aussage, die aus Herzschmerz hervorging oder doch nur ein Spaß. Staißer wusste es nicht. Außer dem Namen der Frauenarztpraxis und dem Datum war nichts Weiteres auf dem Bild zu erkennen. Immerhin zwei Anhaltspunkte. Aber jetzt mussten sie erst einmal Antonia Meyer befragen. Die Frau wohnte in einem kleinen gepflegten Häuschen mit hellblauen Fensterläden und geschmacklosen Gartenzwergen im Vorgarten. Staißer parkte und die beiden stiegen aus dem Wagen. Hendrik drückte auf die golden angemalte Klingel und nur wenige Sekunden später wurde die Tür schwungvoll aufgerissen, als hätte die Frau bloß auf ihren Auftritt gewartet. Antonia Meyer war zwar eine Frau von ungefähr dreißig Jahren, wirkte aber mindestens zehn Jahre älter. Die gebräunte Haut sah so aus, als würde sie geradewegs aus dem Sonnenstudio kommen, das schnurglatte Haar war platinblond, aber der dunkle Ansatz zeigte sich bereits. Die Lippen und die Brüste hatte sie sich operativ behandeln lassen, dafür hätte Staißer die Hand ins Feuer gelegt. Ihre Augen wurden von einer riesigen Sonnenbrille verdeckt, deren Leopardenmuster hervorragend zu dem Minikleid passte, das eng an ihrem Körper lag. Ihre Füße stecken in silbernen Riemchensandalen und die Fingernägel hatte sie sich in einem grellen Pink lackiert. Sie war das komplette Gegenteil zu Vera König. „Ich bin

Hauptkommissar Staißer und das ist mein Kollege Hauptkommissar Theobaldt. Wir ermitteln im Fall Martin König." Antonia Meyer zog die dünnen Brauen zusammen. „Mit Martin König möchte ich nichts zu tun haben", sagte sie mit spitzer Stimme und wollte die Tür schon wieder schließen, aber Hendrik reagierte schnell und stellte seinen Fuß dazwischen. „Was soll das", rief sie empört. „Verschwinden Sie von meinem Grundstück" „Frau Meyer, Herr König wurde am Samstag tot in einer Grube im Wald gefunden", erklärte Hendrik mit bemüht ruhiger Stimme, angesichts seines Fußes, der noch im Türspalt klemmte. Kurz entgleisten Antonia Meyers Gesichtszüge und sie sah ehrlich bestürzt aus, aber im nächsten Moment hatte sie sich schon wieder gefasst. „Na, dann kommen Sie halt rein", murrte die Frau und ließ die Kommissare eintreten. In Anbetracht der geschmacklosen Gestaltung des Flures verzog Staißer kurz das Gesicht, als hätte er Zahnschmerzen. Im Wohnzimmer sah es nicht besser aus. Die Wände waren mit einer Art fliederfarbenem Fell tapeziert und über dem flauschigen Sofa mit den katzenförmigen Kissen hingen Poster von halbnackten Sängern und Schauspielern. „Setzen Sie sich doch", wies sie auf das Sofa und verschwand dann durch eine Tür in einen angrenzenden Raum. Hendrik und Staißer ließen sich etwas unbeholfen in das flauschige Polster gleiten. „Frau Meyer", rief Staißer, nachdem einige Minuten verstrichen waren. „Wir müssen wirklich mit Ihnen reden." „Jahja", flötete sie und kam dann wieder ins Wohnzimmer rein, drei Cocktailgläser in den Händen balancierend, die mit einer orangegelben Flüssigkeit gefüllt waren. Je ein gelber Strohhalm ragte aus den Gläsern und auf den Rändern steckten Limettenscheiben. Staißer war genauso verblüfft wie Hendrik, als sie den beiden jeweils ein Glas in die Hand drückte. Staißer fand als erster die Sprache wieder. „Danke, aber wir trinken im Dienst nicht." Mit diesen Worten stellten er und sein Kollege die Gläser auf das Tischchen, das vor ihnen stand. Antonia Meyer zuckte mit den Schultern und fing an, an ihrem eigenen Strohhalm zu saugen. Sie schluckte geräuschvoll und ließ sich dann in einen Sessel sinken. „Also, was wollen Sie von mir", fragte sie mit aufforderndem Blick. „Wir würden ihnen gerne ein paar Fragen stellen", antwortete Staißer. „Ach, Sie denken, ich wäre Martins Mörderin", regte sie sich mit schriller

45

Stimme auf und funkelte die Kommissare an. „Wir denken gar nichts",
beschwichtige Staißer sie. „Wir würden Ihnen lediglich gerne ein paar
Fragen stellen." Sie schniefte kurz und griff dann nach ihrer
Limettenscheibe und biss darauf herum. Hendrik beobachtete es
angeekelt, bis Staißer ihm einen Stoß zwischen die Rippen versetzte.
„Ja, also wo waren Sie am Samstag von 17 bis 20 Uhr", fragte Hendrik.
Antonia Meyer leckte sich über die Lippen und lehnte sich dann zurück.
„Ich war im Nagelstudio. Musste dringend mal wieder hin. Außerdem
wollte ich unbedingt so einen neuen Blauton ausprobieren." „Okay",
murmelte Hendrik. „Und hatten Sie nach der Trennung noch Kontakt zu
Martin König?" „Pff, zu diesem Idioten? Nein", zischte sie mit
wütendem Gesichtsausdruck. „Als dieser Esel mich für diese Alte
verlassen hat, hab ich keinen Kontakt mehr gesucht. Gut, ja ich habe
seinen Computer kaputt gemacht, aber dafür habe ich meine Strafe
bekommen." Sie trank einen Schluck und stieß dann hinter
vorgehaltener Hand auf. „Und wo arbeiten Sie jetzt", hakte Staißer
interessiert nach. „Tja", machte Antonia einen geheimnisvollen
Gesichtsausdruck. „Ich denke ich habe meine Leidenschaft jetzt in der
Kosmetik entdeckt. Momentan bin ich noch Verkäuferin, aber ich
arbeite schon an einer eigenen Lidschattenpalette." Staißer spürte, wie
Hendrik neben ihm seinen Körper anspannen musste, um sich das
Lachen zu verkneifen. „Also hatten sie gar keinen Kontakt mehr zu
Martin König", nahm dieser den Faden wieder auf, als er sich beruhigt
hatte. Antonia schüttelte entschieden den Kopf. „In Ordnung Frau
Meyer, danke für Ihre Zeit. Würde es Ihnen passen, am
Donnerstagnachmittag aufs Präsidium zu kommen, um ihre Aussagen
zu Protokoll zu geben." „Wenn es sein muss", zuckte sie mit ihren
Schultern und kippte den Rest ihres Cocktails hinunter. Hendrik und
Staißer standen auf und gingen zur Haustür. „Tja, dann bis
Donnerstag", sagte Antonia, gähnte und schloss dann die Tür. „Na, das
war ja ein interessantes Gespräch", sagte Hendrik mit zynischem
Unterton. „Vor allem, wenn man bedenkt, dass sie nicht im Nagelstudio
war", bemerkte Staißer. „Was? Wie kommst du darauf?" Hendrik starrte
seinen Kollegen an. „Hast du nicht auf ihre Nägel geachtet? Pink und
schon total abgeblättert. Nichts von einem neuen Blauton." „Aber

warum sollte sie lügen? Sie wirkt nicht wie eine Person, die eine Leiche im Wald verscharrt", runzelte Hendrik seine Stirn. „Das finden wir sicher am Donnerstag heraus", antwortete Staißer und startete den Wagen.

Kyano schlenderte die dunkle Straße entlang. Nur die Straßenlaternen spendeten schwaches Licht. Kein Auto und keine Menschenseele war zu sehen. Die kalte Abendluft fuhr ihm durch das Haar und schmerzte in seiner Kehle. Er hatte lange bei Inge im Café gesessen. Sie hatten geredet und gelacht und er hatte sich wohl gefühlt. Er schloss die Augen und dachte an Noelia. Er vermisste sie jetzt schon. Ihre Augen, ihr Lächeln, ihre Stimme. Alles. Er wollte sie so gerne sehen, aber er ertrug es nicht, jedes Mal über dieses Thema zu reden. Er schaffte es nicht. Ihre Nähe war für ihn das schönste Gefühl, reines Glück und Liebe. Aber gleichzeitig schmerzte es. Riss Wunden wieder aufs Neue auf und jedes Wort, das sie sagte, war wie Salz, das in klaffende Wunden gestreut wurde. Aber er konnte es nicht aushalten, von ihr getrennt zu sein. Auch wenn er sie noch nicht lange kannte, hatte sie sich bereits eine Brücke zu seinem Herzen gebaut.

Zu seiner Wohnung war es nicht mehr weit. Kyano steckte seine Hände tief in die Jackentaschen und beschleunigte seine Schritte. Jetzt fing es auch noch an zu regnen. Dicke Tropfen fielen auf sein Haar, sein Gesicht und seine Kleidung. Das Wasser war kalt und prasselte nur so vom Himmel. Kyano begann zu rennen und erreichte sein Haus. Er kramte den Schlüssel hervor und sperrte die Tür auf. Endlich im Trockenen. Er mochte das Mehrfamilienhaus nicht. Im Treppenhaus roch es immer muffig, der Aufzug funktionierte schon lange nicht mehr und die Stufen bröckelten an einigen Stellen. Seine kleine Wohnung lag direkt unterm Dach. Einerseits hielt es ihn fit, aber im Winter wurde es dort oben furchtbar kalt und im Sommer konnte man kaum atmen, so stickig war es. Immer zwei Stufen auf einmal nehmend lief Kyano die Treppe hoch zu seiner Wohnung. Die anderen Familien, die in dem Haus wohnten, kannte er nicht. Und das wollte er auch nicht. Er wollte nichts von ihren Geschichten wissen und im Gegenzug sollten sie ihn in

Ruhe lassen. Was sie ja auch taten. Als er die letzten Stufen hochgesprungen war, bückte er sich und hob den mickrigen Stapel Post auf seiner Fußmatte auf. Auch wenn er nichts von seinen Nachbarn wissen wollte, brachte ihm die junge Frau eine Etage tiefer immer seine Post hoch. Kyano kannte nicht mal ihren Namen, aber er spürte, dass sie ihn mochte. Er öffnete seine Wohnungstür und zog Schuhe und Jacke aus. Die Post warf er auf den Küchentisch, zog dann die restliche nasse Kleidung aus und schlüpfte in einen trockenen Jogginganzug. Kyano nahm sich ein Blatt Papier und griff nach einem Stift. Er wollte über Noelia schreiben, jetzt gleich. Aber mehr als ein paar spärliche Worte brachte er einfach nicht zustande. Sie war einfach zu besonders. Zu vielfältig. Er konnte sie gar nicht richtig beschreiben, weil er sie, wie es ihm schmerzlich bewusstwurde, eigentlich noch gar nicht genau kannte. Seufzend griff er nach einem Brief, der zuoberst lag. Er kam von seiner Familie. Kyano spürte, wie seine Hände leicht zitterten und er musste hart schlucken. So fühlte er sich jedes Mal, wenn ein Brief von ihnen kam. Vorsichtig riss er ihn auf und holte das dicht beschriebene Blatt hervor.

Lieber Kyano,
mein lieber Schatz. Ich hoffe es geht dir gut. Und wie ich das hoffe. Ich
vermisse dich so sehr. In deinem letzten Brief hast du mir geschrieben,
dass du Arbeit gefunden hast. Und was heißt, wie Du es nanntest: bloß
ein winzigen, peinlichen Job. Hier hättest du nicht mal die Chance auf
so einen kleinen Job gehabt. Und jetzt hast du sogar eine eigene
Wohnung. Du glaubst gar nicht, wie stolz ich auf meinen Jungen bin.
Ich wusste, dass du es schaffen wirst. Deine Schwester vermisst dich
sehr. Jeden Tag liegt sie mir damit in den Ohren, dass sie dich
unbedingt besuchen möchte. Das will ich auch. Und das werden wir
auch bald. Versprochen! Und dann zeigst du uns deine Stadt, dein
neues Leben. Deine kleine eigene Wohnung, den Garten, in dem du
arbeitest und das kleine Café mit der netten alten Dame, von der du
immer so viel schreibst. Ich finde es schön, dass du jemanden hast, der
auf dich aufpasst. Ich vergesse zwar immer ihren Namen, aber ich bin
froh, dass sie für dich da ist. Ich habe letztens einen Brief von einer

*Freundin erhalten. Sie und ihr Mann sind verlobt und sie hat uns zu
ihrer Hochzeit eingeladen. Und wer weiß... vielleicht findest du ja auch
bald ein Mädchen, dass dein Herz höherschlagen lässt. Ich weiß, dass
du nicht gerne Leute in dein Leben lässt, aber es würde mich so freuen,
wenn ich eines Tages von meinem Ältesten hören würde, dass er sich
verliebt hat. Aber eines musst du wissen. Egal wie alt du bist, du bist
immer noch mein kleiner Junge. Ich hätte dich so gerne bei mir, aber
ich weiß, dass es dir so besser geht. Von deinem Vater habe ich leider
nichts Neues zu berichten. Er redet wenig von dir und ist sehr in sich
gekehrt. Sei ihm nicht böse. Es ist nicht einfach für ihn. Aber trotz
alledem weiß ich, dass er dich sehr liebt. Du bist sein ganzer Stolz,
aber er verkraftet es einfach nicht so leicht, dass Du nach Deutschland
gegangen bist. Mach dir keine Vorwürfe. Alles wird gut. Ich sehe uns
schon zu viert bei Tante Yara unterm Zitronenbaum sitzen, wie früher.
Wir werden dann wie früher bis spät in die Nacht zusammen draußen
sitzen. Darauf freue ich mich unglaublich.
Ich bete jeden Tag für dich, mein Schatz. Pass bitte gut auf dich auf und
schreib mir bald.
Küsschen Mama*

Kyano spürte, dass sich Tränen in seinen Augen gesammelt hatten. Sie
tropften auf den Brief und verwischten die Tinte. Er versuchte sie mit
der Hand wegzuwischen, verschmierte sie aber bloß noch mehr.
Vorsichtig steckte er das Papier wieder zurück in den Umschlag. Die
restliche Post enthielt Werbeprospekte und einen kleinen
zusammengefalteten Zettel. Unordentlich geknickt und an ein paar
Stellen eingerissen. Kyano stutzte und drehte den Zettel in seiner Hand.
Die junge Frau von unten hatte ihm wohl kaum ein Stückchen Müll vor
die Tür gelegt. Um das Papier nicht weiter einzureißen, faltete er es
behutsam auseinander. Während er die Zeilen las, verhärtete sich sein
Gesicht und er biss sich auf die Unterlippe. Langsam knüllte er den
Zettel zusammen und warf ihn angewidert auf den Boden. Seine Augen
loderten vor Wut. Kyano sprang auf und riss das Fenster auf. Wind und
Regen peitschten ihm ins Gesicht, aber es tat gut. Er hatte das Gefühl,

die eisige Kälte prügele die Wut aus ihm heraus. Nur, die Zeilen, die er gerade gelesen hatte, konnte sie nicht vertrieben. Diese hatten sich unweigerlich in sein Gehirn eingebrannt. „Halt dich besser von ihr fern. Sonst passiert ihr etwas. Und du weißt, dass es deine Schuld sein wird."

Allein
So fernab von allem
Niemand ist da
Soll es wirklich so sein?
Schon einmal wurde ich fortgeschickt
Zu meinem Besten
Jetzt soll ich dich alleine lassen
Ist das das Beste?

„Jetzt sag doch endlich, in welches Restaurant wir fahren." Staißer seufzte und sah auf die vor ihm liegende Straße. Es war gar nicht so leicht, Ellie zu überraschen, wenn sie sich mit aller Macht dagegen sträubte. Schon als er am Abend mit einem Strauß Rosen nach Hause gekommen war, war sie zuerst in Tränen ausgebrochen, bei dem Gedanken, dass er sie betrogen haben könnte. War es wirklich so lange her, dass er ihr etwas geschenkt hatte? Es hatte ihn Mühe, eine Menge Taschentücher und Nerven gekostet, ihr zu versichern, dass er ihr bloß eine kleine Aufmerksamkeit hatte machen wollen. Das nächste Problem hatte darin bestanden, sie in ein Kleid zu kriegen. Pausenlos hatte sie nachgefragt, wo sie denn hinfahren würden und schließlich damit gedroht, sich eine alte Hose samt ausgeleiertem T-Shirt anzuziehen. Staißer hatte schließlich nachgegeben und ihr erzählt, dass er sie zum Essen ausführen wollte. Mit dieser Erklärung hatte Ellie sich dann schließlich einigermaßen zufriedengegeben und war ins Badezimmer gerauscht, um sich zurecht zu machen. Staißer, der von seinem Arbeitstag völlig erschöpft war, schaffte es nur noch, sich ein sauberes Hemd anzuziehen und sich etwas Duftwasser hinter die Ohren zu sprühen. Dann hatte er gewartet. Und gewartet und gewartet und gewartet. Nach einer gefühlten Ewigkeit war sie aus dem Bad gekommen und der nächste Streit wäre fast entfacht, als er die Frechheit besaß und fragte, was sie denn so lange im Bad getrieben hätte. Wenn er sie einfach so aus dem Nichts überrasche und sie überhaupt nicht damit gerechnet hätte und er ja sonst auch nie sich irgendwas Romantisches einfallen ließe, warum dann heute, wenn sie gerade eine Haarmaske benutzt und an den Nägeln gekaut hätte. All das und noch mehr hatte er sich anhören müssen, bevor Ellie bereit war, aufzubrechen. Und jetzt löcherte sie ihn schon die ganze Zeit mit der Frage, wohin es denn ginge. Zum Glück war es nicht mehr weit bis zu dem Edelitaliener, den sie so liebte. „Warum hast du mir denn nicht gesagt, dass wir hier hinfahren, Ludwig", fragte Ellie, als sie auf den Parkplatz fuhren. „Ich wollte dich überraschen mein Schatz", antwortete Staißer erschöpft und half seiner Frau aus dem Wagen. Sie trug ein schönes dunkelblaues Kleid, die Halskette ihrer Oma und hatte sich das zimtfarbene Haar im Nacken zu einem eleganten Knoten gebunden. Der dunkle Lippenstift passte perfekt zu ihren rehbraunen Augen. Staißer betrachtete sie einen Augenblick verträumt. Sie war so eine hübsche Frau. Mit einer raschen Bewegung zog er sie in seine Arme und küsste sie auf die Schläfe. „Du bist wunderschön, meine Kleine", murmelte er ihr ins Ohr. Staißer hörte, wie sie lachte und sich an ihn schmiegte. Kurz standen sie eng umschlungen da, bis er sie sanft an der Hand nahm und sie zu zweit das Lokal betraten. Den Tisch hatte er zum Glück vorher noch rechtzeitig reserviert, sonst wäre es wahrscheinlich unmöglich gewesen noch einen Platz zu ergattern. Als sie am Tisch saßen, die Kerzen leuchteten, und Staißer die ersten Schlucke Whiskey intus hatte, fühlte er sich so gut wie lange nicht mehr. Ellies Wangen hatten durch den Wein eine rosige Farbe angenommen, die Lasagne schmeckte vorzüglich und er verstand sich so gut wie lange nicht mehr mit seiner Frau. Die Gedanken an den Mordfall hatte er zusammen mit dem ersten Glas Alkohol runtergespült. Staißer spürte, wie sich in ihm ein wohlig Wärme ausbreitete und so ein kitzeliges Gefühl seinen Kopf ausfüllte, dass er jeden Satz, den er hörte, zum Schießen fand. Alles war so herrlich. Einfach mal komplett abschalten vom Job. Noch nie war ihm eine vorzeitige Pensionierung so attraktiv vorgekommen.

Doch jeder noch so schöne Moment war irgendwann zu Ende. Staißer kratzte den letzten Rest der Lasagne aus der Auflaufform und ließ sich dann mit einem wohligen Stöhnen nach hinten sinken. „Ach Ludwig, das ist wunderschön", seufzte Ellie und nippte hingerissen an ihrem Weißwein. Staißer lächelte und ließ seinen Blick durchs Restaurant schweifen. Er konnte durchaus nachvollziehen, warum es so viele Leute hierherzog. Die Wände, an denen Kerzenleuchter hingen, waren in satten, roten Tönen gehalten, und die Tische waren aus einem einheitlichen Holz gefertigt. Die meisten Gäste waren alle mindestens in ihrem Alter. Die jüngeren Leuten bevorzugten anscheinend nicht diesen trationellen Look. Obwohl, zwei Tische weiter saß eine jüngere Frau, die ihm bekannt vorkam, mit zwei Männern. Staißer kniff die Augen zusammen und versuchte sie zu erkennen. Die Frau war doch Antonia Meyer! Und den Mann neben ihr kannte er auch irgendwo her. Plötzlich fiel es ihm wie Schuppen von den Augen und er war mit einem Schlag nüchtern. Der Mann, der neben Antonia Meyer saß, war Frank Rotland. Der Tennispartner von Martin König. Den dritten Mann aus der Runde kannte er nicht, aber schon der Anblick der beiden anderen versetzte ihm ein ungutes Gefühl.

6. Kapitel 15.05.20 Mittwoch

Ich stützte müde meinen Kopf auf meine Hände. Es war sechs Uhr morgens und am Himmel zeichnete sich ein dünner, rotgoldener Streifen ab. Schon vor zwei Stunden war ich aufgewacht, hatte mich an meinen Schreibtisch gesetzt und die Aufnahme von meinem Gespräch mit Andreas Sprangel wieder und wieder angehört. Aber ich konnte einfach nicht einordnen, was ich da hörte. Der Polizei brachte es wahrscheinlich eh nichts, wenn ich ihr die Audio geben würde. Ich rieb mir die müden Augen und starrte aus dem Fenster. Der Tag begann gerade erst und ich fühlte mich so gerädert wie noch nie. Am besten, ich dachte nicht mehr weiter an Andreas Sprangel, sondern besprach erst mit Kyano, wie ich weiter vorgehen sollte. Bei dem Gedanken an ihm spürte ich ein Kribbeln in meinem Bauch.

Aber selbst, als ich unter der Dusche stand, konnte ich das Gesicht von Laureens leiblichem Vater einfach nicht vergessen. Ob ich Laureen erzählen sollte, was ich getan hatte. Ich hatte das Gefühl, mein Kopf würde platzen. Mit einem Ruck drehte ich das Wasser auf Eiskalt. Ich erschauderte kurz und musste einen Aufschrei unterdrücken. Es fühlte sich an, als würden Eiswürfel aus der Leitung klirren. Als mein Körper langsam taub wurde, stellte ich das Wasser ab und wickelte mich in mein Frotteehandtuch. Als ich mich angezogen hatte, ging ich die Treppe hinunter in die Küche. Meine Eltern waren noch oben und schliefen, also hatte ich die Küche für mich allein. Großen Hunger hatte nicht, also schnappte ich mir bloß einen Apfel und meine Schultasche und beschloss, heute einfach früher zur Schule zur fahren. Auf dem Schulhof war noch kein einziger Schüler zu sehen. Ich parkte mein Fahrrad und setzte mich auf eine Bank. Nachdenklich zog ich mein Handy wieder hervor und hörte mir zum x-ten Mal das Gespräch mit Andreas Sprangel an. Ich merkte gar nicht, wie ein Schatten auf mich fiel. „Na Süße, was hörst du dir da an?" „Nathan", sagte ich überrascht und steckte schnell mein Handy weg. „Was machst du denn hier?" Nathan zuckte mit den Schultern. „Der frühe Vogel fängt bekanntlich den Wurm." Wie selbstverständlich setzte er sich neben mich und legte seinen Arm um mich. Vor ein paar Tagen wäre das noch mein sehnlichster Wunsch gewesen, aber jetzt fühlte ich mich unbehaglich. Ich rückte unauffällig ein Stück zur Seite. Er fuhr sich gekonnt durch die blonden Locken und sah mich dann mit einem filmreifen Augenaufschlag an. „Na los, sag schon. Was hast du dir da angehört?" „Nichts wirklich", wich ich aus, bückte mich nach vorne und tat so, als würde ich meinen Schuh zubinden müssen. Sein Arm fiel schlaff von meiner Schulter herunter. Ich spürte Nathans Blick wie einen lodernden Pfeil in meinem Rücken. „Noelia, was ist los?" „Nichts!" Genervt lehnte ich mich wieder zurück. Nathan sah sich um und schenkte mir dann ein anzügliches Grinsen. „Wie wärs, wenn wir nochmal schnell hinter die Kletterwand da verschwinden...?" Ich zeigte ihm einen Vogel. „Ganz sicher nicht. Was wenn uns jemand sieht?" Er rückte immer näher an mich heran und begann, meinen Hals zu küssen. Sein Aftershave brannte mir in der Nase. Es war zu nah. „Nathan hör auf."

Er hörte nicht auf, sondern schob seine Hand unter meine dünne Jacke. Das war zu viel. „Nimm deine Pfoten von mir", rief ich mit wütender Stimme und sprang auf. Die Fassungslosigkeit in seinem Gesicht verwandelte sich in Zorn. „Dann halt nicht." Mit diesen Worten stand er ebenfalls auf und verschwand in der Schule. Ich atmete schwer und richtete meine Jacke. Dieser ekelhafte Typ würde mich ganz sicher nie wieder anfassen.

Frauen waren schöne Wesen. Geheimnisvoll und häufig missverstanden und mysteriös. So kam es jedenfalls Andreas Sprangel vor. Als Kind hatte seine Mutter ihn häufig geschlagen und gedemütigt. Trotzdem war er immer nett zu anderen Frauen gewesen und war ihnen mit Respekt begegnet. Und was hatte er dafür bekommen? Er wurde als Memme und Schlappschwanz beleidigt. Irgendwann hatte Andreas sich dann einen Panzer zugelegt. Eine Hülle, die ihn vor jeglichen abfälligen Bemerkungen schützen sollte. Und dann lernte er Vera können. Eine Memme, ein Weichei zu sein konnte er sich nicht erlauben, sonst hätte sie ihn verlassen. Zumindest dachte er sich das so. Also beherrschte er sie regelrecht. Nachdem er jahrelang in die Opferrolle gedrängt worden war, fühlte es sich gut an jetzt die Macht über jemanden zu haben. Er mochte die Furcht in ihren Augen, wenn er sie anschrie. Er genoss das Flehen, wenn er sie am Arm packte oder ihr Prügel androhte. Er suhlte sich regelrecht in der Art, wie sich bemühte alles richtig zu machen. Er liebte diese Frau, aber eben auf seine Weise. Ja, Andreas Sprangel kam es das erste Mal so vor, als wäre alles so wie es sein sollte. Wäre da nicht Vera gewesen, die alles wieder zerstörte, was er sich so mühsam aufgebaut hatte. Sie wurde schwanger und verließ ihn. Er hatte sie mit Nachrichten bombardiert und war vor ihrer Wohnung aufgetaucht. Er wollte sie wieder zurück. Und er wollte seine Tochter kennenlernen. Irgendwann hatte sie dann die Polizei gerufen und er eine gerichtliche Anordnung bekommen. Er durfte sich ihr nicht mehr als auf fünfzig Meter nähren. Es war wie ein Schlag in die Magengrube. Andreas Sprangel konnte sich beim besten Willen nicht erklären, was er falsch gemacht hatte. Er hatte sie doch geliebt und tat dies auch noch immer.

Nur hatte er einfach keine Ahnung, wie er eine Frau richtig behandeln sollte. Sein Cousin hatte ihn zur Therapie geschickt. Andreas besuchte zwar die Sitzungen, aber seiner Meinung nach brachten sie nicht viel. Immerhin hatte er seine Wut, die sich damals, nachdem er von Vera verlassen worden war, in ihm aufgestaut hatte, jetzt einigermaßen unter Kontrolle. Er neigte nicht mehr zu Tobsuchtsanfällen. Das war gut und wichtig in seinem Job. Aber nur, weil die Wut nicht ausbrach, hieß es nicht, dass sie nicht mehr vorhanden war. Andreas Sprangel hatte sie ganz deutlich gespürt. Es war erst gestern gewesen. Als die Kleine ihn besucht hatte. Sie sah aus, wie eine Hexe mit ihren roten Haaren. Bei der Erwähnung von Veras und Laureens Namen hatte er gespürt, wie die altbekannte Wut in ihm aufstieg. Die Wut und gleichzeitig die Sehnsucht. Er hatte nie seine Tochter kennengelernt und die Frau, die er immer noch liebte, verloren. Aber er hatte die Gefühle verdrängt. So gut, wie es eben ging. Die Nachricht vom Mord an diesem Mann hatte ihn nicht weiter beunruhigt. Er war ja unschuldig, das wusste er.

Hendrik schüttelte ungläubig den Kopf. „Sie hat nicht nur damit gelogen, was sie Samstag gemacht hat, sondern auch, dass sie keinen Kontakt mehr zu Martin König gehabt hat. Woher soll sie sonst seinen Tennispartner gekannt haben." Staißer drehte nachdenklich seinen Ehering in der Hand. Die beiden hatten Mittagspause und parkten vor einer Bäckerei. Hendrik sprach, seit Staißer ihn von seiner Entdeckung im Restaurant erzählt hatte, von nichts anderem mehr. „Vielleicht haben sich die beiden ja auch einfach so kennengelernt. Und dann als normale Freunde im Restaurant getroffen", überlegte Staißer laut, obwohl er es selbst nicht glaubte. „Quatsch", schüttelte Hendrik den Kopf und biss entschlossen in sein Käsebrötchen. „Wir haben sie ja eh für morgen aufs Präsidium bestellt. Und am besten laden wir Frank Rotland dazu ein", meinte Staißer. Hendrik nickte finster. Als er den letzten Schluck seines Cappuccino getrunken hatte, startete Staißer wieder den Wagen. Sie wollten zur Frauenarztpraxis, die auf dem Ultraschallbild angegeben war. Die Gemeinschaftspraxis lag am Stadtrand in der Nähe der Autobahn. Ein kleines weißes Gebäude mit einer Messingtür.

Die Kommissare stiegen aus und öffneten die Tür. Am Empfang saß eine breite Frau mit einem teigigen Gesicht und krausem, zusammengebundenem Haar. Ronja Radetzky verriet ihr Namensschild. „Guten Tag, Frau Radetzky", sagte Staißer mit einem Lächeln. Die beiden stellten sich vor und mussten die Frau erst einmal beruhigen, dass sie zwar Hauptkommissare waren, aber nicht gleich die Praxis schließen wollten. „Wären Sie so freundlich und würden uns sagen, welche Ärztin am 16. Februar hier gearbeitet hat", bat Staißer. Frau Radetzky nickte und tippte, immer noch aufgewühlt, auf ihrer Tastatur herum. „Das war dann wohl Frau Doktor Sägebach", antwortete sie schließlich mit zittriger Stimme. „Könnten Sie uns noch sagen, wo Frau Doktor Sägebach momentan ist", fragte Hendrik. „Sie hatte gerade ihren letzten Patienten und ist noch in Behandlungsraum Nummer 8. Also, falls Sie zu Ihr wollen", erklärte Frau Radetzky. Staißer und Hendrik nickten und bedankten sich. Vor Behandlungsraum Nummer 8 klopften sie und warteten dann kurz, bis eine raue Frauenstimme *Herein!* rief. Frau Doktor Sägebach war eine großgewachsene Frau mit katzenförmigen graugrünen Augen und einem dunkelblonden Bob. Sie sah die Kommissare verwundert an. „Kann ich Ihnen helfen?" „Kommissar Staißer und das ist mein Kollege Kommissar Theobaldt. Wir ermitteln in einem Mordfall und würden Ihnen gerne ein paar Fragen stellen", erklärte Staißer. Frau Doktor Sägebach ließ sich langsam auf einen weißen Drehstuhl sinken. „Und was wollen sie dann von mir", wollte sie wissen. „Wären Sie so freundlich und würden uns sagen, wer am 16. Februar bei Ihnen war", bat Hendrik. „Ich... ich habe eine Schweigepflicht", wandte sie ein. „Für zwei Kommissare, die in einem Mordfall ermitteln, tritt diese Regel außer Kraft", belehrte Hendrik die Frau und warf ihr einen auffordernden Blick zu. „Na schön", brummte die Ärztin und wandte sich ihrem Laptop zu. Sie rief die Patientenkartei auf und scrollte herunter. „Am 16. Februar hatte ich nur eine einzige Patientin gehabt. Kathy Bohlten", drehte sie sich wieder zu den Kommissaren um. „Was hat sie gewollt", hakte Staißer nach und warf einen Blick auf den Laptop. Frau Doktor Sägebach versperrte ihm die Sicht, indem sie den Bildschirm wegdrehte. „Meine anderen Patienten gehen sie nichts an", warf sie ihm einen ermahnenden Blick zu. Staißer trat verlegen einen Schritt zurück. „Verzeihung", murmelte er. „Was wollte denn nun Kathy Bohlten", drängte Hendrik. Frau Doktor Sägebach zuckte mit den Schultern. „Bloß eine Routineuntersuchung. Es stellte sich dann aber heraus, dass sie schwanger war. Das Ultraschallbild war eindeutig." Die Ärztin tippte auf das Ultraschallfoto, das Staißer ihr auf dem Tisch zuschob. „Ich hatte ihr diesen Abzug mit nach Hause gegeben. Mehr nicht." Hendrik nickte. „Und was war sie für eine Person. Könnten Sie das versuchen zu beschreiben", fragte er dann. Frau Doktor Sägebach stöhnte entnervt auf. „Was war sie für eine Person, was war sie für eine Person? Jung, das war sie. Ein paar Tattoos, ein paar Piercings und irgendwie wirkte sie nicht so, als ob sie ihr Leben im Griff hätte, wenn Sie wissen, was ich meine." Oh ja! Staißer konnte es sich lebhaft vorstellen. Meistens sah man solche Frauen in schlecht bezahlten RTL-Sendungen. „Habe ich Recht mit der Annahme, dass sie ohne Begleitung hier war?", wollte Staißer wissen, war sich aber ziemlich sicher, die Antwort zu kennen. Frau Doktor Sägebach bejahte. „Wären Sie noch so nett und geben uns ihre Adresse?" Hendrik setzte ein charmantes Lächeln auf und schenkte es der Ärztin. Sie sah den jungen Kommissar einen Augenblick verdattert an, fasste sich dann aber wieder. „Da müssen Sie Frau Bohlten fragen." „Gut das werden wir machen. Vielen Dank für ihre Hilfe", bedankte Hendrik sich und öffnete die Tür. Am Empfang erkundigten sie sich nach der Adresse und Frau Radetzky gab ihnen bereitwillig Auskunft. Kathy Bohlten wohnte Wieselweg 37.

Noch nie hatte ich die Klingel, die den Unterrichtsschluss verkündete, so sehr herbeigesehnt. Zum Glück hatten wir heute Herrn Hillen in den letzten beiden Stunden. Der absolut coolste Lehrer der Schule. Mit seinem dunklen Haar, das sich im Nacken kräuselte, der großen Brille und dem schwarzen Mantel, den er jeden Tag trug, erinnerte er einen immer wieder an Harry Potter. Aber außer, dass ihn viele Schülerinnen attraktiv fanden, machte er so ziemlich den besten Unterricht und vor allem immer pünktlich Schluss. Etwas, wovon man bei anderen Lehrern nur zu träumen wagte. Als der heiß ersehnte Gong ertönte, warf ich meine Schulsachen in den Rucksack und machte, dass ich nach draußen kam. So gern ich Herrn Hillen und seinen Englischunterricht mochte, ich wollte keine Sekunde länger in diesem miefige Klassenraum verbringen. Ich strömte mit der Schülermenge auf den Haupteingang zu. Mal mit einem Ellenbogen zwischen meinen Rippen, mal mit einem Fuß auf meinen Schuhen. Als ich endlich an der frischen Luft war, atmete ich tief durch. Noch nie war mir ein Schultag so lang vorgekommen. Allein der Gedanke an Kyano hatte mich ihn überstehen lassen. Ich blinzelte in die Sonne und wollte gerade zu den Fahrradständern gehen, als mich jemand am Arm packte. Ich fuhr erschrocken herum und sah in Laureens vertrautes Gesicht. "Was machst du denn hier", fragte ich und spürte, wie mein klopfendes Herz sich langsam wieder normalisierte. "Ich wollte mich bei dir entschuldigen, dass ich letztes Mal so unfreundlich gewesen bin", sah sie betreten zu Boden. Ich winkte ab. "Ach alles gut. Ich kann´s ja verstehen." Ein vorsichtiges Lächeln stahl sich wieder auf Laureens Gesicht. "Wir könnten Eis essen gehen. Es ist sooo schönes Wetter. Was meinst du?" Einerseits wollte ich unbedingt Kyano anrufen und mit ihm über Andreas Sprangel reden, aber andererseits wusste ich auch nicht, wann Laureen das nächste Mal so gut drauf sein würde. Also nickte ich. "Super", strahlte Laureen glücklich und wartete, bis ich mein Rad geholt hatte. Auf dem Weg zur Eisdiele war es fast wie früher zwischen uns beiden. Ich erzählte ihr von der Schule, von Helena und Tilly und wir lachten und witzelten zusammen. Es fühlte sich an, als wäre nie etwas geschehen. Wenn sich nicht zwischenzeitlich immer wieder ein dunkler Schleier über ihre Augen gelegt hätte, wenn der Gedanke an ihren Stiefvater sie überwältigte. In der Eisdiele war nicht viel los. Wir setzten uns an einen der kleinen Tische, die unter den rotweiß gestreiften Sonnenschirmen standen. Kaum, dass wir uns hingesetzt hatten, kam die junge Bedienung an unseren Tisch gelaufen. Ihr Nasenpiercing glitzerte wie die babyblauen Strähnchen in ihrem Haar. "Was möchtet ihr bestellen?", erkundigte sie sich und hielt ihren Notizblock samt Kuli startbereit hoch. Nachdem wir unsere Eisbecher und Getränke bestellt hatten, lehnte Laureen sich zurück und rekelte sich gemütlich in ihrem Stuhl. "Wie gehts dir so", fragte ich vorsichtig, aus Angst, die schöne Stimmung wieder zu zerstören. Laureen zuckte mit den Schultern. "Ich weiß es nicht. Mal denk ich, das Leben muss weitergehen und dann im selben Moment fühl ich mich einfach nur leer und mies." Das konnte ich absolut verstehen. Aber dann war jetzt wohl nicht der richtige Moment, ihr von Andreas Sprangel zu erzählen. Die Bedienung kam wieder an unseren Tisch und stellte die Eisbecher vor uns hin. Einen Erdbeerbecher für mich und einen Schokoladenbecher für Laureen. Eine Weile sprachen wir nicht, sondern machten uns über die Eisbecher her. "Ist eigentlich irgendwas Neues mit dir und Nathan passiert", wollte sie nach einer Weile wissen und steckte sich einen großen Löffel Sahne in den Mund. Ich schüttelte den Kopf. "Gar nichts?!" Laureen sah mich mit großen Augen an. Die Schokoladensoße tropfte von ihrem Kinn. Ich reichte ihr eine Serviette. "Nein gar nichts. Ich... ich glaub, das wird auch nichts mehr", antwortete ich schließlich ausweichend. Laureen zog die Brauen zusammen und fixierte mich scharf. "Noelia, was ist passiert?" "Nichts. Wirklich. Nur... von einem Typen, der sich eh nie meldet und wenn, dann bloß, um mit mir ins Bett zu gehen, von so einem Kerl brauch ich auch nichts", brach es aus mir heraus. Laureen sah mich überrascht an, bevor sie zufrieden lächelte. "Find ich gut, dass du sowas nicht mit dir machen lässt." Damit war das Thema gegessen und wir widmeten uns wieder unseren Eisbechern.

Es nieselte. Natürlich nieselte es. Kyano wischte sich mit der Hand übers Gesicht und starrte dann in den Himmel. Graue Wolken türmten sich dort. Trotzdem war es warm. Er zog den Reißverschluss seiner dünnen Jacke tiefer. Obwohl Vera König ihn mehr als gut bezahlte, konnte er sich es nicht leisten, sein Geld für so etwas Unwichtiges wie Kleidung hinauszuwerfen. Er blickte auf seine Armbanduhr. Das Leder war schon ganz ausgefranst und das Glas hatte bereits einen Sprung. Halb drei war es. Kyano sah sich im Garten um. Er hatte die Büsche geschnitten, den Rasen gemäht und sich um ein paar Beete gekümmert. Mehr als die Kois zu füttern, gab es heute nicht mehr für ihn zu tun. Vera hatte ihm schon früher gesagt, dass er eher gehen durfte, wenn er alles erledigt hatte. Kyano ging zum Schuppen hinüber und holte das Fischfutter heraus. Während er zusah, wie die Kois sich auf ihre Mahlzeit stürzten, griff er zum Handy und hielt es unschlüssig in seiner Hand. Die Drohung vom Vortag war klar gewesen. Er sollte sich von Noelia fernhalten. Aber er spürte, dass er das nicht schaffen würde. Jedenfalls nicht für eine lange Zeit. Und wie sollte man herausfinden, dass er sich mit ihr getroffen hatte. Sie könnten in ein Café außerhalb der Stadt gehen oder zum See. Ja, das würden sie tun. Er wählte ihre Nummer und lauschte nervös dem Piepen. Ob sie überhaupt ranging? "Noelia", meldete sie sich im selben Moment. Beim Klang ihrer Stimme wurde ihm ganz warm ums Herz. "Hey", sagte er mit rauer Stimme. "Hast du vielleicht Lust, etwas zu unternehmen. "Ja klar gerne! Woran hast du denn gedacht?" Er musste lächeln bei der Vorstellung, wie sich ein zartes Rot über ihr Gesicht legte und sie anfing zu strahlen. "Wie wärs beim See. Wir könnten schwimmen gehen", schlug er vor. Einige Sekunden hörte man bloß ihren Atem. "Es regnet", erwiderte sie dann. Als ob er das nach zwei Stunden Arbeit im Freien nicht bemerkt hätte. "Aber es ist warm", hielt er dagegen und wartete gespannt auf ihre Antwort. "Na schön", antwortete sie zögernd. "Ich bin in einer halben Stunde am See." Er lächelte zufrieden. "Dann bis gleich." Er steckte das Handy wieder zurück in seine Jackentasche und lächelte vor sich hin. Dann brachte er das Fischfutter und die Gartenutensilien wieder zurück in den Schuppen. Heute würde eindeutig noch ein guter Tag werden. Das hatte er so im Gefühl. Er war aufgeregt. Unheimlich aufgeregt. Kyano konnte sich nicht erinnern, wann er sich das letzte Mal so sehr auf ein bevorstehendes Treffen gefreut hatte.

Vorfreude
ein Gefühl, das mit dir in mein Leben trat
schmeckt so süß
doch hinterlässt einen bitteren Geschmack
Vorfreude lässt mich an nichts anderes denken
doch kaum verebbt sie
kommen die Schatten zurück
und überziehen alles mit dem zarten Schleier des Gewissens

Ein halbe Stunde. Eine HALBE Stunde! Warum hatte ich nicht eine volle Stunde gesagt. Das Eis, das ich gerade noch genüsslich gegessen hatte, rumorte jetzt in meinem Bauch. Warum hatte ich bloß eingewilligt, ihm jetzt schon meinen Körper zur Schau zu stellen. Ich ließ meinen Kopf in meine Hände sinken und sandte ein Stoßgebet zum Himmel, dass sich das Wetter vielleicht doch noch in ein Gewitter verwandeln würde. Was es natürlich nicht tat. Ich riss meinen Kleiderschrank auf und durchforstete ihn nach Bikinis. Ich hatte ziemlich viele, aber die meisten waren entweder zu klein oder ausgeblichen. Gerade als ich die komplette Ladung aus dem Fenster kippen wollte, ging meine Zimmertür auf und meine Eltern standen auf der Schwelle. Verdutzt sahen sie ihn mein zornrotes Gesicht. "Alles in Ordnung?", fragte mein Vater vorsichtig. Ich nickte missmutig und pfefferte die Bikinis zurück in meinen Schrank. "Wir wollten nur sagen, dass am Freitag die Beerdigung ist", sagte meine Mutter mit belegter Stimme. Ich schluckte. "Okay", murmelte ich dann leise. Meine Mutter lächelte mir liebevoll zu, während mein Vater das Chaos aus Schwimmsachen betrachte. "Ich geh noch mit ein paar Freunden zum See." "Aber ihr geht doch nicht ernsthaft Schwimmen?!" Mein Vater zog eine Augenbraue hoch und wies aus dem Fenster. "Komm schon, Friso. Wir waren doch auch mal jung. Und bei Regen Schwimmen zu gehen war für mich damals das Größte", neckte meine Mutter meinen Vater und zog ihn am Arm aus meinem Zimmer, nicht ohne mir noch vorher verschwörerisch zuzuzwinkern. Ich musste lachen. Auch noch nach fünfzehn Jahren Ehe waren meine Eltern immer noch wie frisch verliebt. Ich wandte mich wieder meinem Schrank zu, stemmte die Hände in die Hüften und seufzte. Irgendwo musste doch der Bikini von Laureens und meiner letzten Shoppingtour sein.

Als ich am See ankam, war es zwar noch warm, es goss aber in Strömen. Ich stellte mein Fahrrad ab und lief zur Bucht. Da stand er auch schon. Und lächelte mich an. Das Wasser lief an seiner Haut hinunter. Er trug nur seine Badeshorts. Ein kleiner Rucksack lag neben ihm im Gras. Das nasse Haar fiel ihm ins Gesicht und das Grau seiner Augen ähnelte dem der Wolken. "Schön, dass du da bist", sagte er und

61

lächelte. Ich nickte, fühlte mich aber zu unbehaglich, um mich jetzt einfach so auszuziehen. Als hätte Kyano verstanden, drehte er sich um und watete vorsichtig ins Wasser. Bevor er sich wieder umdrehte, streifte ich schnell meine Jogginghose und den Pulli ab. Zum Glück hatte ich den schwarzen Bikini noch rechtzeitig gefunden. Er saß wie angegossen. Langsam ging ich ins Wasser. Der Regen prasselte nur so auf die Oberfläche. Das Wasser war eiskalt und eine Gänsehaut machte sich auf meiner Haut breit. Kleine Wellen schwappten gegen meinen Körper und ich musste mich zusammenreißen, nicht aufzuschreien. Es fühlte sich wie viele kleine Stiche an. Auf einmal stand Kyano wieder vor mir. Ihm schien das kalte Wasser gar nichts auszumachen. Nur auf seinen Lippen hatte sich ein zartes Blau breitgemacht.

ೞ✦ೞ

Ihr war kalt, das sah er sofort. Sie hielt die Arme um ihren Körper geschlungen und zitterte. Er musste ein Lächeln unterdrücken. Sie sah einfach unglaublich aus. Langsam streckte Kyano seine Hand nach ihr aus. Sie sah ihn einen Moment verunsichert an, ergriff dann aber seine Finger. Vorsichtig zog er sie zu sich heran. Das Wasser reichte ihr bis zu den Schultern. Sanft legte er seine Arme um sie. Sie zögerte kurz, bis sie ihren Kopf an seine Brust lehnte. Nach ein paar Minuten hörte sie immer noch nicht auf zu zittern. "Wie wär´s mit Schwimmen", schlug er vor, auch wenn er noch so gerne ihre Hand in seiner behalten hätte. Sie nickte und folgte ihm noch weiter ins Wasser, bis sie beide nicht mehr stehen konnte. Das Wasser war kalt und zerrte an seinem Körper. Er holte tief Luft und tauchte unter. Alles war stumm. Nichts war zu sehen oder zu hören. Bloß ein verschwommenes Graugrün vor seinen Augen. Mit einem Prusten tauchte er wieder auf. Sie hatte nicht gewartet, sondern war schon ein gutes Stück vor geschwommen. Kyano beobachtete sie. Gleichmäßig und konzentriert glitt sie durchs Wasser. So gerne hätte er diesen Moment jetzt eingefangen. Genauso wie er jetzt war. Aber natürlich ging das nicht. Irgendwann hörte der Regen auf und er setzte sich mit ihr in die Bucht. Sie hatte eine Decke aus ihrer Tasche geholt. Sie zogen diese als Regenschutz über sich. Unter dem Schutz dieses Regendaches hatte er schließlich den Arm um sie gelegt, die Augen geschlossen und genoss nun den Moment mit ihr. "Ich war bei Laureens Vater." "Was?", fragte Kyano irritiert und öffnete seine Augen. Sie setzte sich etwas gerader hin und starrte hinaus auf den See. "Ich war bei Laureens leiblichem Vater", seufzte sie. Er musste schlucken und spürte die altbekannte Angst in ihm aufsteigen. "Was wolltest du von ihm?", fragte er und kaute nervös an seiner Lippe. "Na was wohl? Ich wollte etwas über Martins Tod rauskriegen", murmelte Noelia und sah in an. Er spürte, wie sich seine Muskeln verhärteten und er bemühte sich, die Angst und Wut aus seinem Gesicht zu vertreiben. "Wie konntest du so etwas tun?", sah Kyano sie fassungslos an. Seine Stimme war lauter geworden. Noelia starrte ihn an. "Sie ist meine beste Freundin", flüsterte sie und Tränen traten ihr in die Augen. "Ich... es tut mir leid", entschuldigte er sich und umarmte sie vorsichtig. Sie ließ es zu und sank mit ihrer Stirn gegen seine Schulter. "Ich hab doch einfach Angst um dich", murmelte er sanft. "Es läuft immerhin ein Mörder frei herum." Sie befreite sich aus seiner Umarmung und setzte einen kämpferischen Gesichtsausdruck auf. "Ich werde schon auf mich aufpassen. Aber abhalten kannst du mich nicht davon!"

Wasser
voller Geheimnisse und undurchdringbar
so wie ich
es ist mein Freund und gleichzeitig mein Feind
trägt mich und meine Taten an der Oberfläche
aber nur mit einem Satz ertrinke ich
sinke auf den Grund
und muss schweigen

Zick Zack. Zick Zack. Die Scheibenwischer bewegten sich gleichmäßig hin und her. Kein Geräusch außer dem Pladdern des Regens war zu hören. Staißer musste sich konzentrieren, dass der Wagen unter ihm nicht schlingerte. Hendrik saß neben ihm mit geschlossenen Augen und sah aus, als würde er schlafen. Staißer knurrte leise. Das nächste Mal würde er seinen Kollegen fahren lassen. "Rechts abbiegen auf Wieselweg. Ihr Ziel befindet sich auf der rechten Seite.", verkündete die Navi-Stimme. "Na denn", murmelte Staißer und bog in die Straße ein. Nummer 37. Das war ganz am Ende. Langsam fuhr er den Wagen an den alten Häusern vorbei und kam schließlich zum Stehen. Das Haus, in dem Kathy Bohlten wohnen sollte, war verwittert und heruntergekommen. Der graue Putz an der Fassade bröckelte, die Pflanzen wuchsen, wie es ihnen gefiel und am Dach fehlten einige Ziegel. Die Gartenpforte fiel schon fast aus den Angeln. Staißer musste schlucken bei diesem verwahrlosten Anblick. Er stupste seinem Kollegen in die Seite, der sofort die Augen aufriss. "Wir sind da." Staißer wies mit einer Handbewegung auf das kleine, verlotterte Haus. Hendrik brummte und schnallte sich mit fahrigen Bewegungen ab. "Komm schon", spornte sein Kollege ihn an, der bereits draußen im Regen wartete. Die beiden öffneten die wackelige Pforte und bahnten sich ihren Weg durch die wilde Natur des Vorgartens. Hendrik drückte auf die Klingel, aber nichts passierte. Auch beim zweiten und dritten Mal nichts. Staißer traute sich kaum, gegen das morsche Holz der Tür zu hämmern und klopfte deshalb nur vorsichtig. Noch immer passierte nichts. Bloß der Regen durchnässte die beiden Kommissare nur noch mehr. Staißer klopfte ein zweites Mal. Diesmal kräftiger. "Polizei! Öffnen Sie bitte sofort die Tür." Der Regen verschluckte seine Worte. So kam es Staißer jedenfalls vor, aber gerade als er das dritte Mal an die Tür klopfen wollte, wurde sie geöffnet. Eine junge Frau stand im Rahmen. Ihr runder Bauch ließ darauf schließen, dass sie schon fast die Hälfte ihrer Schwangerschaft hinter sich hatte. Sie wirkte völlig verängstigt und starrte die Kommissare mit großen Augen an. "Ja?", piepste sie mit zitternder Stimme. "Sind Sie Kathy Bohlten", erkundigte Staißer sich mit ruhiger Stimme und lächelte die Frau beruhigend an. Sie nickte, wirkte aber noch immer verunsichert. "Ich bin Hauptkommissar Staißer und das ist mein Kollege Theobaldt. Wir ermitteln im Fall von Martin König. Dürfen wir reinkommen?" Bei der Erwähnung von Martin Königs Namen hatte sich das Gesicht der Frau schlagartig verdunkelt und sie presste die Lippen zu einem dünnen Strich zusammen. Wortlos drehte sich Kathy Bohlten um und ging zurück in ihr Haus. Staißer und Hendrik folgten ihr. Im Haus war es dämmrig. Es roch nach Alkohol und kaltem Rauch. Die Wände waren nackt, genauso wie die Funzeln, die von der Decke hingen und schwaches Licht spendeten. Kathy Bohlten führte die Männer in die kleine Küche des Hauses. Dreckiges Geschirr stapelte sich in der Spüle, auf der zerkratzten Anrichte standen Weinflaschen und ein überfüllter Aschenbecher. Den Tisch sah man unter Briefen und Rechnungen schon nicht mehr und der Boden starrte vor Dreck und Staub. In den Ecken hatten Spinnen es sich bereits gemütlich gemacht. Staißer schüttelte sich unmerklich. Zu diesen langbeinigen, haarigen Viechern hatte er immer eine ganz besondere `Freundschaft´ gepflegt. Die junge Frau setzte sich auf einen Stuhl und starrte stur geradeaus. "Was wollen Sie von mir?", fragte sie schließlich. "Frau Bohlten..." "Kathy. Einfach Kathy bitte", unterbrach sie Staißer. "Kathy", korrigierte er sich höflich selbst. "Martin König wurde am Samstag tot, vergraben in einem Wald, aufgefunden, nahe dem Tennisclub, in dem er zuvor noch gespielt hatte. Was haben Sie am Samstag zwischen siebzehn und zwanzig Uhr gemacht?" "Ich war zu Hause", antwortete sie kurz und betrachtete ihre Fingernägel. Staißer musterte die Frau. Sie war dünn, wenn man mal von ihrem runden Bauch absah. Das aschblonde Haar hatte pinke Strähnen, ihre Nase und Augenbrauen zierten Piercings und der Arm war mit dem Tattoo in Form einer langen, bunten Blumengirlande geschmückt. Ihr Gesicht sah müde und abgekämpft aus. Ihre Haut war blass und voller Narben. Sie tat Staißer leid, aber sie sah nicht aus wie jemand, der Mitleid duldete, geschweige denn annahm. "Haben Sie jemanden, der dies bezeugen kann", hakte Hendrik nach. Sie zuckte bloß ihre Schultern. "Wie kommen Sie eigentlich auf mich", murmelte Kathy und legte eine Hand auf ihren Bauch. "Wir haben ein Ultraschallbild in Martin Königs Auto gefunden. Da stand die Frauenarztpraxis und darüber haben wir dann ihren Namen und Adresse rausbekommen", erklärte Hendrik. Kathy nickte. Auf einmal traten Tränen in ihre Augen. "Ich habe ihn geliebt. Und er, er hat sie vorgezogen, obwohl wir ein Kind zusammen hätten haben können", schluchzte sie mit Bitterkeit in ihrer Stimme auf. "Also hatten Sie und Martin König eine Affäre", mutmaßte Staißer. "Ach was heißt hier Affäre. Es war Liebe. LIEBE. Er hätte nie zu ihr zurückgehen sollen."

Staißer konnte es sich regelrecht vorstellen. Wie sich Kathy immer mehr in Martin verliebt hatte und es für ihn nicht mehr als ein kleiner Seitensprung war. "Seit wann ging das so", wollte Hendrik wissen. "Seit wann haben Sie sich mit Martin König getroffen?" Sie zuckte mit den Schultern. "Kathy! Sie müssen kooperieren, wenn Sie uns bei der Ergreifung des Täters helfen wollen", meinte Staißer mit ruhiger Stimme. "Ich weiß es nicht", giftete sie den Kommissar an. "Ich habe alle Gedanken an Martin verdrängt." Die Kommissare schwiegen nach diesem heftigen Ausbruch einen Moment. "Wusste Vera König von ihrer Affäre" erkundigte Hendrik sich mit einer höflichen Kälte in der Stimme. Kathy lachte auf. "Natürlich nicht. Sonst hätte sie ihn ja verlassen und Martin hätte ohne Geld dagestanden", herrschte sie die beiden an und verkrampfte ihre Finger auf dem Babybauch. "Geld?" Staißer runzelte die Stirn. "Martin König hatte doch ein sicheres Einkommen, oder nicht?" Kathy atmete langsam durch und schloss ihre Augen. "Er hat mir erzählt, dass sie eine große Summe geerbt hatte, kurz bevor die beiden sich kennenlernten. Und dann haben sie geheiratet und schwupps hatte Martin eine schöne große Villa und ein tolles Leben. Vera hat das natürlich nicht verstanden. Sie war so verliebt in Martin." Staißer nickte. "Und nach ihrer Trennung hatten Sie keinen Kontakt mehr zu ihm?" Kathy zuckte wieder mit den Schultern. "Außer dem Brief mit dem Ultraschallbild nicht." "Und der Zettel, der dabei lag? Was war mit dem", hakte Hendrik nach. "Können Sie sich das nicht vorstellen", sagte sie leise. "Ich erwarte ein Baby von ihm und ihn hat das nicht interessiert. Ich war so voller Hass und Wut. Er hätte sich ja ändern können. Nachdem er nicht auf das Ultraschallbild reagierte, habe ich ihm den Zettel geschickt. Er sollte... sollte ihn zum Nachdenken bringen. Ich hätte ihm nie ernsthaft etwas antun können." Die junge Frau richtete ihren Blick wieder auf die gegenüberliegende Wand. "In Ordnung", meinte Staißer. "Wir würden Sie bitten, am Sonntag auf dem Präsidium zu erscheinen, um ihre Aussagen zu Protokoll zu geben. Würde Ihnen vierzehn Uhr passen?" Kathy nickte leicht. "Würden Sie jetzt bitte gehen?" Staißer seufzte. "Danke Kathy für ihre Zeit." Die junge Frau sagte gar nichts mehr, starrte stattdessen vor sich hin.

Es hatte aufgehört zu regnen. Hendrik hielt die Nase in den frischen Wind. "Gott, roch das grausam", stöhnte er. "Hmm", machte Staißer. Er war sich sicher, dass Kathy irgendetwas vor ihnen verbarg. Aber er wusste nicht, wie er etwas aus ihr herausbekommen oder Beweise finden sollte. Er seufzte tief. Dieser Fall bereitete ihm zusehens Kopfweh. Bevor Hendrik die Beifahrertür erreichte, machte Staißer einen schnellen Schritt und drängte sich vor. "Ausnahmsweise fährst du mal."

15.05.20

Liebes Tagebuch,

ich laufe auf glühenden Kohlen. Habe das Gefühl, jede einzelne Bewegung schmerzt und brennt wie züngelnde Flammen. Obwohl alles besser werden kann. Das weiß ich. Alles kann besser werden. Nicht mehr viel fehlt. Ich habe immer noch Angst, aber ich weiß, dass diese Tat sie noch mehr verängstigen wird, als sie eh schon sind. Und alles wird gut. Sie wiegen sich in Sicherheit. Haben den Schock überwunden. Und neben dem Gefühl der Angst hat sich endlich ein anderes breitgemacht. Endlich. Rache. Feine Rache, die langsam die Angst verschwinden lässt. Und das fühlt sich gut an.

7. Kapitel 16.05.20 Donnerstag

Luft holen, tauchen, Schwimmzug, auftauchen. Die gleiche Prozedur immer und immer wieder. Sie half mir ungemein beim Entspannen. Wenn ich hier in der Schwimmhalle war und die laute Stimme meiner Trainerin Jenny mich anspornte, konzentrierte ich mich bloß auf meinen Körper, meine Technik, einfach nur auf mich. Ich hatte das Gefühl, das Wasser löste alle meinen Gedanken und Zweifel in mir und spülte sie in einem Strudel nach unten, bis mein Kopf leer war. Laureen war nicht mit beim Training. Sie war nach der Schule mit Vera die letzten Vorbereitungen für Martins Beerdigung treffen. Nach dem Schwimmtraining wollte ich noch kurz bei ihr vorbeischauen. Mit einem lauten Platschen schlug ich an den Rand. Ich schloss für einen kurzen Moment die Augen. Kyano. Sein Lächeln. Seine Augen. Sein Lachen. Ich hatte mich so unglaublich in seinen Armen gefühlt. So leicht und unbeschwert. Ich musste lächeln. Er hatte sich Sorgen um mich gemacht. Das war süß. Sehr sogar. Jetzt war er gerade wahrscheinlich wieder mit dem Garten der Königs beschäftigt. "Los Mädels! Hopp! Hopp! Noch fünf Bahnen und dann könnt ihr euch umziehen gehen", rief Jenny und klatschte in die Hände. Also stieß ich mich wieder vom Beckenrand ab. Luft holen, tauchen, Schwimmzug, auftauchen. "Kommst du noch mit ins Café?" Ich schüttelte bedauernd den Kopf. "Ich geh noch zu Laureen. Wir wollten noch etwas quatschen und was für die Schule machen." Lilly nickte. "Dann bis morgen." "Bis morgen", verabschiedete ich mich, schulterte meine Schimmtasche und schwang mich aufs Fahrrad.

"Ach Noelia, schön, dass du da bist", begrüßte mich Vera mit einem warmen Lächeln. Die Panik, die sie nach Martins Ermordung empfunden hatte, hatte ihr Gesicht deutlich gezeichnet und trotzdem war da wieder etwas von der alten Vera zu erkennen. Die liebevolle und lustige Mutter. "Laureen ist oben. Ich muss noch eben das Gespräch mit dem Pastor wegen der Rede zu Ende bringen, aber wenn ihr Lust habt, können wir gleich eine kleine Teestunde abhalten." "Gerne", lächelte ich sie an und ging mit ihr zusammen nach oben. Vera verschwand im Wohnzimmer, in dem der Pastor schon wartete. Gerade als ich an Laureens Tür klopfen wollte, wurde sie aufgerissen und meine Freundin stand im Rahmen. "Hey, cool, dass du da bist." Sie zog mich in ihr Zimmer und schloss die Tür wieder. Die nächste halbe Stunde brüteten wir über den Physikaufgaben. Hin und wieder warf ich einen Blick auf die Uhr. Es war drei Uhr. Wenn ich Glück hatte, konnte ich Kyano noch sehen. "Hat sich Nathan nochmal gemeldet", riss Laureen mich wieder aus meinen Gedanken. "Er hat mir ein paar Nachrichten geschickt, aber mehr auch nicht", antwortete ich einsilbig und fixierte wieder den Sekundenzeiger der Uhr. Laureen betrachtete mich nachdenklich. "Noelia", sagte sie langsam. "Da gibt es doch sicher einen Neuen, nicht wahr? Ich kenne dich." Ich spürte wie ein leichtes Rot meine Wangen überzog und wand mich unbehaglich. "Wie kommst du denn darauf?", wich ich aus und starrte angestrengt auf die Skizze einer Leuchtdiode vor mir. Laureen grinste bloß und durchbohrte mich regelrecht mit ihrem Blick. Ich hielt das nicht mehr aus. Außerdem wollte ich endlich jemanden von dem Gefühl erzählen, das Kyano in mir auslöste. "Ja es gibt jemanden", gab ich schließlich zu und ließ mich geschlagen mit dem Hinterkopf gegen die Bettkannte sinken. "Ha", rief Laureen. "Wusste ich es doch… Hmmm." Sie kaute nachdenklich auf ihrem Kuli rum. "Ist es Valerio aus dem Schwimmverein? Oder Mikael aus der Oberstufe? Oder der Typ aus der Mall, der dich so lange angestarrt hat?", riet sie blind drauflos. Ich hob die Hände und lachte. "Quatsch. Es ist keiner von denen. Es ist... Kyano." Laureen runzelte die Stirn. "Wer ist Kyano?" Auf einmal weiteten sich ihre Gesichtszüge. "DER Kyano. Unser Gärtner?!", fragte sie perplex. Ich nickte etwas beleidigt angesichts ihrer Fassungslosigkeit. "Aha", murmelte Laureen bloß und kaute auf ihrer Unterlippe. "Was ist?", fragte ich genervt. Ich hasste es, wenn sie nicht direkt das aussprach, was sie dachte. "Nichts, es ist nur..." Sie schaute hoch und es lag so viel Ernsthaftigkeit in ihrem Blick wie ich sie bei ihr noch nie zuvor gesehen hatte. "Ich glaube, er ist nicht gut genug für dich, Noelia. Er ist so… so... er wird dir einfach nicht guttun. Lass besser die Finger von ihm." Ich starrte sie an. "Wie meinst du das?", fragte ich mit bebender Stimme. Laureen seufzte. "Bitte vertrau mir einfach. Er hat... er hat Geheimnisse und er wird dich verletzten." "Woher willst du das wissen? Hat er dich etwa auch verletzt?", wollte ich mit sarkastischem Unterton wissen. Laureen wurde unmerklich etwas blasser. "Ich will doch einfach nur, dass du auf dich aufpasst. Ich meine, was wissen wir schon von diesem Typen." "Danke, aber ich kann sehr gut auf mich selbst aufpassen", entgegnete ich mit fester Stimme und widmete mich wieder meiner Zeichnung.

Nachdem ein paar weitere Minuten vergangen waren und wir schweigend gearbeitet hatten, klopfte es und Vera steckte ihren Kopf durch die Tür. "Wollt ihr schon mal den Tisch decken? Ich verabschiede noch eben den Pastor." Wir nickten und verließen das Zimmer. Während Vera wieder zurück ins Wohnzimmer ging, eilten wir ins Esszimmer und stellten Teller, Tassen und Gabeln auf den langen Mahagonitisch. Dabei vermieden wir jeglichen Augenkontakt. Vera und der Pastor kamen zum Glück gerade die Treppe hinunter und Vera begleitete ihn zur Tür. "Bis morgen, Frau König", verabschiedete sich der dickliche Mann und öffnete die Tür. "Bis morgen", sagte Laureens Mutter mit belegter Stimme. Dann kam sie zu uns und ließ sich auf einen Stuhl fallen. "Jetzt brauch in eine Tasse Tee", murmelte Vera angespannt. "Laureen, wärst du so nett und holst den Kuchen aus dem Ofen. Laureen nickte und platzierte den Erdbeerkuchen in der Mitte des Tisches gleich neben der Kaffeekanne.

Ich fand es schön, mal wieder Zeit mit Vera und Laureen zusammen zu verbringen. Früher hatten wir das häufiger gemacht und meine Mutter war auch noch dabei gewesen. Gerade, als ich den letzten Bissen meines vierten Kuchenstücks in mich hineinschieben wollte, klingelte es. "Vielleicht hat der Pastor seine Bibel vergessen", kicherte Laureen albern. Ich musste ebenfalls lachen. Vera wuschelte ihrer Tochter übers Haar und ging zur Tür. "Wer ist es?", brüllte Laureen in Richtung ihrer Mutter. "Ein Paket. An dich und mich adressiert", rief Vera zurück. Laureen sprang auf und lief in den Flur. Ich folgte ihr zur Haustür und spähte an Laureens Schulter vorbei nach draußen. Niemand war zu sehen. Nicht einmal Kyano, aber der hatte ja auch seit ein paar Minuten Schluss. "Von wem wurde das abgegeben", wollte Laureen wissen und zog das Paket in den Flur. Es war nicht groß. Gerade einmal die Größe eines Schuhkartons. Ein Absender war nicht angegeben. Bloß Laureens und Veras Namen und ihre Adresse. Vera betrachtete den Karton und sah dann wieder suchend nach draußen. Laureen schien keinerlei Bedenken zu spüren, riss den Kartondeckel auf und verharrte mitten in der Bewegung. Ihre Gesichtszüge entgleisten und mit einem Aufschrei ließ sie den Karton fallen. Vera wollte ihre Tochter festhalten, aber Laureen riss sich los und rannte so schnell sie konnte zum Bad. Wenige Sekunden später hörten wir ein Würgen. "Was...", murmelte Vera und griff ebenfalls nach dem Karton. Sie starrte den Inhalt an und schien zu erstarren. Auch wenn sich alles in mir dagegen wehrte, trat ich einen Schritt nach vorne und warf einen Blick in den Karton. Ich musste mir auf die Lippen beißen, um nicht wie Laureen zu schreien. Der Ekel durchflutete meinen Körper und ließ es mir schwarz vor Augen werden. Trotzdem konnte ich sie noch immer sehen. Die Finger. Martins Finger, wie ich annahm. Seltsam gekrümmt. Weiß. Fleischfetzen mit verkrustetem Blut an der Stelle, wo sie abgehackt worden war. Vera ließ den Karton auf den Boden fallen und sank in sich zusammen. Ohne es zu merken, sank ich neben ihr auf den Boden und musste die Augen schließen, damit ich mich nicht übergab. Ich hörte Vera neben mir trocken aufschluchzen. "Martin", flüsterte sie. Immer wieder nur dieses eine Wort. Es war, als würde ein eiskaltes Rinnsal mir über den Rücken laufen. Auch wenn sich meine Knochen schwer und unbeweglich anfühlten, zog ich Vera vorsichtig in meine Arme. Sie lehnte sich gegen meine Schulter und ich lauschte ihrem ungleichmäßigen Atem. "Ich versteh das nicht", flüsterte sie leise. "Warum... warum..." Ich wiegte sie vorsichtig in meinen Armen. Mühsam hob sie den Kopf und sah mich an. Tränen glitzerten in ihren Augen. Tränen und Ungläubigkeit darüber, wer sowas tat. Und etwas anderes. Etwas, was ich nie richtig gesehen hatte. Die Liebe zu ihrem Mann. Zu dem Mann, der sicherlich nicht immer der angenehmste Zeitgenosse und auch nicht immer der liebenswerteste Partner gewesen war, aber den sie trotzdem aufrichtig geliebt hatte.

Der Zettel, der neben den Fingern gelegen hatte, war beim Aufprall aus dem Karton gesegelt.

Ihr könntet die Nächsten sein!

Ekel stieg in ihm hoch. Vermischt mit Panik. Eine widerliche Mischung. Einfach rennen. Einfach immer weiter rennen. Er schnappte nach Luft. Der Wind peitschte ihm hart ins Gesicht und seine Augen brannten. Seine Beine schmerzten. Aber das war jetzt egal. Einfach weiter rennen. Immer weiter. Er wusste nicht mehr, wie er in den Wald gekommen war. Alles drehte sich. Seine Kehle war wie zugeschnürt. Sein Magen rebellierte und er musste sich setzen. Das nasse, kalte Laub spürte er gar nicht. Immer noch drehte sich alles. Die Bäume, der Himmel. Alles war falsch. Er musste sich hinlegen und tief durchatmen.

Nur nicht den Verstand verlieren. An nichts denken. Einfach den Kopf ausschalten. Das half. Das half immer. Außer heute. Er konnte die Bilder nicht verdrängen. Ihre Gesichter. Allein bei dem Gedanken spürte er, wie sich sein Magen umdrehte. Er würgte und erbrach sich. Sein Rachen schmerzte und sein Zahnfleisch brannte. Als nichts mehr kam, legte er sich wieder auf den Rücken und schloss die Augen. Er hätte nie gedacht, dass er zu so etwas fähig sein könnte. Es widerte ihn an. Er spürte wieder den Brechreiz und musste sich hart auf die Unterlippe beißen. Warum hatte er bloß noch einmal in den Karton geguckt. Jetzt konnte er das Bild nicht mehr verdrängen. Er wusste, dass alles für ihn davon abhing, aber er wusste, dass es falsch gewesen war. Schon wieder ihre Augen. Sie hatten so suchend im Garten umhergeblickt, ihn aber nicht hinter den Rosenbüschen kauern gesehen. Er konnte nur noch daran denken. Nichts anderes füllte seinen Kopf aus. Er spürte die Tränen in seinen Augen und rollte sich zusammen. Das Gesicht in den Händen vergraben. Sie würde ihn nie wieder ansehen, wenn sie wüsste, was er getan hatte. Sein Körper krampfte sich noch mehr zusammen und die Tränen rollten wie Sturzbäche seine Wangen hinunter. Wenn seine Eltern und seine Schwestern ihn so sehen könnten. Sie würden sich schämen. Für ihren Sohn. Er hätte sich nicht träumen lassen, dass er so etwas mal tun würde. Er krallte seine Fingernägel in seine Haut und spürte den metallischen Geschmack von Blut in seinem Mund, als er sich vor lauter Schluchzen auf die Zunge biss. Er erbrach sich aufs Neue und würgte solange, bis nichts mehr in seinem Magen war.

Ich

bin ich noch ich?

bin ich jemand anders?

wer tut so etwas?

wer ist so grausam?

das kann nicht ich sein

ich würde nie so etwas tun

das weiß ich

aber warum erkenne ich mich selbst dann nicht mehr im Spiegel

Staißer warf einen Blick zwischen den Menschen hin und her, die ihm und Hendrik gegenübersaßen. Antonia Meyer und Frank Rotland hatten sich mit einem knappen Nicken begrüßt und dann am Schreibtisch des Verhörraums Platz genommen. Martin Königs Tennispartner sah aus, als wäre er in den letzten Tagen gleich um zehn Jahre gealtert. Die Haut war stumpf und das Haar klebte regelrecht an seinem Kopf. Die Exfreundin des Opfers sah noch aus, wie bei der letzten Befragung. Sie trug einen dicken Fellmantel und eine Lederhose mit Schlangenmusterimitat. In ihrem Haar steckte eine große Sonnenbrille und das knallige Rot ihres Lippenstiftes biss sich mit dem Eisblau ihres Lidschattens. Wenn er das so sah, war Staißer froh, dass Ellie sich nicht so zukleisterte und wie die Schminkpuppe einer Dreijährigen rumlief. "Also was sollen wir jetzt hier?", nörgelte Antonia Meyer und betrachtete gelangweilt ihre Fingernägel. "Zuerst würden wir gerne wissen, warum sie uns bei unserem letzten Gespräch nicht die Wahrheit gesagt haben", sagte Hendrik und fixierte die Frau mit einem festem Blick. Antonia Meyer versuchte sichtlich, ihr Pokerface zu bewahren, aber ihre rechte Augenbraue zuckte angespannt. "Wie kommen Sie darauf?" „Meinen Sie, wir haben nicht bemerkt, dass Ihre Fingernägel nach einem Besuch im Nagelstudio anders aussehen würden … nicht so abgenagt und abgeblättert, wie sie bei unserm ersten Gespräch waren?", entgegnete Hendrik immer noch seelenruhig. Antonia schluckte und rutschte unruhig auf ihrem Platz hin und her. "Gut, ja das stimmt, ich war nicht im Nagelstudio", gab sie schließlich zu. "Aber ist das denn jetzt so wichtig?" Hendrik rieb sich müde über das Kinn. "Frau Meyer, sie sind sich offenbar nicht im Klaren darüber, dass sie sich verdächtig machen, wenn sie uns anlügen." "Ich hab ihn aber nicht umgebracht." Ihre Stimme hatte einen zickigen Unterton bekommen. "Frau Meyer, sagen Sie uns jetzt bitte einfach, was sie am Samstag zwischen siebzehn und zwanzig Uhr gemacht haben", mischte sich Staißer schließlich ein. "Entschuldigung", meldete Frank Rotland sich mit dünner Stimme zu Wort. "Warum haben Sie mich herbestellt?" Staißer wandte sich dem verängstigt dreinblickenden Mann zu. "Wir haben Sie am Dienstag zusammen mit Antonia Meyer und einem weiteren Mann bei einem Italiener gesehen und sie haben sehr miteinander vertraut ausgesehen.

Sind Sie sicher, dass keinerlei Verbindung zwischen Ihnen besteht?" Bei Staißers Worten war Frank Rotland immer mehr auf seinem Stuhl zusammengesunken. Antonia verdrehte die Augen. "Na schön. Am Samstag war ich mit ein paar Freunden und Frank in einer Bar. Bis spät in die Nacht." "Und warum haben Sie uns davon nichts erzählt?", wollte Hendrik verwundert wissen. Frank gab ein kaum merkliches Quieken von sich. Antonia Meyer versetzte ihm genervt einen Stoß. "Mein Gott Frank, jetzt sei doch nicht so ein Weichei. Frank, ich und ein paar andere haben uns in der Bar ein bisschen… zugedröhnt. Mit Drogen und sowas. Sie wissen schon. Und der andere Mann, den sie im Restaurant gesehen haben, war Alexander von Grahm. Unser Dealer. Eigentlich der Dealer von allen in dieser Bar." Staißer war über die plötzliche Offenheit sichtlich verwundert, aber er glaubte der Frau. Frank Rotland war noch tiefer in sich zusammengesunken. "Stimmt das, Herr Rotland?", fragte Staißer und beobachtete das Gesicht des Mannes. Er war aschfahl geworden. "W... werden wir jetzt verhaftet?", stammelte er mit tonloser Stimme. "Quatsch, Frank." Antonia stöhnte genervt. "Das wird bloß Alexander. Wenn überhaupt. Er hat immerhin mit dem Zeug gehandelt." Hendrik hob eine Augenbraue. "Sie sollten mit diesem Thema nicht so einfach umgehen, Frau Meyer. Wenn bei Ihnen illegale Drogen gefunden werden, hat das auch für Sie Konsequenzen." "Tja", lächelte die Frau. "Alexander hat zwar auch mit anderem Stoff gedealt, aber Martin, Frank und ich haben uns nicht so ein Zeug reingezogen. Alles ganz legal." Sie grinste arrogant. Staißer sah Hendrik an, dass er langsam, aber sicher eine gewisse Aggressivität gegen Antonia Meyer und ihre überzogene Art entwickelte. "Komm schon, Frank." Antonia hatte von der Feindseligkeit ihr gegenüber anscheinend gar nichts mitbekommen und patschte Frank Rotland auf das Knie. "Ja das stimmt alles", murmelte er mit unsicherer Stimme. "Ich hab mit Martin gerne mal nach dem Tennis etwas... etwas entspannt. Zuerst sind wir nur so in die Bar gegangen. Aber irgendwann haben wir Alexander getroffen und ich weiß auch nicht. Es hat einfach Spaß gemacht. Und so haben Antonia und ich uns dann auch irgendwann kennengelernt. Und ja an dem Samstag war ich nach dem Tennis mit Antonia und ein paar anderen in der Bar." Nach diesem

Redeschwall musste Frank Rotland erst einmal tief Luft holen und vergrub das Gesicht in seinen Händen. "Bitte verhaften Sie mich nicht." Staißer musste über so viel Torheit schmunzeln. "Natürlich werden wir Sie nicht verhaften. Aber es wäre besser, wenn sie das nächste Mal die Wahrheit sagen. Das hilft bei der Ergreifung des Täters und lässt Sie nicht unnötig verdächtig wirken." Antonia Meyer lehnte sich gelangweilt zurück und nickte. "Natürlich. Auf jeden Fall." Frank Rotlands Stimme war noch immer unsicher, aber sein Gesicht nahm langsam wieder Farbe an.

"Aber eine Frage noch", mischte Hendrik sich wieder ein. "Warum haben Sie sich mit ihrem Dealer bei einem Edelitaliener getroffen?" Antonia zuckte mit den Schultern. "Er wollte mit uns reden und hat uns halt eingeladen." "Worüber reden?" Hendrik schien allmählich die Geduld zu verlieren. Immerhin musste man dieser Frau alles aus der Nase ziehen. "Martin hatte wohl ein paar Schulden bei ihm, die er nicht bezahlen konnte. Er wollte wissen, ob wir das übernehmen würden." "Und?" Hendrik sah die beiden erwartungsvoll an. "Haben Sie gezahlt?" "Ich habe gezahlt", sagte Frank Rotland mit fester Stimme. "Martin war immerhin mein Freund." "In Ordnung." Staißer stand auf. "Danke für ihre Zeit und dass sie doch noch zur Besinnung gekommen sind. Wären Sie noch so freundlich und würden Sie uns die Adresse von Alexander von Grahm geben?" Herr Rotland hob entschuldigend die Hände. "Nein, das kann ich leider nicht." "Wir haben ihn immer bloß in der Bar Gavinni getroffen", fügte Antonia Meyer hinzu. "Also sollten Sie ihn da auch finden." Staißer nickte. "Dann dürfen Sie jetzt gehen." Antonia Meyer sprang auf und verschwand direkt aus dem Verhörraum, während Frank Rotland mit unsicheren Schritten zur Tür trottete.

"Diese Frau macht mich noch wahnsinnig." Hendrik stöhnte gequält. "Ein Ego bis zum Gehtnichtmehr und trotzdem strohdoof." Gerade als Staißer ihm zustimmen wollte, klingelte sein Handy. "Staißer", meldete er sich. "Was denn, was denn?", zischte Hendrik und beobachtete aufgeregt den Gesichtsausdruck seines Kollegen, der sichtlich besorgt dreinblickte. "Was ist denn?", drängte er erneut, als Staißer sein Handy wieder wegsteckte. "Los komm!" Staißer lief mit schnellen Schritten hinaus und setzte sich in den Wagen.

"Mein Gott Ludwig, jetzt sprich doch endlich mit mir." "Das war Vera König. Sie haben die Finger gefunden", antwortete Staißer und startete den Wagen.

8. Kapitel 16.05.20 Donnerstag

Staißer hatte bloß einen kurzen Blick auf die Finger und den Zettel geworfen, bevor die Spurensicherung wieder verschwunden war. Ein Anruf bei der Gerichtsmedizin hatte bestätigt, dass es sich um die Finger von Martin König handelte. Vera König hatte sich nach dem anfänglichen Schock dazu bereit erklärt, mit ihnen zu reden. Ihre Tochter schien in keiner guten Verfassung zu sein, was die Würgegeräusche, die man aus dem Bad hörte, vermuten ließen. Staißer und Hendrik hatten gegenüber Vera König in zwei Sesseln Platz genommen. Die Frau war kalkweiß und die geröteten Augen hoben sich gespenstisch von ihrem Gesicht ab. Das Papiertaschentuch, das sie in der Hand hielt, war schon völlig zerknautscht. "Also Frau König, würden Sie uns bitte noch einmal genau erzählen, was vorgefallen ist", bat Staißer mit sanfter Stimme. Vera König sah mit tränenverschmiertem Gesicht aus dem Fenster. "Ich habe meine Tochter von der Schule abgeholt, um mit ihr noch ein paar Dinge wegen der Beerdigung vorzubereiten", fing sie mit erstickter Stimme an zu erzählen. "Als wir wieder zu Hause ankamen hat der Pastor wegen der Rede schon vor der Tür gewartet. Irgendwann kam dann auch noch die Freundin meiner Tochter und die beiden haben zusammen gelernt. Als der Pastor gegangen ist, haben wir zu dritt etwas Kuchen gegessen. Dann hat es geklingelt." Ihre Stimme stockte. "Vor der Tür war niemand. Bloß das Paket. Laureen hat es sofort aufgerissen und dann... dann lagen sie da." Bei der Erinnerung presste sie sich die Hand auf den Mund. "Und Sie können sich wirklich nicht erklären, wer es war", forschte Hendrik nach. Sie schüttelte den Kopf. "Nein, das kann ich nicht." Sie setzte sich etwas gerader hin. "Die Einzige Person, die zu dem Zeitpunkt noch hier war, aber nicht im Haus, war Kyano Iyrani, unser Gärtner." Sie warf einen Blick auf ihre Uhr. "Der müsste jetzt schon wieder zu Hause sein." Staißer nickte. Vera König knetete unruhig ihre Hände. "Wissen Sie denn schon irgendwas Neues?" Staißer zögerte kurz. "Wir haben das Auto ihres Mannes gefunden. Versenkt im See. Fingerabdrücke waren keine zu finden. Aber im Handschuhfach haben wir ein Ultraschallbild eines Baby von einer gewissen Kathy Bolthen gefunden. Kennen Sie diese Frau?" Vera Königs Augen wurden groß. "Nein, wer ist sie? Und was macht das Ultraschallbild ihres Babys im Wagen meines Mannes?" "Wir haben Kathy bereits befragt", erzählte Hendrik mit behutsamer Stimme. "Martin und Kathy hatten eine Affäre, aber als er von der Schwangerschaft erfuhr, beendete er sie und brach jeglichen Kontakt ab. Das Bild hat sie nachträglich geschickt." Vera starrte die Kommissare an. Eine einzelne Träne lief ihre Wange hinunter. "Sie hatten ein Kind zusammmen", flüsterte sie und schlug sich die Hand zusammen. "Frau König, das ist alles jetzt wahrscheinlich etwas viel für sie", versuchte Staißer sie zu beruhigen, aber sie sprang auf und lief mit einem aufgewühltem Gesichtsausdruck im Zimmer hin und her. "Wer ist diese Frau? Wusste sie von mir? Bestimmt wusste sie von mir? Ich... ich muss mit ihr reden. Sie hatte eine Affäre mit meinem Mann!" "Frau König." Staißer war ebenfalls aufgestanden und wollte die aufgebrachte Frau festhalten. "Wir können Ihnen aus Datenschutzgründen keine Adresse geben. Das verstehen Sie doch sicherlich, oder?" Schlau war es vermutlich auch nicht, die wütende Witwe auf die Geliebte ihres verstorbenen Mannes loszulassen, aber das behielt er lieber für sich. Vera nickte langsam. "Vielleicht beenden wir das Gespräch jetzt besser." Hendrik stand auf und stellte sich neben seinen Kollegen. "Das war wohl ziemlich viel auf einmal." "In Ordnung", murmelte Vera leise. "Wir würden gerne noch einmal mit der Freundin ihrer Tochter reden", sagte Staißer. "Ich hole sie." Vera zog schluchzend die Luft ein und verließ dann mit wankendem Schritt das Wohnzimmer.

Die Kommissare sahen mich an. Ganz ruhig. Als würden sie darauf warten, dass ich anfing zu reden. Aber was sollte ich sagen? Was wollten sie ausgerechnet von mir? Ich rutschte unruhig auf dem Sofa umher. Der Ältere, dessen Namen ich immer wieder vergaß, musterte mich immer noch seelenruhig. Wie alt er wohl war? Bestimmt schon fast sechzig, wenn man dem grauen Haar, das sich an einigen Stellen bereits lichtete, vertrauen konnte. Mit dem großen, schwarzen Schnurrbart, der fast vollständig seine Oberlippe bedeckte und den schokoladenbraunen Augen wirkte er eher wie ein liebevoller Opa. Ich räusperte mich. "Was wollen Sie denn jetzt von mir?" Der Jüngere lehnte sich ein Stück zurück. Das silbergraue Haar war, wie beim letzten Mal, zu einem festen Dutt gezurrt. Ich sah fragend zwischen den beiden Kommissaren hin und her. "Erstmal wüssten wir gerne nochmal deinen Namen", fing der Jüngere an. "Noelia Welsman." "Ah ja genau." Der Jüngere nickte bedächtig. "Also, Noelia. Als du heute zu den Königs kamst, hast du da irgendetwas auffälliges gesehen?" "Sie meinen das Paket?" Der Jüngere fixierte mich mit seinen blassblauen Augen. "Nicht zwingend." "Ein Paket habe ich nicht gesehen, falls Sie das meinen. Und sonst habe ich nur Kyano im Garten gesehen, aber wir haben nicht miteinander gesprochen", antwortete ich patziger als beabsichtigt. "Interessant", murmelte der Jüngere und sah zu seinem Kollegen hinüber. "Aber als es dann geklingelt hat, hatte er längst Schluss", fügte ich schnell hinzu. "Er war es bestimmt nicht." Jetzt beugte sich auch der Ältere nach vorne. Viele kleine Sorgenfalten zierten sein Gesicht und er hatte die buschigen Augenbrauen zusammengezogen. "Was macht dich da so sicher?" Ich sah in etwas unsicher an. "Ich... wir haben uns ein paarmal getroffen", antwortete ich ausweichend. "Und das macht ihn für dich sofort unschuldig?" Der Jüngere sah mich ungläubig an. "Ja!" Wütend funkelte ich zurück. Obwohl irgendetwas in mir bei den Worten des Kommissars angefangen hatte zu bröckeln. Es stimmte immerhin. Ich kannte Kyano nicht. Das einzige, was ich wusste war, dass er Gedichte schrieb, aus dem Jemen kam und gärtnerte. Über seine Familie, Wohnung und alles andere wusste ich gar nichts. Er war einfach so geheimnisvoll. Der Ältere schien mir mein Unbehagen anzumerken und erklärte das Gespräch für beendet. Als ich das Wohnzimmer verließ, legte mir der Alte kurz eine Hand auf die Schulter. "Pass auf dich auf und bring dich nicht unnötig Gefahr und überlass die Arbeit der Polizei." Er ließ mich mit meinem verwirrten Gesichtsausdruck einfach zurück.

Kyano stand vor seinem Badezimmerspiegel und übte. Als er es irgendwie aus dem Wald nach Hause geschafft hatte, hatte er sich umgezogen und dann direkt vor den Spiegel gestellt und angefangen zu üben. Sein Pokerface. Es musste perfekt sitzen. Jeden Moment konnte die Polizei auftauchen. Kyano versuchte es noch einmal. Gesicht entspannt, Lippen lockerlassen und an etwas Neutrales denken. Zuerst hatte er probiert, an Noelia zu denken. Aber das hatte sein Gesicht bloß sich mit einem verträumten Schleier überziehen lassen, der sich, als er sich zur Konzentration ermahnte, einer sorgen- und kummervollen Grimasse wich. Schließlich entschied er sich, an Katzen zu denken. Wenn er sich ganz auf diese Tiere konzentrierte, schaffte er es vielleicht, keine einzige Emotion in sein Gesicht zu lassen. Katzen waren ihm egal. Sie hinterließen in ihm kein besonderes Gefühl. Der Trick, um ein Pokerface auch im Gespräch zu bewahren, bestand darin, nur die Augenbrauen sprechen zu lassen. Bloß nicht mit den Augen reagieren. Augen verrieten zu viel. Viel zu viel. Also lieber bloß die Augenbrauen benutzen. Nach oben ziehen oder nachdenklich anheben. Kyano übte und übte, bis es klingelte. Nervös warf er seinem Spiegelbild einen letzten Blick zu und öffnete die Tür. Wie er vermutet hatte, standen die beiden Kommissare vor seiner Tür. Katzen! Katzen! Katzen!

"Guten Tag, Herr Iyrani. Entschuldigung für die Störung, aber wir hätten noch ein paar Fragen an Sie." Kyano tat überrascht. "Natürlich, kommen Sie nur rein." Wie beim letzten Mal führte er die Männer in die Küche. "Also, was kann ich für Sie tun." Der Jüngere fackelte nicht lange. "Gerade eben wurde um kurz nach vier ein Paket vor der Tür der Königs abgestellt. Es klingelte, aber als Vera König die Tür öffnete, war niemand mehr zu sehen." Kyano bemühte sich, einen unschuldigen Gesichtsausdruck zu machen. "Und was befand sich in dem Paket?" "Die zwei abgetrennten Finger von Martin König. Mitsamt einem Zettel und der Drohung "*Ihr könntet die Nächsten sein*". Übelkeit stieg in Kyano hoch. Katzen! Katzen! Katzen! Bestürzter, angeekelter Blick und gesenkte Augenbrauen. "Das... das ist ja furchtbar." Sehr gut! Seine Stimme bebte leicht. "Aber was wollen Sie von mir?" Er hatte das

79

ungute Gefühl, der ältere Kommissar kaufe ihm die Ahnungslosigkeit nicht ab. "Sie waren der Einzige, der sich mit Sicherheit zur Tatzeit im Garten der Königs aufgehalten hat. Haben Sie uns vielleicht etwas zu sagen?", konfrontierte der Jünger ihn mit einem messerscharfen Blick aus seinen blassblauen Augen. Kyano spürte, wie seine Unterlippe etwas zu zittern anfing. Katzen! Katzen! Katzen! "Das stimmt, ich habe wie immer im Garten gearbeitet, war allerdings schon um kurz vor vier mit der Arbeit fertig und bin nach Hause gefahren", antwortete er mir ruhiger Stimme. Der Jüngere verschränkte die Arme vor der Brust. "Kann das irgendjemand bezeugen?" Kyano zuckte mit den Schultern. "Ich denke nicht." Der Ältere nickte bedächtig. "In Ordnung, Herr Iyrani. Würden Sie morgen bitte aufs Präsidium kommen, um ihre Aussagen zu Protokoll zu geben?" "Ja natürlich." "Sehr schön, dann wars das." Die Kommissare verabschiedeten sich höflich und ließen sich von Kyano zur Tür begleiten. "Nicht das Atmen vergessen", zwinkerte ihm der Ältere zu. Es war kein freundliches Zwinkern. Eher ein   warnendes.

Kyano hatte gar nicht gemerkt, dass er die Luft angehalten hatte. Scheiße! Er hätte sich ohrfeigen können, warf dann dem Kommissar ein verkrampftes Lächeln zu und schloss aufatmend die Tür.

Schuld
so oft weiß ich, dass ich ehrlich bin
dass ich die Wahrheit auf meiner Seite habe
dass ich mich auf mich verlassen kann
wann hat das aufgehört?
seit wann trage ich die Schuld mit mir?
in Lügen und Intrigen eingemauert
ohne Ausweg
aber mit einem falschen Lächeln und unwirklicher Liebe

"Der lügt doch wie gedruckt." Hendrik machte ein saures Gesicht und boxte wütend gegen das Armaturenbrett. "Wir haben keinerlei Beweise." Staißer fuhr sich seufzend übers Gesicht und rieb sich die Augen. "Dann müssen wir eben welche finden." Hendrik sprach dies mit einer kämpferischen Stimme, wusste aber, dass sie außer denen von Laureen und Vera König keine Fingerabdrücke auf dem Karton gefunden hatten. "Wir müssen einfach mehr über ihn herausfinden", überlegte Hendrik und kratzte sich nachdenklich am Kinn. "Ha, ich hab ´s!" Er setzte sich etwas gerader hin. "Du gehst heute Abend in die Bar und triffst Alexander von Grahm und ich finde ein bisschen was über unseren Gärtner raus." "Dir brennt wohl der Hut." Staißer tippte sich gegen die Stirn. "Ich werde ganz sicher nicht in so einen Club gehen." Hendrik verschränkte trotzig die Arme vor der Brust. "Oh doch, das wirst du! Ich habe heute Abend nämlich ein Treffen." "Ach mit wem, wenn ich fragen darf?" Hendriks Wangen färbten sich rosa. "Mayari", murmelte er und fummelte verlegen an seinem Gurt. Staißer lachte schallend. "Na dann will ich euer Date ja nicht durchkreuzen", grinste und startete den Wagen.
Als er zu Hause ankam, fragte er sich bereits, was für ein Idiot er doch gewesen sein musste, sich dazu überreden zu lassen, in diese Bar zu gehen. Was würde Ellie sagen? Erst einmal sagte sie gar nichts, sondern begrüßte ihn mit einem langen Kuss. Er war sichtlich überrascht, aber es gefiel ihm, ausnahmsweise mit eine Zärtlichkeit überrascht zu werden, anstatt mit einem finsteren Blick. "Wie wärs, wenn wir jetzt gleich ins Kino fahren", wisperte sie ihm ins Ohr. "Ich hab schon einen Film rausgesucht. Und danach essen wir gemütlich zu Hause." Sie sah ihn erwartungsvoll an. Staißer schluckte. Er griff vorsichtig nach ihren Händen und sah in Ellies strahlendes Gesicht. "Es tut mir leid, meine Kleine, aber ich muss gleich nochmal weg..." Weiter kam er gar nicht, denn Ellie riss ihre Hände mit einem Ruck aus seinen und sah ihn verächtlich an. "Wo musst du hin, Ludwig?", fragte sie mit gefährlich ruhiger Stimme. "Es geht um den Fall. Ich muss etwas nachforschen..." Wieder unterbrach Ellie ihn kurzerhand. "Immer geht es nur um den Mordfall. Die Toten sind dir viel wichtiger als ich", klagte sie und schlug die Hände vors Gesicht. "Aber Liebling." Staißer wollte seine

Frau in den Arm nehmen, aber sie bedachte ihn mit einem so mörderischen Blick, dass er es lieber sein ließ. "Dann fahr doch", giftete Ellie ihn an. "Das Gästebett ist ja noch bezogen." Mit diesen letzten harschen Worten rauschte sie davon und kurz danach knallte die Schlafzimmertür.

Als Staißer eine halbe Stunde später wieder in seinem Wagen saß, knurrte sein Magen und er hatte schlechte Laune. Gerade als er in die Küche hatte gehen wollen, hatte Ellie sich an ihm vorbeigedrängt und den Herd samt Kühlschrank in Beschlag genommen. Staißer hatte gar nicht die Chance gehabt, sich irgendwas zu essen zu machen. Jetzt war halb sieben. Bis zur Bar Gavinni dauerte es laut Navi zehn Minuten. Das Gebäude lag zwischen einem Einkaufszentrum und einem Parkhaus. Die Fassade war dunkel angestrichen. Nur die Buchstaben, die den Namen der Bar in die Nacht hinausschrien, leuchteten violett. Staißer parkte seinen Wagen, stieg aus und sah sich um. Hinter den Scheiben hingen dunkle undurchdringliche Gardinen. Von drinnen hörte man ein leises Wummern. Staißer fühlte sich vollkommen fehl am Platz. Er klingelte nervös und strich sich über seinen Schnurrbart. Als die Tür geöffnet wurde, stand ein breiter Mann im Rahmen. Er hatte einen kahl rasierten Kopf, stechende kleine Augen und einen düsteren Gesichtsausdruck. Seine rechte Wange zierte ein kleiner Totenkopf. Sein Kleidung war komplett in Schwarz gehalten. Von der Jeansjacke, über die Hose bis zu den Stiefeln. Staißer hielt es nicht für schlau sich direkt als Kommissar zu outen. Nein, er wollte Alexander von Grahm ganz unverbindlich kennenlernen. Der Türsteher musterte Staißer von oben bis unten. Dann nickte er und trat einen Schritt zur Seite. Staißer trat schnell ein, bevor der Türsteher es sich eventuell noch anders überlegen konnte. Ein Flur lag dahinter. Schmal, dämmrig und mit einem violetten Vorhang am Ende. Vorsichtig lupfte Staißer den Stoff und spähte hindurch. Dröhnender Bass, Geschrei und der Geruch nach Alkohol und Rauch schwappten ihm entgegen. Staißer schob den schweren Vorhang ganz zur Seite und sah sich um. Eine lange Bar samt Hockern wurde von einer Menschenmasse in Beschlag genommen. Ein paar Gäste saßen in Kreisen um Shishapfeifen. Andere tanzten, Pärchen knutschen in den Ecken. Sonst gab es noch eine Menge Lichter und

Lautsprecher, aus denen laute Musik dröhnte. Staißer wischte sich den Schweiß von der Stirn. Mein Gott, war es heiß. Und voll. Jetzt galt es, Alexander von Grahm zu finden. Er drängte sich durch die Menge und hielt Ausschau nach dem Mann, den er im Restaurant gesehen hatte. "Suchst du was, Mäuschen?" Staißer drehte sich irritiert um. Mäuschen? Er? "Genau. Dich meine ich." Staißer starrte die Frau vor sich an. Sie war einen Kopf kleiner, hatte eine rote Kurzhaarfrisur und einen Ring in der Nase. Staißer wurde rot, was nicht nur an der Hitze lag, die von den Lichtern ausging, sondern auch an der Bekleidung der Frau. Eine kurze Hose und eine abgeschnittene Bluse. Staißer räusperte sich. "Ja, ja ich such was. Oder eher gesagt wen. Alexander von Grahm." Die Frau grinste verschwörerisch. "Ach, du willst ein bisschen abschalten. Na, dann komm mal mit, Mäuschen." Hüften schwingend lief sie vor zur Bar. Staißer folgte ihr und wurde immer mal wieder von fremden Leuten angerempelt. An der Bar sprach sie kurz mit einem Mann, der auf eine Tür hinter sich wies. Dann drehte sie sich wieder zu Staißer um. "Er ist hinter der Tür. Musst allerdings warten, bis der vor dir draußen ist." "Ähm okay. Danke schön." Die Frau lächelte kokett. "Ich heiße übrigens Caro. Vielleicht sehen wir uns ja mal wieder." Dann tauchte sie wieder in der Menge unter. Staißer kam nicht umhin ihr mit seinem Blick zu folgen. Wie alt sie wohl war? Ende zwanzig. Er kam nicht dazu, sich noch weitere Gedanken zu machen, denn die Tür ging auf und ein junger Mann kam mit wankendem Schritt und verträumtem Gesichtsausdruck heraus. Staißer sah ihm kurz hinterher und ging dann selbst durch die Tür. Im Raum war es heller als in der Bar. Staißers Augen mussten sich erstmal an die plötzliche Helligkeit gewöhnen. Der Raum war schlicht eingerichtet. Ein verschlossener Schrank, der an der Wand stand und zwei Holzpaletten, die die Sitzmöglichkeiten darstellten. Auf der einen Palette saß Alexander von Grahm. Es war genau der gleiche Mann, der mit Antonia Meyer und Frank Rotland im Restaurant gesessen hatte. Der Mann erinnerte Staißer stark an eine Ratte. Der spitz geformte Kopf, die schnauzenartige Nase und die ständig umher zuckenden Augen. Seine Haare ähnelten einem graubraunen Fellflaum und die fleckige Haut glänzte schweißnass. Er fuhr sich hektisch mit der Zunge über die nasse Oberlippe und betrachtete Staißer mit seinen hervorquellenden Augen. "Was willst du?" Ja, was wollte er? Er wollte gerade sein übliches Kommissarsprüchlein aufsagen, als Alexander von Grahm schon weiterredete. "Standard wahrscheinlich, oder?" Er musterte Staißer schnell und sein linkes Auge zuckte. "Obwohl, wenn ich dich so sehe, Opa, wahrscheinlich doch eher das Traumpaket plus ein paar Pillen." "Nein danke", lehnte Staißer kalt ab. "Ich bin weder Opa, noch will ich Drogen bei Ihnen kaufen. Ganz im Gegenteil." Staißer stand auf. "Alexander von Grahm, ich verhafte sie wegen Handel mit und Besitz von illegalen Drogen und Rauschmitteln." Alexander von Grahm sprang ebenfalls auf und sah sich gehetzt um. Staißer packte beherzt zu und griff gleichzeitig nach seinen Handschellen. Alexander sagte gar nichts mehr. Er leckte sich bloß immer wieder über seine Lippen, als Staißer ihn über seine Rechte belehrte.

Der Club teilte sich, wie das Meer vor Moses, als Staißer Alexander von Grahm abführte. Er spürte den fassungslosen Blick von Caro auf sich, als er an ihr vorbeiging. Der Türsteher öffnete auf einen Wink von Staißer mit überraschten Gesichtsausdruck die Tür. Als sie beide im Auto saßen, atmete Staißer durch. Er war froh endlich wieder aus der Bar raus zu sein.

9. Kapitel 17.05.20 Freitag

Der wolkenlose Himmel passte nicht zur Stimmung. Ich fühlte mich wie in einem Schwarm Krähen. Alle schwarz gekleidet. Wie eine dunkle, wogende Masse strömten wir in die Kirche. Ich ging neben meinen Eltern her. Jedes Gesicht, das ich sah, war durchtränkt von Kummer und Sorge. In der Kirche war es kalt. Mich fröstelte es in meinem dünnen schwarzen Kleid. Die Bänke fühlten sich langsam, durch die gläsernen Fenster glitzerten die Sonnenstrahlen und beleuchteten die Gemälde der Heiligen. Der Pastor stand erhöht im Chorraum vor dem Altar. Neben ihm war der Sarg aufgebahrt. Aus dunkelbraunem Kastanienholz. Laureen und Vera knieten daneben und hatten einen Blumenstrauß auf den Sargdeckel gelegt. Ich setzte mich mit meinen Eltern in die zweite Reihe. Ich ließ meinen Blick durch die Menge schweifen und erkannte Kyano in der Menschenmenge. Ich besann mich gerade noch rechtzeitig, um nicht seinen Namen zu rufen. Ich setzte mich schnell hin und wandte meinen Blick wieder nach vorne. Die Beerdigung begann. Ich war nicht die einzige, die leise anfing zu weinen. Vera in der ersten Reihe hatte den Arm um ihre Tochter gelegt und wiegte sie sanft hin und her. Als die Trauerrede vorbei war, bewegten wir uns langsam nach draußen. Die Sonne schien immer noch unverschämt heiß vom Himmel. Ich zupfte unauffällig an meinem Kleid und hielt Ausschau nach Kyano. Er war nirgends zu entdecken. Wir blieben vor dem ausgehobenen Grab stehen. Langsam wurde der Sarg in das schwarze Loch hinabgelassen. Die Trauernden traten nacheinander vor und warfen eine Rose oder eine Hand voll Erde auf den Deckel des Sarges unten im Grab. Zuerst Vera und Laureen. Veras Mund bewegte sich und sie hatte einen liebevollen Gesichtsausdruck, als sie eine Rose ins Grab warf. Tränen liefen ihr dabei die Wangen hinunter. Laureen stand daneben und holte zitternd Luft. Als ich und meine Eltern dran waren, hatte ich ein mulmiges Gefühl im Bauch. Schon das zweite Mal wurde Martin vergraben. Ich spürte, wie meine Mutter vorsichtig meine Hand drückte. Als das Grab zugeschüttet wurde, grub ich meine Fingernägel fest in meine Haut. Der Anblick, wie der Sarg immer mehr mit Erde bedeckt wurde, war grausam. Als nächstes waren die Beileidsbekundungen dran und dann fuhren die nächsten Verwandte und Freunde von Martin zum Leichenschmaus zur Villa der Königs.

Gerade als ich mit meinen Eltern zum Auto gehen wollte, sah ich Kyano im Schatten eines Baumes stehen. "Bin gleich wieder da", rief ich meinem Vater zu und lief zu ihm hin. "Hey." Kyano lächelte mich an, aber sein Gesicht war von Traurigkeit überzogen. "Was ist los? Was machst du hier?" Kyano zuckte die Schultern. Er griff nach meinen Händen. Obwohl ich es nicht wollte, war es, als zuckte ein Stromschlag durch meine Adern. Ich zog meine Hände zurück. Er sah mich überrascht an. "Was ist los?" Ich machte einen Schritt zurück. "Ich kenne dich nicht. Ich dachte ich würde es, aber..." "Noelia, kommst du jetzt?", rief mein Vater zu uns herüber. "Bitte Noelia." In Kyanos

Gesicht lag Angst und seine Stimme hatte einen flehenden Unterton bekommen. "Können wir uns heute treffen. Dann beantworte ich dir deine Fragen. Bitte!" Ich kämpfte mit mir selbst. Sollte ich oder nicht. "Noelia, jetzt!", dröhnte die Stimme meines Vaters zu uns herüber. "In Ordnung", willigte ich ein. "Ich komme dich nachher besuchen. Du schreibst mir wo." Kyano sah erleichtert aus. "Danke", flüsterte er. Ich nickte knapp und verschwand dann zu dem Auto meiner Eltern.

Was sollte er ihr erzählen. Der misstrauische Gesichtsausdruck auf ihrem Gesicht hatte es ihm ganz schlecht werden lassen. Er wusste, dass er ihr auf jeden Fall ein paar Fragen beantworten musste, wenn er sie nicht verlieren wollte. Er würde das schon hinkriegen, da war Kyano sich sicher. Er war dabei seine kleine Wohnung aufzuräumen. Erstens, damit nichts Verdächtiges herumlag und zweitens, damit sie nicht den schlechtesten Eindruck von ihm bekam. Mittlerweile war es eine Stunde her, seit sie auf der Beerdigung geredet hatten. Er wusste selbst nicht ganz, warum er überhaupt dorthin gegangen war. Vera hatte es ihm angeboten, mit den Königs zusammen dorthin zu fahren, aber was hatte er schon für eine Verbindung zu Martin gehabt? Mittlerweile eine tiefere als er wollte. In diesem Moment klingelte sein Handy. Es war Noelia. Sie hatte jetzt Zeit und wollte wissen, wo er wohnte. "Restraurich Straße 3. Du musst bei Iryani klingeln." Vorsichtshalber buchstabierte er seinen Nachnamen noch einmal. Als sie aufgelegt hatte, sah er sich noch ein letztes Mal in seiner Wohnung um. Es war ordentlich, wie schon lange nicht mehr.

Es klingelte. Kyano biss sich nervös auf die Unterlippe und öffnete dann die Tür. Da stand sie. Das rote, lockige Haar fiel sanft über ihre Schultern, ihre giftgrünen Augen funkelten und ihr Mund öffnete sich zu einem zarten Lächeln. "Hey", begrüßte er sie etwas unsicher. "Komm doch rein." Sie sah sich interessiert in der Wohnung um. Ihr Blick blieb an den Bildern hängen, die er an den Wänden aufgehängt hatte. Er und seine kleine Schwester, er und sein Vater, er und seine Mutter, er und seine Tanten und Onkels... Sie folgte ihm in die Küche und setzte sich an den Tisch. "Ich weiß, es ist klein, aber ich hab mich eigentlich schon dran gewöhnt." Ihm war seine winzige Wohnung sichtlich peinlich. Noelia schüttelte bloß den Kopf. "Ich finde es sehr schön." Nachdem sie eine Weile geschwiegen und Tee getrunken hatte, fing sie wieder an zu sprechen. "Die Leute von den Bildern im Flur, die sind deine Familie, oder?" Es war ungewohnt, darüber zu reden, aber er nickte. "Wo sind sie jetzt?" Er musste Luft holen, bevor er antwortete. Er hatte noch nicht vielen Leuten davon erzählt. Bloß den Königs und Inge. "Sie sind noch in Sanaa. Der Hauptstadt des Jemen." Er umklammerte seine Teetasse so fest, dass seine Fingerknöchel weiß hervortraten. "Es herrscht Krieg. Schon viele Jahre lang." Auf einmal war seine Stimme ganz ruhig. Noelia machte ein bestürztes Gesicht. "Meine Eltern wollten ein besseres Leben für mich und meine Schwester. Mila ist erst elf." Bei dem Gedanken an seine Schwester musste er lächeln. "Sie konnten Mila nicht so einfach fortschicken wie mich. Meine Mutter hat lange gespart, damit sie genügend Geld hatte, um mich nach Deutschland zu schicken. Sie ist in Deutschland geboren und ist nur wegen meinem Vater in den Jemen ausgewandert. Mit mir und meiner Schwester hat sie allerdings deutsch gesprochen. Jedenfalls war mein Vater immer dagegen, dass ich nach Deutschland gehe. Er wollte, dass es mir gut ging, aber nicht, dass ich so weit fortgehe." Noch immer sagte Noelia nichts. Sie lauschte nur seinen Worten. Hing förmlich an seinen Lippen. "Schließlich hat er sich dann aber doch von meiner Mutter überreden lassen und ließ mich gehen." Seine Stimme war rauer geworden. "Allerdings musste ich eine Arbeit finden, um hierbleiben zu können. So landete ich bei den Königs." Er sah hoch und blickte ihr direkt in die Augen. "Meine Familie ist noch dort. Ich hab keine Ahnung, wann und ob ich sie wieder sehen werde." Kyano merkte, dass ihm Tränen in die Augen stiegen. Er versuchte, sie mit einem hektischen Zwinkern zu vertreiben. Sie sah ihn immer noch wortlos an. Aber es lag kein Mitleid in ihren Augen. Sondern Zuneigung. Tiefe Zuneigung. "Danke, dass du es mir erzählt hast. Das bedeutet mir viel." Er war froh, dass er es ihr erzählt hatte. Endlich etwas erzählt hatte, das der Wahrheit entsprach. Ihr Bedarf an Fragen schien fürs Erste gedeckt. "Wollen wir nicht vielleicht doch irgendwo hingehen?", fragte er. "Meine Wohnung ist ein bisschen klein. Sie lachte leise auf und nickte.

Familie
grässlich von ihr getrennt zu sein
nicht denkbar keine zu haben
große Liebe, großes Glück
ich besitze eine Familie
sie sind zum Greifen nah, wenn ich die Augen schließe
öffne ich sie, sehe ich bloß Briefe und Bilder
trage Erinnerungen mit mir rum
die durch die Zeit zu Träumen verschmelzen

Es fühlte sich herrlich an, endlich etwas über ihn zu wissen. Nicht bloß mit einem wandelnden Geheimnis herumzulaufen. Ich hatte Spaß. Wirklich Spaß. Obwohl ich gedacht hätte, dass ich nie wieder lachen würde, nachdem ich Martins abgehakte Finger gesehen hatte. Aber es klappte. Wir waren zum Park spaziert und hatten uns ein Tretboot geliehen. Waren auf dem See umhergefahren, hatten geredet, gelacht, dem Vogelgezwitscher gelauscht und die warmen Sonnenstrahlen genossen. Ich hatte ihm keine weiteren Fragen gestellt. Sollte Laureen doch denken, was sie wollte. Kyano war der wunderbarste Mensch, den ich je kennengelernt hatte. Um diese schöne Zeit nicht zu zerstören, hatte ich auch nichts von Andreas Sprangel gesagt, sondern beschlossen, morgen auf eigene Faust Laureens leiblichem Vater einen erneuten Besuch abzustatten.

Nachdem wir uns ein Eis geholt, die Füße in den See gehalten hatten, spazierten wir jetzt langsam wieder zu seiner Wohnung zurück. In meinem Magen kribbelte es und als er sanft nach meiner Hand griff, schwebte ich fast neben ihm her. Der Sonnenuntergang über den Häuserdächern sah umwerfend aus. Rot wurde zu Orange, Gelb wurde zu Gold und das strahlende Blau wurde zu Silber. Dazwischen die glühende Sonne. Ein magisches Farbenspiel, mit verwischten Konturen und verlaufenden Tönen. Eine Nuance von Rosa, die sich vorsichtig in schmalen Schlieren über den Himmel zog. Auf einmal blieb Kyano stehen. Da ich seine Hand nicht loslassen wollte, war ich gezwungen auch anzuhalten. Er betrachtete versonnen die Abendröte. "Einfach unglaublich, oder?", wisperte er und drehte sich dann langsam zu mir. Ein zustimmender Laut kam aus meiner Brust. Meine Kehle war wie zugeschnürt. Kein Wort konnte ich sagen. Ich blieb in seinen rauchgrauen Augen hängen. Meine Beine zitterten und meine Herz schlug schneller denn je. Kein Muskel zuckte in seinem Gesicht, aber eine gewisse Zärtlichkeit umspielte seine Augen. Plötzlich beugte er sich vor, umschloss mein Gesicht fest mit seinen Händen und drückte seine Lippen auf meine. Es war wie ein Rausch. Ich schloss automatisch meine Augen, meine Haut prickelte dort, wo er mich berührte und seine Lippen schmeckten nach Erdbeereis, Zitrone und Liebe. Ich gab mich diesem vollkommenen Gefühl hin und vergrub meine Hände in seinem Haar. Sonnengewärmt war es und unvorstellbar weich. Es kam mir so vor, als sprühten Funken zwischen uns hin und her. Natürlich schaffte es nur eine Person, diesen wundervollen Moment wieder zu zerstören. "Du Schlampe", gellte es zu uns herüber. Kyano ließ ruckartig von mir ab. Es kam mir vor, als müsste ich erst einmal wieder aus einer Art Trance erwachen. Aber es dauert nicht lange und ich hatte die Stimme eingeordnet. Nathan. Er stand nicht weit von uns entfernt und hatte ein vor Wut verzerrtes Gesicht. Seine Augen taxierten Kyano wie ein Beutestück, das er am liebsten in der Luft zerrissen hätte. "Was willst du", rief ich genervt zurück. Nathan machte einen Schritt auf uns zu. Seine Augen funkelten. "Mich erst abservieren und dann direkt mit dem nächsten Typen hier rummachen." Wut machte sich in mir breit. Was dachte sich dieser Typ eigentlich? Zerstörte erst meinen ersten Kuss mit Kyano und beleidigte mich dann auch noch. "Du wolltest immer nur das Eine. Ist dir eigentlich klar, wie du mich behandelt hast?!" Er bedachte mich bloß mit einem abfälligen Blick. "Du hast es ja nicht anders verdient." Er trat einen weiteren Schritt auf mich zu, aber Kyano schob sich vor mich. "Und du bist dann wohl ihr neuer Liebhaber, mit dem sie ein wenig spielen kann." Der Hohn triefte regelrecht aus seiner Stimme. "Ich denke, es ist besser für dich, wenn du jetzt gehst", sagte Kyano mit scharfer Stimme. "Was? Willst du mir etwa drohen?" Nathans Blick strotzte vor Feindseligkeit und kalte Wut verwandelte sein Gesicht in eine hässliche Grimasse. "Das kommt ganz darauf an." Kyanos Stimme war noch immer seelenruhig. Bevor die sich hier prügelten, sollte ich wohl lieber eingreifen. Ich schob Kyano ein Stück zur Seite und fixierte Nathan. "Verschwinde jetzt einfach, Nathan." Ich drehte mich um und wollte nach Kyanos Hand greifen, aber auf einmal spürte ich einen harten Stoß in meinem Rücken und stürzte auf den Boden. Ein brennender Schmerz durchzuckte mein Knie und meine Handflächen, mit denen ich mich abgestützt hatte, waren aufgeschrappt. Ich richtete mich auf, bereit Nathan anzubrüllen, aber der Anblick verschlug mir die Sprache. Kyano hatte Nathan gepackt, ihn eng an sich gezogen und seine Finger hatten sich um Nathans Hals gelegt, dessen Augen vor Furcht fast aus den Höhlen sprangen. "Wenn du sie noch einmal anrührst, bring ich dich um", wisperte er mit einer so eiskalten Stimme, die mir eine Gänsehaut über den Rücken jagte. So hatte ich ihn noch erlebt. Nathan keuchte. "Ja." Kyano ließ ihn los und versetzte ihm einen Schubs. "Dann hau jetzt ab!" Nathan rannte, so schnell ihn seine zitternden Beine trugen, ohne mich noch eines Blickes zu würdigen. Ich schluckte und wagte es nicht, Kyano anzusehen. Der griff wieder nach meiner Hand. "Lass uns zu mir gehen." Ich konnte nichts sagen. Der Schreck saß mir noch immer in den Gliedern. Kyano sah das wohl als Zustimmung und schlug die Richtung zu seiner Wohnung ein. Meine Beine trugen mich neben ihm her, ohne dass ich ihnen einen Befehl gab. Zu viel schwirrte in meinem Kopf umher. Der Streit mit Nathan, Kyanos bitterernste Stimme... Dazu brannten meine Handflächen und mein Knie pochte.

Kyano verfrachtete mich, als wir in seiner Wohnung standen, auf einen Sessel im Schlafzimmer. Vorsichtig sprühte er etwas Desinfektions-spray auf meine Hände. Es zwiebelte höllisch und mir traten Tränen in die Augen. Kyano begutachtete mein Knie, holte dann ein Kühlpack und legte mich sanft auf sein Bett. Nichts an ihm ähnelte mehr dem jungen Mann, der eben noch mit seelenruhiger Stimme einen anderen fast erwürgt hatte. Ich konnte nicht mehr. Das war alles zu viel. Wer war Kyano, oder besser gesagt, wer war er nicht? Ein Kloß bildete sich in meinem Hals und ich begann zu schluchzen. Ich konnte nichts dagegen machen. Kyano zog mich vorsichtig an seine Brust und ich schloss die Augen. Ich konnte nicht sagen, ob er irgendetwas vor mir verbarg und in Wahrheit eine ganz andere Person war, aber eins wusste ich. Wenn ich hier bei ihm lag, mit geschlossenen Augen, seinen Geruch in meiner Nase und er mir zärtlich durch die Haare fuhr, fühlte ich mich vertraut und so verbunden mit ihm, als würde ich ihn schon ewig kennen. Und so ein Gefühl konnte mich doch nicht täuschen. Oder?

ೲഐ

"Nichts?" Staißer schüttelte den Kopf. Es war ruhig in der Cafeteria des Polizeipräsidiums. Außer ihm und Hendrik saßen bloß ein paar Kollegen verstreut an den Tischen. Hendrik kaute mit finsterer Miene an seinem Sandwich. Staißer gähnte. Es war halb acht. Samstag. Der Tag, an dem die Leute für gewöhnlich ausschliefen. Was Ellie sicher auch tat. Sie hatte es auf ihrem weichen Ehebett ja auch deutlich bequemer, als er auf der harten Gästebettmatratze. Heute Abend würde er etwas sagen. Definitiv. Er konnte so etwas nicht einfach mit sich machen lassen. Er war immerhin noch ihr Ehemann und hatte ein gutes Recht auf… einen schönen, weichen Schlafplatz. Aber jetzt war er einfach viel zu müde. Ärgerlich kippte Staißer den Rest seines Kaffees hinunter und wünschte sich, einen anderen Berufsweg eingeschlagen zu haben. "Also wirklich gar nichts?" Hendrik durchbohrte seinen Kollegen mit einem prüfenden Blick. Staißer schüttelte wieder den Kopf. "Er hatte nichts weiter mit Martin König zu tun gehabt, als ihm ab und zu ein paar Drogen zu verticken." Die Befragung des rattenähnlichen Dealers war nicht sehr aufschlussreich vonstatten gegangen. Alexander von Grahm hatte keine Verbindung zu Martin König. Er hatte ihm bloß hin und wieder ein paar Pillen verschafft und ihn mit einer seiner Bedienungen rummachen sehen. Kathy Bohlten. Aber sie hatten ja noch genug Zeit, diese am Sonntag dazu zu befragen. "Was hast du denn über Kyano rausgefunden", fragte er schließlich Hendrik. Der machte einen resignierten Gesichtsausdruck. "Nichts besonders. Bloß, dass er aus dem Jemen geflohen ist und hierbleiben durfte, weil die Königs ihm eine Arbeit anboten." Staißer hob nachdenklich die Augenbrauen. "Was hätte er dann auch für ein Motiv, Martin König umzubringen? Immerhin war er sein Arbeitgeber." Hendrik fing an, die kleinen Tomatenstückchen zwischen den Brotscheiben herauszupulen. "Vielleicht hatten sie einen Streit oder so etwas?" Staißer schüttelte den Kopf. "Das glaub ich nicht. Irgendwas anderes muss noch dahinterstecken."

Ich hatte noch nie einem Menschen hinterher spioniert. Warum auch? Ich hatte ja keinen Grund dazu. Aber es gab immer ein erstes Mal. Ich betrachtete noch einmal mein Outfit im Spiegel. Schlicht. Hellblaue Jeans, dunkler Kapuzenpulli und alte Turnschuhe. Meine Handflächen waren immer noch mit roten Striemen gezeichnet und auf meinem Knie hatte sich ein blauer Fleck breitgemacht. Ich hatte mit Kyano nicht weiter über den Vorfall mit Nathan geredet. Er hatte sich so lieb um mich gekümmert. Egal. Jetzt einfach nicht mehr daran denken. Lieber Andreas Sprangel ins Visier nehme. Ich steckte meinen Haustürschlüssel und mein Handy ein und machte mich auf den Weg zur Haltestelle. Ich hatte mich im Internet erkundigt. Es dauerte noch circa eine halbe Stunde, bis das Büro zur Mittagspause schloss. Ich hockte mich auf die Bank der Bushaltestelle vor dem großen Gebäude. Jetzt hieß es warten. Im Augenwinkel behielt ich die Eingangstür im Blick. Nach und nach kamen Menschen heraus. Und da. Andreas Sprangel. Das blonde Haar. Der schlecht sitzende Anzug. Ja das war er. Ich sprang auf und folgte ihm unauffällig. In ein Auto stieg er zum Glück nicht. Ich folgte ihm in gebührendem Abstand die Straße hinunter. Er lief, ohne irgendjemanden eines Blickes zu würdigen, schnurstracks geradeaus. Vor einem schlichten Haus aus rotem Backstein blieb er stehen, sah sich kurz um und klingelte dann. Ich lehnte mich an einen breiten Baum und lugte immer mal wieder zu Andreas Sprangel. Es dauerte nicht lange und der Mann verschwand in der Tür. Na super. Ich stöhnte genervt auf und ließ mich auf den Boden sinken. Was sollte ich jetzt tun? Hier einfach im Gras sitzen bleiben? Wohl kaum. Am besten sah ich mal nach, was das für ein Haus war. Ich sprang auf und näherte mich der Haustür. Doktor Sahra Teller, Therapeutin für Traumapatienten. Ich steckte nachdenklich meine Hände in die Taschen meines Hoodies. Was wollte Andreas Sprangel bei einer Therapeutin. Wovon sollte er traumatisiert sein? Oder war er etwa erst seit kurzem bei der Therapeutin. Obwohl die Luft lau war, wurde mir kalt. Was wenn er erst nach dem Mord in dieser Therapie gegangen war? Erst seit einer Woche Patientin von dieser Dr. Teller war? Weil er wegen des Mordes traumatisiert war? Das konnte sein. Aufgeregt kaute ich an meinen Fingernägeln. Was sollte ich jetzt tun? Die Polizei rufen? Besser nicht. Ich hatte ja kaum Beweise. Ich könnte ja erstmal mit der Therapeutin reden. Über die Schweigepflicht machte ich mir fürs Erste keine Gedanken. Zur Not warf sie mich halt wieder raus. Ich drückte auf die Klingel. Es dauerte lange und dann ertönte eine Stimme aus der Sprechanlage. "Was kann ich für Sie tun?" "Ähm... ich hab... also... würde gerne mit Sahra Teller reden. Die Stimme sagte gar nichts mehr, stattdessen öffnete sich die Tür mit einem Summen. Der Flur war in einem strahlenden Weiß gestrichen. Am Ende befand sich eine Tür mit der Aufschrift *Praxis Doktor Sahra Teller*. Ich drückte vorsichtig die Klinke hinunter. Eine Frau saß am Empfang. Sie trug das helle Haar zu einem Zopf gebunden und lächelte mir entgegen. "Ja bitte?"

"Ich würde gerne mit Doktor Teller sprechen", bat ich höflich und verschränkte meine Arme hinter meinem Rücken. Die Frau tippte kurz an ihrem Computer. "Wie ist denn dein Namen?" "Noelia Welsmann." Die Frau stutzte. "Entschuldige, aber nach meinen Angaben hast du gar keinen Termin." "Ich würde auch einfach gerne mit Doktor Teller sprechen", wiederholte ich. Die Frau nickte etwas unsicher. "Na dann setz dich doch einfach mal da vorne in den Sessel." Ich bedankte mich und ließ mich in das sandfarbene Polster sinken. Die Frau beobachtete mich noch einen Moment lang, bevor sie sich wieder ihren Unterlagen zuwandte. Es verging eine Dreiviertelstunde, in der ich zweimal aufstand, um zum Klo zu gehen, eine komplette Zeitschrift durchlas und einen Fingernagel komplett abgekaut hatte. Endlich ging eine Tür auf und Andreas Sprangel kam heraus. Sein Blick fiel auf mich und er zog die Brauen zusammen. Ich spürte, wie mein Gesicht heiß wurde und sah stur auf den Boden. Laureens Vater beachtete mich zum Glück nicht weiter, sondern ging zum Empfang und redete leise mit der Frau. Ich atmete erst auf, als er aus der Praxis verschwunden war. "Ich denke, du kannst jetzt zu ihr gehen", meinte die Frau am Empfang. "Das war

Doktor Tellers letzter Termin für heute. Ich stand auf und klopfte an die Tür. "Ja?" Ich öffnete die Tür einen Spaltbreit und linste hinein. Eine ältere Dame saß hinter einem Schreibtisch und sah mir freundlich entgegen. "Was kann ich für dich tun?" Ich räusperte mich und trat nun ganz durch die Tür. Der Raum war hell angestrichen. Sessel- und Sofafarbe waren aufeinander abgestimmt. Die Frau trug eine runde Brille und hatte kinnlange, hellgraue Locken. Ihre braunen Augen musterten mich überrascht. "Hattest du etwa einen Termin, Schätzchen?" Ich schüttelte den Kopf. Wie fing ich es am besten an? "Ich hätte da ein paar Fragen an Sie", begann ich schließlich. Doktor Teller nickte und faltete ihre Hände auf dem Schreibtisch. "Was denn für Fragen?" Ich räusperte mich unmerklich. "Also Sie sind ja Therapeutin für traumatisierte Menschen." Wieder nickte sie. "Und gerade eben der Mann, der bei Ihnen war. Also ich kenne ihn und es wäre ziemlich wichtig für mich, wenn Sie... Sie mir sagen könnten, wie lange er bei ihnen in Therapie ist." Doktor Teller seufzte und fing an ihre Unterlagen in eine alte, abgewetzte Aktentasche zu räumen. "Das tut mir leid, aber das darf ich nicht. Da gibt es eine Schweigepflicht, die besagt, dass..." "Das weiß ich doch", unterbrach ich sie. "Ich würde ja auch nicht fragen, wenn es nicht wirklich wichtig wäre." Doktor Teller hob eine Augenbraue. „Ich denke, Du verstehst sicherlich, dass die Privatsphäre meiner Patienten Dich nichts angeht, egal, wie wichtig es für Dich erscheinen mag. "Bitte", flehte ich. "Können Sie nicht einmal eine Ausnahme machen?" Die Therapeutin stand auf und ging zur Tür. "Einmal eine Ausnahme", sagte sie mit missbilligendem Ton. "Ich denke du gehst jetzt besser." Ich ließ meinen Kopf hängen. Ob vor Wut oder Enttäuschung konnte ich nicht sagen.

Andreas Sprangel war erzürnt. Sein ganzer Körper bebte. Er saß an seinem Schreibtisch im Büro und hätte am liebsten losgebrüllt. Er hatte seine Hände zu Fäusten verformt und seine Augen zuckten. Am liebsten hätte er diese Göre gepackt und sie kurzerhand aus der Praxis geworfen, als er an ihr im Wartezimmer von Frau Dr. Teller vorbeigegangen war. Was dachte sie sich eigentlich dabei, ihm nachzuspionieren? Er atmete zitternd ein und aus. Warum konnte sie ihn nicht einfach in Ruhe lassen. Wie gern hätte er sie jetzt einfach geschüttelt und angebrüllt. Was bildete sie sich eigentlich ein? Er rutschte unruhig auf seinem Stuhl hin und her. Ob die Therapeutin ihr etwas über ihn erzählt hatte? Aber nein. Nein, das durfte sie nicht. Er könnte sie dafür verklagen. Am besten sollte er sich jetzt einfach beruhigen. Andreas schloss seine Augen und zählte innerlich bis zehn. Der Tag war noch frisch und er würde ihn sich ganz sicherlich nicht von so einem kleinem dummen Mädchen verderben lassen. Aber? Andreas stützte nachdenklich seinen Kopf zwischen seine Hände. Vielleicht konnte er ja mal ein wenig über dieses nervige Mädchen rausfinden.

Ihr war mal wieder schlecht. Wie schon so oft in den letzten Monaten. Sie legte eine Hand auf den Bauch. Der Kleine trat gegen die Bauchdecke. Ob er mehr Aufmerksamkeit wollte? Kathy musste lachen. Er würde sicher ein sturer kleiner Junge werden. Sie öffnete das Küchenfenster und sah nach draußen. Samstagabend. Der Himmel war verdunkelt. Einzelne Wolkenfetzten zogen vorüber. Kathy rieb sich die Arme. Sie fröstelte. Ein Windzug übersäte ihre Arme mit Gänsehaut. Endlich war es Abend. Der Tag war nicht schön gewesen, aber sie hatte es geschafft, sich zu verteidigen. Kathy hielt ihre Nase in den rauen Wind. Kalt war er. Aber es tat gut. Ein Auto fuhr vorbei. Es war dunkel. Außer den gleißenden Scheinwerfern konnte man nichts erkennen. Es hielt. Kathy stutzte. Vor ihrem Vorgarten. Sie lehnte sich etwas weiter raus. Ob es die gleiche Person, wie heute Nachmittage war? Sie konnte nichts erkennen. Rein gar nichts. Kathy kniff die Augen zusammen. Die Wagentür öffnete sich und eine Gestalt trat heraus. Schwarze Kleidung. Eine dunkle Maske übers Gesicht gezogen. Sie schob die Pforte beiseite und steuerte geradewegs auf ihr Haus zu. Kathy schlug das Fenster zu. Zitternd machte sie ein paar Schritte zurück. Es klingelte. Sie erschrak, stolperte und fiel zu Boden. Das Baby in ihrem Bauch war auf einmal ganz ruhig. Wieder ein Klingeln. Leise schlich Kathy zur Tür. Nichts. Alles war still. Sie lehnte sich vorsichtig gegen die Haustür. Immer noch nichts. Vielleicht hatte die Person sich ja auch im Haus geirrt.

Langsam ging sie zurück in die Küche. Die Tür dabei die ganze Zeit im Blick. Ihr war mulmig zu Mute. Aber es schien vorbei zu sein. Kathy legte wieder ihre Hand auf den Bauch und drehte sich um. Sie schrie. Es war kein normaler Schrei. Ein trockener Schrei, den sie, ohne es zu bemerken, ausgestoßen hatte. Jemand presste sein Gesicht gegen ihr Küchenfenster. Verdeckt mit einer Maske, aber der Mund formte sich zu einem Lächeln. Kathy musste sich an ihrem Tisch abstützen. Ihr war übel. Sie hatte Angst. Ihr Körper schlotterte. Messer. Ein Messer. Ihre Finger gehorchten ihr nicht, als sie sich bemühte, die Schublade aufzureißen. Wieder ein Klopfen an der Tür. Dann eine Stimme. Es war eine Männerstimme, die sie nicht einordnen konnte. "Mach doch auf, Kathy. Ich weiß, dass du da bist." Sie presste ihre Faust auf den Mund. Messer. Sie musste sich verteidigen können. Immer noch zitterten ihre Finger. Diese verdammte Schublade, sie klemmte. "Kathyyy." Dieses ekelhafte Summen in der Stimme. Warum ging die Schublade nicht auf. Sie riss verzweifelt. Endlich. Sie nahm das erstbeste Messer, das sie fand und drehte sich ruckartig um. Die Stimme sprach nicht mehr. Dafür vernahm sie ein Kratzen an der Tür. Oder besser gesagt am Türschloss. Sie unterdrückte einen weiteren Angstschrei. Sie war wie gelähmt. Wer war das? Ein sachter Babytritt brachte sie wieder ins hier und jetzt. Sie musste sich verstecken. Kathy rannte die Treppe hinauf. Wohin? Der Dachboden. Keine Option. Ihr Schlafzimmer. Im selben Moment hörte sie ein Knarren. Die Tür war aufgegangen. Der Holzboden quietschte unter den Schritten des Mannes. Kathy wurde kalt. Ihr Körper fühlte sich taub an. Ihr Herz raste. Das Schlafzimmer nicht. Aber der Abstellraum. So leise wie möglich öffnete sie die Tür und presste sich in den kleinen Raum. Sie zog die Tür gerade zu, als die Schritte auf der Treppe hörte. Sie zog ihre Knie eng an ihren Körper und probierte, die Luft anzuhalten. Stumm saß sie da. Die Tränen rannen ihr die Wangen hinunter, ihr Körper schlotterte und kalter Schweiß sammelte sich auf ihrer Stirn. Immer wieder hörte sie die Stimme ihren Namen rufen. Kathy umfasste das Messer fester. Es war nicht besonders scharf, aber es würde reichen. Sie verfluchte sich dafür, dass sie nicht direkt die Polizei gerufen hatte.

Warum war es still? Die Schritte und die Stimme waren verstummt. Kathy krallte ihre Finger in ihre Kleidung. Ganz langsam ertönte ein Quietschen. Und dann traf ein Lichtstrahl sie. "Nein." Sie merkte gar nicht, dass der Schrei von ihr kam. Sie war aufgesprungen und drückte ihren Körper gegen die Wand hinter ihr. Da stand er. Dunkle Kleidung, dunkle Maske und ein schmales, scharfes Messer in der Hand. Sie bekam keine Luft mehr. Die Angst schnürte ihr die Luft ab. Bunte Punkte tanzten vor ihren Augen. Ihre Finger waren schweißnass und sie konnte sich kaum mehr auf den Beinen halten. Mit einem dumpfen Aufprall fiel ihr eigenes Messer auf den Boden. Sie konnte nicht mehr. "Bitte." Ihre Stimme war kaum mehr als ein Wimmern. "Wer bist du? Was willst du von mir?" Wieder dieses grässliche Grinsen. "Aber aber Kathy. Ich will dir doch nichts tun. Ich hätte nur gerne eine Kleinigkeit." Ihre Zähne schlugen aufeinander. Sie war blass geworden und ihr Gesicht war tränennass. "Was... was willst du von mir?" "Hmm…" Er fuhr mit seinen Fingernägeln über das Metall des Messers. Das Kreischen verursachte ihr eine Gänsehaut und sie presste ihre Hände auf die Ohren. Seine Lippen bewegten sich. Als sie nicht gleich reagierte, trat er einen Schritt nach vorne und riss ihre Hände runter. Er presste seine Lippen gegen ihr Ohr. "Wir können das hier ganz schnell erledigen. Ich hätte gerne deinen Laptop. Warum, kannst du dir wahrscheinlich denken." Spucke tropfte gegen ihr Ohr. Sie wand sich, aber er hielt sie fest. "Ich weiß nicht, was du willst", schluchzte Kathy. Ihre Beine knickten ein. Er kniff ihr hart in die Wange. "Oh doch, das weißt du. Ich habe gehört du hast ein ganz besonderes Bild auf deinem Laptop." Sie keuchte. Deshalb war er hier. Sie probierte noch einmal, sich aus seinem Griff zu befreien, aber es brachte nichts. "Und? Hast du dieses besagte Bild?" Sie nickte tonlos. "Ja, hab ich." Ihre Stimme war kaum mehr als ein Flüstern. Er fuhr mit seinen behandschuhten Fingern über ihren Hals und ließ sie dann langsam hinunter zu ihrem Ausschnitt gleiten. "Dann verstehen wir uns doch." Mit einer einzigen Handbewegung schubste er sie aus dem Abstellraum raus. "Wo steht der Laptop?" Mit wankenden Schritten lief sie in ihr Schlafzimmer. Ihr war speiübel und vor lauter Tränen war sie halbblind. Sie fingerte nach dem Laptop, den sie in eine Kommode gelegt hatte. Er griff danach.

"Hast du ein Passwort?" Sie schüttelte den Kopf. Ihr Herz wummerte. Zufrieden warf er den Laptop auf das Bett. Auf einmal holte er aus und rammte das Messer in das Holz des Schreibtisches, an den sie sich lehnte. Einen Zentimeter neben ihrer Hand. Kathy schrie auf und taumelte zur Seite. Er packte sie am Nacken und zog sie zu sich. "Wenn du mich verarschst Kathy, dann kannst du dir sicher sein, dass ich wiederkomme. Egal, wo du dich versteckst. Und dann werde ich dich töten. Dich und dein Baby." Die letzten Worte spuckte er aus. Sie zuckte zusammen. "Ich lüge nicht. Das ist das einzige Bild. Mehr gibt es nicht." Ihre Stimme klang weinerlich. "Das will ich auch hoffen." Sein Atem strich über ihr Gesicht. Er lehnte sich ein Stück zurück und musterte sie kurz. Dann beugte er sich vor und drückte ihr einen Kuss auf die Stirn. "Du bist ein braves Mädchen, Kathy." Mit einem Ruck entfernte er sein Messer aus dem Holz, versetzte ihr einen heftigen Stoß und drehte sich dann um. Ihr Kopf pochte und ein lodernder Schmerz durchzuckte ihren Körper. Und als ihr schwarz vor Augen wurde, verschmolz seine Silhouette mit der Dunkelheit.

Als sie die Augen wieder öffnete war es dunkel. Kathy fasste sich an die Stirn. Kein Blut. Ihr Schädel pochte bloß und fühlte sich an, als wäre er gespalten. Mühsam setzte sie sich auf. Ihre Wangen war feucht und ihr Hals schmerzte vor lauter Schluchzern. Sie konnte nicht mehr. Ihr war der Tod angedroht worden. Ihr und ihrem Kind. Tränen hatte sie keine mehr. Kathy fühlte sich nur noch erschöpft und ausgelaugt. Sie stand langsam auf und begutachtete jedes Zimmer ihres Hauses. Schaltete überall die Lichter an. Schloss die Fenster und zog die Vorhänge zu. In keinem Zimmer ließ irgendetwas vermuten, dass dieser Mann hier gewesen war und sie bedroht hatte. Ihr Laptop war weg. Und somit auch das Bild. Was hatte das alles noch für einen Sinn? Gar keinen. Wie sollte sie das alles schaffen? Sie wollte ihrem Kind nicht dieses Leben zumuten, in dem sie um ihres bangen musste. Nein. Es reichte. Kathy ertrug es nicht mehr. Sie würde dem ganzem jetzt ein Ende bereiten. Nur, ganz ohne jegliche Erklärung wollte sie nicht gehen. Nein. Sie würde dafür sorgen, dass Gerechtigkeit herrschte.

Liebes Tagebuch,

endlich habe ich es. Die Angst ist mittlerweile geschrumpft auf ein winziges Körnchen, das

bloß noch manchmal die Oberhand gewinnt. Ich wusste nichts von der Existenz des Bildes. Es

hat wie eine unsichtbare Wolke über mir geschwebt. Bereit dazu, mich zu zerstören, ohne dass

ich ahnte, dass es dieses Bild überhaupt gibt. Und jetzt kann ich endlich sagen, ich bin frei.

Alles ist so wie es sein sollte. Mein Gewissen ist noch da, aber niemand hat mehr die Macht, es

mir aufzuzwingen. Weil ich es jetzt beherrschen kann. Vernichten kann. Alles wird gut, war

seit diesem Tag mein Mantra. Aber endlich habe ich auch die Gewissheit, dass es das auch

wirklich wird.

10. Kapitel 19.05.20 Sonntag

"Wo ist sie?" Das fragte Staißer sich allerdings auch. Mittlerweile war
es fünfzehn Uhr. Er und Hendrik hatten über eine Stunde lang auf
Kathy Bolthen gewartet. Aber die Frau tauchte einfach nicht auf.
Staißer kratzte sich nachdenklich an der Schläfe. "Vielleicht hat sie es
vergessen?" "Quatsch!" Hendrik schüttelte entrüstet den Kopf. "Die hat
einfach nur keinen Bock. Staißer zog die Brauen zusammen. Er wusste
nicht warum, aber er hatte ein mulmiges Gefühl im Magen. "Lass uns
bei ihr vorbeifahren", schlug er schließlich vor und stand auf.
Der Himmel war wolkenverhangen. Staißer wusste den Weg zu Kathy
Bolthens Haus noch ganz genau. Es sah immer noch so verwahrlost und
heruntergekommen aus, wie er es in Erinnerungen hatte. Sie sprangen
aus dem Wagen. Die Klingel funktionierte immer noch nicht. Hendrik
klopfte. Mehrmals. Nichts passierte. "Kathy", rief Staißer und legte ein
Ohr an das morsche Holz. Immer noch keine Geräusch. Hendrik sah
seinen Kollegen fragend an. Der nickte. "Wir brechen jetzt die Tür auf,
also gehen Sie lieber weg, falls sie dahinter stehen." Hendrik stellte sich

seitwärts hin, holte Schwung und warf sich mit aller Kraft gegen die Tür, die sofort aufsprang. Auch der kahle Flur mit den nackten Glühbirnen sah noch genauso aus, wie beim letzten Mal. Staißer griff nach seiner Dienstwaffe. Hendrik tat es ihm gleich. Langsam durchsuchten sie die untere Etage. Kathy war nirgends zu finden. Die Küche sah immer noch unordentlich aus. Eine einzelne Besteckschublade stand offen. Die Vorhänge waren zugezogen. Im gesamten Haus herrschte Totenstille. Die Kommissare näherten sich der Treppe. Staißer hielt seine Waffe fest umklammert. Sein Herz wummerte und er spürte, wie sich feine Schweißperlen auf seinem Nasenrücken sammelte. Er hörte Hendriks leisen Atem in seinem Nacken. Auch im zweiten Stock sah es vorerst ruhig aus. Bloß die Tür der Abstellkammer war geöffnet. "Was ist das?" Hendrik deutete auf eine Kerbe am Schreibtisch ihres Schlafzimmers. Staißer betrachtete sie nachdenklich und fuhr vorsichtig mit dem Finger über das Holz. "Sieht aus, wie von einem Messer oder sowas", mutmaßte Hendrik. Staißer knurrte, nickte aber. Hendrik verzog das Gesicht. "Denkst du, sie war alleine?" Staißer zuckte kaum merklich mit den Schultern. Neben dem Schlafzimmer war noch eine weitere Tür. Staißer drückte vorsichtig die Klinke hinunter, darauf gefasst was er jetzt sehen würde. Aber da war nichts. Hinter der Tür lag das Badezimmer. Die Fliesen waren an manchen Stellen kaputt und gelblich verfärbt. Das Waschbecken und das Klo waren lange nicht mehr gereinigt worden und von einer dicken Staubschicht überzogen. Ein gelber Plastikduschvorhang, mit Blümchen verziert, verdeckte die Badewanne. Staißer sah sich ratlos um. Sie hatten das ganze Haus abgesucht. Er stellte sich ans Fenster und sah hinaus. Er war sich so sicher gewesen, dass sich Kathy hier befinden würde. "Ähm Ludwig." Hendriks Stimme klang nervös. "Was?" "Vielleicht solltest du dir das mal ansehen?" Staißer drehte sich um. Hendrik kniete vor der Badewanne. Staißer ging neben ihm in die Hocke. "Was ist denn?" Dann sah er es selbst. Ein einzelner Tropfen getrocknetes Blut, der an dem einzigen Teil der Wanne entlanglief, der nicht von dem Duschvorhang verdeckt wurde und darauf vermuten ließ, dass er schon mehrere Stunden dort war. Staißer schluckte. Er spürte, wie sein Herz in seinem Brustkorb hämmerte. Hendrik holte tief Luft und zog den Vorhang zur Seite. Staißer musste sich wegdrehen. Er hörte, wie Hendrik scharf die Luft einsog. "Ich ruf die Spurensicherung und einen Notarzt", murmelte er tonlos und verließ das Badezimmer. Staißer fuhr sich über seinen Schnurrbart und wandte seinen Kopf schließlich wieder Kathy Bolthens Leiche aus. Es sah schrecklich aus. Schrecklich und friedlich zugleich. Die Wanne war fast vollständig mit Wasser gefüllt. Trübes, verfärbtes Wasser. Kathys Körper sah unter der Wasseroberfläche merkwürdig verzerrt aus. Es fühlte sich falsch an, sie so zu sehen. Sie war komplett nackt und schutzlos. Ihre Haut war schon ganz schrumpelig, eben wie bei einem Badenden, der schon zu lange im Wasser war. Staißer betrachtete ihr Gesicht. Ihr Kopf lag etwas erhöht über dem Wasser. Ihre Augen waren geschlossen und das blonde Haar mit den pinken Strähnen trieb wie Algen im Wasser. Ihr Mund war zu einem leichten Lächeln geöffnet. So als wäre sie endlich da angekommen, wo sie sein wollte. Ihre Arme hingen über die Badewannenränder hinaus. Ihre Unterarme sahen schrecklich aus. An den Pulsschlagadern in einem zackigen Muster aufgeschnitten. Geronnenes Blut verklebte komplett die Haut. Rotschwarz. War ins Wasser geflossen und hatte es zu einer wogenden Masse aus ihrer eigenen Körperflüssigkeit gemacht. Neben ihrem Kopf lagen hübsch aufgereiht zwei Rasiererklingen. Diese Ordnung, die Ruhe, die Kathy ausstrahlte verursachte ihm Magenschmerzen und ein beklemmendes Schwindelgefühl. Das Baby. Es war wie ein Schlag gegen den Schädel, der ihn wieder ins hier und jetzt katapultierte, Das Baby. Er sah ihren Bauch unter der Wasseroberfläche. Nichts regte sich darin. Vielleicht konnte man ihm trotzdem noch helfen. "Hendrik." Er hörte seinen eigenen Schrei nicht. "Das Baby. Was, wenn es noch lebt." Seine verzweifelten Rufe gellten durch das leere und stumme Haus, doch verschwanden ungehört im einfachen Nebel. Er verschluckte Staißers Schreie. Trug sie fort. Verhüllte die Hoffnung und gab stattdessen die bittere Wahrheit preis, die Staißer eigentlich von Anfang an gewusst hatte. Das Baby war tot. Zusammen mit seiner Mutter bei dem geglückten Versuch, sich selbst umzubringen, gestorben. Ohne irgendeinen Laut. Ohne irgendein Mitspracherecht. Es war einfach dem Leben und den Chancen, die es hätte haben können, entrissen worden. Seine

Mutter hatte es wortlos in ihr selbstbestimmtes Schicksal eingehüllt und ihm somit verboten, irgendwann einmal zu leben, zu atmen, glücklich zu werden.

Alles genommen durch die Person, die es am meisten lieben und wissen sollte, was gut für ihr Kind war. Ihr Kind, das bereits einen Herzschlag hatte. Ihr Kind, dem das blinde Vertrauen und die Zuversicht, dass jede werdende Mutter ihre Kind schützen würde, zum Verhängnis geworden war. Ja Kathy hatte ihr Kind beschützt. Sie hatte es nicht alleine und in den grausamen Fängen ihrer Welt gelassen. Und trotzdem hatte sie damit ihrem Baby seine Zukunft genommen.

Es war noch bei keinem Fall passiert, aber bei diesen Gedanken stiegen Staißer Tränen in die Augen. Hektisch wischte er sie weg und holte tief Luft. Auf einmal sah er etwas hinter den Shampooflaschen aufblitzen. Ein Umschlag. Instinktiv wollte er danach greifen, hielt sich aber gerade noch zurück. Der Umschlag war wichtig. Er musste warten, bis er gesichert worden war.

Als Kathys Leichnam aus der Wanne gehoben wurde, musste er sich abwenden. Hendrik stand neben ihm, mit verschränkten Armen und betrachtete die Arbeit der Spurensicherung. Ganz besonders warf er dabei ein Auge auf Mayari. Auch wenn Staißer ihm sein Liebesglück gönnte, fand er es pietätlos im Angesicht des Todes dieser jungen Frau. Außerdem wollte er unbedingt wissen, was sich in dem Umschlag befand. Aber keine Chance. Staißer seufzte, als man ihm erklärte, dass er erst frühestens am Abend den Umschlag zu Gesicht bekommen würde. Die Spurensicherung konnte eben auch nicht zaubern. Staißer vergrub seine Hände in seiner Manteltasche. Er wusste nicht warum, aber er machte sich Vorwürfe. Er hatte immerhin gesehen, wie schlecht es Kathy Bolthen gegangen war und dass sie irgendetwas vor ihnen verborgen hatte. Warum war er nicht früher bei ihr vorbeigefahren? Warum hatte er sie nicht stärker gedrängt, mit ihnen zu reden? Er hätte ihr helfen können. Er hätte ihr Optionen darlegen können. Es wäre vielleicht nie zu diesem Selbstmord gekommen. Er musste raus an die frische Luft. Draußen hielt er seine Nase in den Wind. Warum, hätte, wäre. Die meist ausgesprochenen Worte nach einem Selbstmord. Einfache Worte. Die ein schöneres Ende versprochen hätten, hätte man diese Worte nicht gesagt, sondern sie in die Tat umgesetzt. Was allerdings die wenigsten Menschen taten. Und der Preis, den sie dafür zahlten, war ein grausamer Verlust und drei kleine Worte. Warum, hätte, wäre.

Ich mochte keine Montage. Hatte ich noch nie gemocht. Aber heute war es noch schlimmer, als sonst. Nathan hatte mir einen so finsteren Blick zugeworfen, dass mir das Herz stehen geblieben war. Zum Glück hatte er nicht weiter über den Vorfall mit Kyano gesprochen. Laureen, die neben mir saß, schien es nicht besser zu gehen. Sie hatte dunkle Augenringe und gähnte immer wieder. Der einzige Lichtblick des Tages war das geplante Treffen mit Kyano. Ich musste ihm endlich von Andreas Sprangel erzählen. Und der Therapie, die er anscheinend machte. Da meine Eltern noch nicht zu Hause waren, hatten sie mich gebeten, nach der Schule zu Laureen und Vera zu gehen. Wenn ein Mörder frei herumlief, sollte ich nicht alleine sein. Es roch gut, als Laureen mir die Tür der Villa öffnete. Ein würziger Geruch waberte durch den Flur und ließ meinen Magen knurren. Während Vera versuchte, eine gemütliche Stimmung beim Essen zu erzeugen, saß ihre Tochter bloß da und rührte wortlos in der Suppe. Ich konnte es ihr nicht verdenken. Der Anblick von Martins Finger, hatte sie mehr verschreckt, als ich gedacht hatte. "Hat die Polizei denn schon irgendwas Neues rausgefunden", fragte ich vorsichtig. Vera schüttelte den Kopf. "Auf dem Karton waren keine fremden Fingerabdrücke und die Befragungen haben nichts Neues ergeben." Ich nickte langsam. Was das wohl für ein Gefühl war. Wenn der Mörder des eigenen Mannes einem drohte und die Polizei immer keine Verdächtigen fand. "Möchtest du noch etwas länger bleiben Noelia?" Vera sah mich freundlich an. "Ich bin noch mit Kyano verabredet, tut mir leid", entschuldigte ich mich und wischte den Rest meines Tellers mit einem Stück Brot aus. Vera runzelte die Stirn. "Dem Kyano? Unserem Gärtner?" Ich nickte trotzig. Ich brauchte nicht noch jemanden, der mir erzählte, dass ich doch gar nichts über ihn wusste. Laureen hielt noch immer ihren Blick stur gesenkt. "Na, dann wünsch ich euch mal viel

103

Spaß." Vera lächelte etwas gezwungen. Da kam wohl ganz der Beschützerinstinkt in ihr hoch. Ob sie meiner Mutter von dem Treffen mit ihrem geheimnisvollen Gärtner erzählen würde? Und selbst wenn. Es konnte mir egal ein. Kyano war kein offenes Buch. Aber er war ein anständiger und liebevoller junger Mann. Da war ich mir sicher. Zu Not würde ich ihn eben meinen Eltern vorstellen. Sie würden ihn sicher mögen. Ich warf einen Blick auf die Wanduhr. Vier Uhr. Perfekt. Kyano hatte jetzt Schluss. Ich schob meinen Stuhl zurück und stand auf. "Danke für das leckere Essen." Auch Vera erhob sich und umarmte mich. "Gerne doch, Schätzchen. Viel Spaß dir heute." Sie drückte mich an sich. Von Laureen kam bloß ein gemurmeltes Tschüss. Ich verdrehte innerlich die Augen. Die Tage, als wir noch die dicksten Freundinnen gewesen waren, schienen ewig her zu sein.

Kyano lächelte erfreut, als ich auf ihn zu kam. Ich biss mir auf die Unterlippe und versuchte, alle Bedenken abzuschütteln. Alles war gut. Kyano war da. Er war kein schlechter Mensch. "Was wollen wir machen", fragte ich bemüht fröhlich. Seine grauen Augen strahlten. „Picknick." Er grinste verschmitzt. „Lass uns zum See fahren und dort ein Picknick machen." Jetzt musste ich ebenfalls lachen. Wer so süß war, konnte doch gar nichts böses im Schilde führen. Diesmal hatte ich mein Fahrrad zum Glück auch dabei und radelte neben ihm her. Die Sonne schien, die Vögel zwitscherten und es roch nach Freiheit. Das strahlende Blau des Himmels wurde bloß gelegentlich von weißen, watteförmigen Wolken unterbrochen. Ich holte tief Luft und sog den süßen Duft der Wildblumen ein, die am Rand kreuz und quer durcheinander wuchsen. Wir hatten Glück. Unsere kleine Bucht am See war menschenleer. Von der anderen Seite hörte man das Kreischen aufgeregter Kinder, die im flachen Wasser umhertollten. Kyano zog eine karierte Decke aus dem Korb, den er mitgebracht hatte. Er verteilte das Essen darauf, während ich meine Schuhe auszog und ins seichte Wasser watete. Die angenehme Kühle tag gut und ich grub meine Zehen in den weichen Schlamm. „Hunger?" Ich drehte mich um. Kyano saß auf der Decke und sah mich erwartungsvoll an. Er hatte die Plastikboxen mit Essen vor sich ausgebreitet. Nichts Besonderes. Apfelstückchen, Würstchen, Möhren, belegte Schnittchen. Aber er hatte

sich Mühe gegeben. Hatte alles vorbereitet. „Das sieht fantastisch aus!"
Ich setzte mich zu ihm und griff nach einem Apfelstückchen. Dann
lehnte ich meinen Kopf gegen seine Schulter und kaute langsam.

Hendrik kaute an seiner Unterlippe, während er den Brief von Kathy
Bolthen las. Das tat er nun schon zum dritten Mal. Staißer hatte ihn
einmal gelesen und hatte danach die Zeilen in seinem Gedächtnis
kleben.

Ich weiß nicht wirklich, wie ich diesen Brief beginnen soll. Anfangs möchte ich einmal

klarstellen, dass ich nicht egoistisch gehandelt habe. Das kann mir niemand nachsagen. Ich

wollte mein Baby nicht in dieser ekelhaften, von Hass erfüllten Welt lassen. Das wäre nicht

richtig gewesen. Deshalb musste ich es tun. Ich erwarte kein Verständnis. Die Menschheit ist

mittlerweile so blind und verbohrt, dass sie den Unterschied zwischen Gut und Böse nicht

mehr erkennt. Ich habe ihn erkannt. Genauso, wie ich den Unterschied zwischen fair und

unfair erkannt habe. Mir ist viel Unfaires widerfahren. Ich hatte keine Chance, Gerechtigkeit

walten zu lassen. Aber jetzt kann ich es. Ich kann so vieles klarstellen, so dass mein Tod nicht

grundlos sein wird, sondern doch etwas Bleibendes hinterlassen wird.

Ich habe Martin König nicht umgebracht! Nein. Glauben Sie, was Sie wollen, aber immerhin

kann ich jetzt mit der Gewissheit sterben, nicht vorher eine unschuldige Seele ins Jenseits

gerissen zu haben. Obwohl, so unschuldig war Martin nicht. Er war ein Schwein. Ein eiskaltes,

berechnendes, durchtriebenes Schwein. Aber ich habe ihn geliebt. Warum weiß ich auch nicht.

Aber ich habe es getan. Mir einzureden, dass ich ihn hassen würde, hat nichts geändert. Jede

Faser meines Herzens hat bis zur letzten Sekunde ihm gehört. Ich habe ihn in der Bar kennen gelernt, in der ich arbeitete. Er war charmant. Er hat mir das Gefühl gegeben, wertvoll zu sein.

Seine arme, leichtgläubige Frau tat mir auf eine schräge Art und Weise leid. Sie hat nie etwas

von den Spielchen gemerkt, die Martin mit ihr spielte, weil er sich mit mir traf. Es dauerte

nicht lange und ich hatte sein Vertrauen. Und er schenke mir etwas zur Aufbewahrung. Ein

Foto. Das Bild eines Autounfall. Ein kleiner Junge, der tot neben seinem Fahrrad liegt. Von

einem Auto auf der Landstraße erfasst. Vera kniet neben dem Jungen. Sie hat den Jungen

überfahren. So sagte es jedenfalls Martin. Er hätte seine Frau aber auch für alles benutzt. Er

muss gewusst haben, dass ich das Bild niemandem zeigen würde. Zumal ich ihn geliebt habe

und sonst rausgekommen wäre, dass wir eine Affäre hatten. Sonst hätte er mir das Foto ja

auch nicht anvertraut. Damals, als ich ihm das Ultraschallbild und später den Zettel geschickt

hatte, wollte ich wirklich zur Polizei gehen, aber ich hab mich nicht getraut. Und er muss das

geahnt haben. Sonst hätte er doch irgendwie reagiert. Martin hat mir nie erzählt, was an

diesem Abend des Unfalls wirklich passiert war, oder warum ich das Bild aufbewahren sollte.

Er gab es mir nur. Es schien wichtig für ihn zu sein. Ich musste schwören, dass ich niemanden

etwas von diesem Foto erzähle. Ich weiß, dass man mir nicht glauben kann, ohne dass ich

dieses Foto wirklich besitze. Ich bin ja bloß die Verrückte, die Drogen nimmt. Aber das Bild

existiert. Es wurde mir gestohlen. Von einem Mann. Ich kenne ihn nicht. Aber er war da –

gerade eben erst - vor einer halben Stunde. Hat mir und meinem Kind gedroht. Und meinen

Laptop samt Bild mitgenommen. Ich weiß nicht, warum dieses Bild für jemand anderen als

Martin so wichtig ist, aber das ist es. Und es muss gefunden werden. Ich bin mir sicher, dass

dieses Bild etwas mit Martins Tod zu tun hat. Und jetzt kann ich sterben. Mit dem Wissen ein

tödliches Geheimnis, das gar nicht zu mir gehört, offenbart zu haben.

Neben dem Brief lag ein Zeitungsartikel, der über den Autounfall berichtete. Vor vier Jahren war im Juni der siebenjährige Luis Glender bei einem Autounfall ums Leben gekommen. Er war abends allein mit dem Fahrrad von einem nahen Bauernhof, der an derselben Landstraße lag, nach Hause gefahren und war kurzerhand vom Auto erfasst worden. Als seine Eltern ihn fanden, war er bereits tot. Die Suche nach dem geflüchteten Autofahrer war mittlerweile eingestellt worden. „Unglaublich." Hendrik legte den Brief zur Seite. „Wer glaubst du, könnte Kathy bedroht haben? Was wollte die Person mit dem Foto? Das ist doch schon lange her." „Die einzige Person, die mir einfällt, ist Vera König. Wenn Kathy Recht hatte und sie den Jungen überfahren hat, fällt sie mir als einzige Person ein, die Interesse an diesem Bild haben könnte." „Aber es war ein Mann, der ihr gedroht hat", wandte Hendrik ein. " Und woher soll sie überhaupt von der Existenz des Bildes gewusst haben?" Staißer stützte den Kopf in seine Hände. „Vielleicht ist den Königs auch gedroht worden. Vielleicht hatte irgendjemand anders noch dieses Bild und wollte Martin und Vera erpressen." „Aber es hatte doch bloß Kathy das Bild." „Wer weiß", überlegte Staißer. „Das meinte sie, aber es kann doch gut sein, dass Martin es noch jemand anderen anvertraut hat. Und dieser jemand sich überlegt hat, die reichen Königs zu erpressen. Und jetzt will er alle Bilder von diesem Unfall, mit denen er sie erpresst hat, verschwinden lassen, damit am Ende nicht rauskommt, dass er Martin umgebracht hat." Hendrik runzelte die Stirn. „Aber warum sollte Martin diese angeblichen Bilder überhaupt jemanden gegeben haben?" „Ich weiß es nicht. Das sind alles auch nur Vermutungen", beschwichtigte Staißer seinen Kollegen. Hendrik stand auf. „Ich würde sagen, wir fahren jetzt erst einmal zu den Eltern des Jungen." Staißer fühlte sich nicht gut, als sie im Auto saßen und sich dem Hof näherten, der den Eltern des kleinen Jungen gehörte. Es würde bloß wieder eine alte Wunde aufreißen, wenn sie die beiden ausfragten. Auch Hendrik neben ihm sah nicht sonderlich fröhlich aus. Der Hof, auf dem das junge Ehepaar lebte, sah ganz so aus, wie man sich ein altes Bauernhaus vorstellte. Ein rotes Fachwerkhaus, eine große Scheune, einige Ställe und eine Weide, auf der Pferde und ein paar Kühe grasten. Sehr idyllisch. Staißer atmete tief durch. Die Luft roch gut und frisch.

Die Kommissare steuerten auf die kleine Tür des Hauses zu. Gerade, als sie klingeln wollten, ging eine Stalltür auf und eine junge Frau trat heraus. Sie war wahrscheinlich erst Anfang dreißig und sah überhaupt nicht aus, wie man sich eine Klischeebäuerin vorstellte. Das glänzende, hellblonde Haar trug sie zu einem lockeren Zopf nach hinten gebunden und mit ihren großen blaugrünen Augen sah sie Staißer und Hendrik fragend entgegen. Sie trug eine weite hellblaue Jeans und ein T-Shirt, das sie locker mit einem Knoten hochgebunden hatte. Ihre Haut war ungewöhnlich blass und für ihre zarte Figur war ihr Händedruck fester als erwartet. Sie stellte sich als Maria Glender vor. Als sie hörte, warum die beiden da waren, verdunkelte sich ihr Gesicht und sie bat die beiden Kommissare in ihre Küche. Staißer fühlte sich unwohl, obwohl die hölzern eingerichtete Küche mit der karierten Tischdecke eine gemütliche Stimmung erzeugte. „Ich hole meine Frau." Maria Glenders Stimme klang belegt, als sie das sagte. Wenige Sekunden später stand eine weitere Frau in der Küche. Auch sie war eine sehr hübsche, aber ebenfalls noch junge Frau. Sie hatte einen dunklen Teint, warme tiefbraune Augen und glattes zartbitterfarbenes Haar. Ihr schlanker Körper steckte in einem dunkelroten Strickleid, das die Farbe ihrer Lippen unterstrich. „Ich bin Thea", streckte sie den beiden ihre Hand entgegen und setzte sich dann. „Es geht also um Luis", sagte Maria mit belegter Stimme. Tränen schimmerten in ihren Augen. Thea nahm ihre Hand und fuhr sacht mit den Fingerspitzen über ihren Handrücken. Dann wandte sie sich wieder Staißer und Hendrik zu. „Ich verstehe nicht, warum Sie da sind. Die Suche nach dem Autofahrer sei eingestellt worden, hat man uns schon vor zwei Monaten gesagt." „Das stimmt auch", nickte Staißer. „Allerdings sind wir heute wegen eines anderen Falls bei Ihnen. Letzten Samstag wurde ein Mann tot in einem Wald aufgefunden. Er wurde ermordet." „Und was hat das mit Luis und uns zu tun?", warf Thea ein. „Sagen Ihnen die Namen Vera und Martin König etwas?", fragte Hendrik. Die beiden Frauen schüttelten die Köpfe. „Warum? Sind die beiden die Mörder unseres Sohnes", fragte Maria mit blitzenden Augen. Staißer hob die Hände. „Das wissen wir nicht. Wir verfolgen bloß eine Spur in unserem Fall." „Wenn Sie genaueres wüssten, würden Sie es uns doch sagen, oder?" Thea sah die beiden mit großen Augen an. Erst jetzt erkannte Staißer die Kummerfalten, die sich tief um die Augen der Frauen eingegraben hatten. Monatelange Trauer und die Grausamkeit der Ungewissheit hatte ihre Gesichter geprägt. Auch die Küche, die ihm eben noch so heimelig vorgekommen war, schien auf einmal den Kummer des jungen Pärchens widerzuspiegeln. Staub und Spinnweben hatten sich in den Ecken breitgemacht und durch einen Sprung in der Fensterscheibe zog die kalte Luft herein. Dass die Frauen mit der Trauer um ihren Sohn noch immer zu kämpfen hatten, anstatt sich um die Sauberkeit und um notwendige Reparaturen ihres Hauses zu kümmern, verstand er voll und ganz. „Natürlich", bekräftigte Staißer. „Würden Sie uns bitte noch sagen, was sie letzten Samstag zwischen 20 und 22 Uhr gemacht haben?" Thea dachte kurz nach. Da waren wir bis spät in die Nacht beim alljährlichen großen Reitturnier im Nachbarort. Staißer nickte betroffen. „In Ordnung. Danke für ihre Zeit."

„Das hat ja eigentlich gar nichts gebracht", murmelte Hendrik missmutig, als die beiden wieder im Auto saßen. Staißer widersprach: „Wir wissen jetzt immerhin, dass beiden es nicht waren, obwohl sie allen Grund dazu gehabt hätten, wenn wirklich einer der Königs ihren Sohn getötet haben sollte." „Lass uns morgen Vera König einfach mal dazu befragen", schlug Hendrik vor. Staißer brummte zustimmend und startete den Wagen.

Der Himmel hatte sich indigoblau gefärbt. Er hatte gar nicht bemerkt, wie die Zeit verflogen war. Sie hatten einfach dagesessen, geredet, gegessen und die Zeit genossen. Er fröstelte. In den letzten Minuten hatte es aufgefrischt. Der Wind drückte gegen ihre kalten Gesichter und erschwerte das Vorankommen. Er hörte sie neben sich vor Anstrengung keuchen. Die Straße, neben der sie langfuhren, war menschenleer. Kein Auto war zu sehen. Nur die Rapsfelder raschelten und hin und wieder hörte man eine Eule rufen. Die Biegung, an der die beiden sich trennen mussten, war nicht mehr weit. Er hatte bloß ein T-Shirt übergezogen. Es war als würde ein dünner Eisfilm Kyanos Haut überziehen, so kalt war ihm. Sie hielten an. Kyano lauschte. Immer noch war nichts zu hören, außer ihrem Atem. Seine Ohren erschienen ihm wie von Gelee verstopft, und doch war jedes noch so leise Geräusche laut wie ein Pistolenschuss. „Na dann." Ihre Stimme war so zart. Wand sich wie ein helles Band durch die dunkle Nacht. Leise gesprochene Worte, die sich an das Schwarz der Nacht anschmiegten und mit ihm zu einem unnatürlichen Klang verschmolzen. Seine Stimme war durch die raue Abendluft heiser geworden. „Es war schön heute." Er konnte das Lächeln, das ihre Mundwinkel umspielte, bloß erahnen. „Ja das war es!" Er konnte ihre Konturen unscharf neben sich erkennen. Sie beugte sich etwas vor und presste ihre Lippen auf seine Lippen. Es war ein kalter Kuss. Ein kalter Kuss, der jedoch das Frieren und die Gänsehaut vertrieb. Er strich sanft ihre Haare hinters Ohr. „Bis morgen." Ein leises Flüstern, das die Nacht fast vollständig davontrug. Ja fast schon in sich aufsog. „Bis morgen." Auch ihre Worte waren bloß ein Hauch in dieser unendlich scheinenden Dunkelheit, der noch in derselben Sekunde verpuffte.

Kyano sah ihr nach, wie sich langsam ihr Rücklicht entfernte und irgendwann bloß nur noch ein einzelner, kleiner leuchtender Punk war. Dann stieg er selbst wieder aufs Fahrrad und fuhr zu seiner Wohnung. Ob er sie nicht doch besser hätte begleiten sollen? Was, wenn ihr was passierte? Ach was. Die Straßen, wo sie langfahren würde, waren beleuchtet und er würde einfach den ganzen restlichen Abend auf einen Anruf von ihr warten. Kyano lehnte sein Fahrrad an die Häuserwand und schloss es ab. Gerade als er sich umdrehen wollte, beförderte ein zielsicherer Schlag ins Gesicht ihn nach hinten und er prallte gegen die kalte, steinerne Wand des Mehrfamilienhauses. Der Schmerz fuhr wie ein Blitz in seine Glieder und bunte Punkte tanzten vor seinen Augen hin und her. Er spürte, wie ein warmes Rinnsal Blut seine Nase runterlief und sich in seinem Mund zu einer ekelhaften Pfütze ansammelte. Kyano würgte. Zwei Hände packten ihn am Saum seines T-Shirts und pressten ihn gegen die Wand. Normalerweise hätte er sich wehren können. Normalerweise hätte er sich mit einem Stoß oder einem Schlag in Sicherheit gebracht. Aber jetzt war sein Körper gelähmt vor Schmerz und Übelkeit. Seine Nase und die rechte Wange pochten und dass der Fremde mit seinen Fingern gegen Kyanos Kehlkopf drückte, machte die

Sache nicht besser. Er röchelte und wollte schreien, aber die kalte Nachtluft erstickte seine Worte im Keim und er stieß bloß ein klägliches Krächzen aus. Auch von seiner Stirn tropfte Blut aus einer Wunde, die er sich beim ungünstigen Sturz gegen die Wand zugezogen hatte. Das dunkle Rot vernebelte ihm die Sicht und er konnte nichts mehr sehen. Alles verschwamm zu einem rotschwarzen Schleier gepaart mit unglaublichen Schmerzen. Und auch, wenn ihn sein eigenes Blut fast blind machte, war er sich doch sicher, dass sein Angreifer ein Mann war. Er hörte seine Stimme an seinem Ohr und verstand die Worte doch nicht. Alles drehte sich. Das kohlrabenschwarz der Nacht vermischte sich mit allen Konturen und bildeten einen einzigen großen, dunklen Klos, der Kyano ins Gesicht drückte. „Hörst du mir jetzt zu?" Die Worte waren harsch gesprochen. Mit einem messerscharfen Klang und einem ungeduldigen Unterton und spitzen Fingernägeln, die sich noch immer in die weiche Haut an Kyanos Hals bohrten. Es tat weh. „Ich denke, wir wissen beide, dass du dich nicht an die Warnung gehalten hast." Wieder nur ein Röcheln, das aus Kyanos Kehle kam. Sein Mund war voller Blut und er spuckte aus. Was ihm von seinem Gegenüber, dem er damit die Kleidung verschmutzte, bloß einen Tritt in die Magengrube einbrachte. Er krümmte sich zusammen. Es fühlte sich an, als würden seine Eingeweide sich zusammenziehen und der Schmerz zog einmal quer durch seinen Körper. Der Mann hielt seine Haare und somit auch seinen Kopf straff nach oben. „Das ist jetzt die letzte Warnung." Die Stimme klang wie das Schnurren einer Katze. Einer Katze, die voller Genuss mit ihrer Beute spielte, bevor sie sie tötete. Sein Atem strich über Kyanos Gesicht. „Also, das ist mein Ernst. Halt dich von ihr fern! Hast du mich verstanden?" Er konnte nicht mehr. Blitze zuckten vor seinen Augen. Rote Blitze. Blut oder Schmerz konnte er nicht sagen. „Ob du mich verstanden hast?" Sein Hals fühlte sich vor lauter geronnenem Blut schleimig an, als er die Worte zusammenkratzte. „Ja, hab ich." Waren das seine Worte? Seine Stimme klang nicht wie seine. Eher wie die zittrigen und weinerlichen Laute, die Kaninchen von sich geben, kurz bevor man ihnen den Garaus macht. „Sehr schön." Der Mann klang zufrieden. Der scharfe Geruch seines Aftershaves drang Kyano unangenehm in die Nase und der Geruch biss ihn regelrecht, bis Tränen in seinen Augen traten. Auf einmal wurde sein Kopf losgelassen und er fiel mit einem dumpfen Aufprall auf den Boden. Er hörte, wie sich Schritte entfernten und kurz danach ein Auto gestartet wurde. Kyano blieb liegen. Schwer atmend. Verdreckt, voller Blut, Tränen und mit einer geschwollenen Nase. Der stechende Schmerz, der seinen Körper noch eine Weile unkontrolliert hin und her zucken ließ, verging irgendwann und er konnte sich aufrappeln. Nicht jedoch die Erkenntnis, dass er die Verbindung zu Noelia abbrechen musste, sollte nicht noch ein weiterer Mord geschehen.

Nacht
tintenschwarz und mondlos
graue Wolkenschwaden ohne Bedeutung
so manchem widerfährt bittersüßer Schmerz
Sei's drum
Die Nacht saugt die grausamen und tödlichen Fehler auf
Hüllt einen in den dunklen Umhang ein, damit man sich verdecken kann
Und in der Sonne sehen wir alle gleich aus

19.05.20

Liebes Tagebuch,

die Nächte gefallen mir neuerdings. Mir gefällt es, wie ich langsam Gerechtigkeit verteile und

mir Stück um Stück meine Freiheit sicherer wird. Wenn ich meine ersten Einträge noch einmal

lese, muss ich lachen. Wovor hatte ich Angst? Was sollte passieren? Alles ist wasserdicht und

durchgeplant. Ich bin die Katze und alle anderen sind die Mäuse. Laufen durch ein Labyrinth

aus Fallen und falschen Ahnungen. Und an jedem Ende vom Weg lauere ich und leite sie auf *die nächste Spur. Allmählich macht es mir sogar Spaß. Sie sind dumm, aber das ist nicht ihre*

Schuld. Das erste Mal habe ich das Gefühl alles richtig zu machen. Dass das nicht alle so sehen

werden, ist mir klar. Aber sie werden es nicht herausfinden. Nein. In meinem Irrgarten laufen

sie bloß immer wieder gegen Spiegel, die die Wahrheit vertuschen und sollte ihn das Glück

gelingen und sie zerbrechen das Glas, warte ich dahinter, bereit sie im nächsten Labyrinth

auszusetzen oder sie doch noch im Wald zu vergraben...

11. Kapitel Montag 20.05.20

Das Wetter heute passte perfekt zu meiner Laune. Ein lauer Frühlingswind, ein zartblauer Himmel und keine einzige Wolke. Herrlich! Das breite Grinsen ließ sich den gesamten Schultag nicht aus meinem Gesicht vertreiben. Der Gedanke an Kyano, das gestrige Treffen mit ihm und der Kuss, ließ es in meinem Gesicht verharren. Laureen Gesichtsausdruck war den ganzen Vormittag fragend, aber ich beschloss, ihr nichts von Kyano zu erzählen, für den sie anscheinend kein einziges gutes Wort übrig hatte. Als ich zu Hause ankam waren meine Eltern noch nicht da. Sie hatten einen Geschäftstermin und würden erst Mittwoch wiederkommen. Die perfekte Gelegenheit, Kyano zu sich nach Hause einzuladen. Ich warf mich auf unsere Gartenbank und sah verträumt in den Himmel. Er könnte die ganze Nacht hier sein. Vielleicht würde ich ihn später ja sogar meinen Eltern vorstellen. Nathan hatten sie nie kennen gelernt, was sich im Nachhinein als überaus klug raugestellt hatte. Aber Kyano... Er war anders. Er war so geheimnisvoll und doch wusste ich einfach, dass er mein absoluter Traummann war. Ich seufzte glücklich und schloss für einen kurzen Moment die Augen, bevor ich mein Handy aus meiner Hosentasche zog. Eine SMS würde zu lange dauern. Am besten ich rief ihn jetzt einfach an. Direkt. Damit er nach der Gartenarbeit gleich zu mir fahren konnte. Duschen konnte er ja auch bei uns. Vielleicht ja sogar mit mir. Bei dem Gedanken musste ich kichern, wie ein kleines

Mädchen. Eilig wählte ich seine Nummer. Nichts tat sich. Es tutete bloß, bis die Mailboxansage ertönte. Missmutig probierte ich es noch einmal. Wieder nichts. Die Gartenarbeit schien wohl ganz besonders wichtig sein heute. Enttäuscht steckte ich mein Handy weg. Der Himmel schien auf einmal nur noch halb so schön. Ich ging zurück ins Haus und holte mir ein Eis aus der Tiefkühltruhe. Der süße, kühle Geschmack vertrieb die schlechten Gedanken und ich setzte mich wieder hinaus in den Garten. Einfach nochmal probieren. Irgendwann musste er ja rangehen. Und zur Not würde ich kurzerhand bei ihm vorbeifahren. Also wählte ich erneut seine Nummer. Gerade, als ich schon wieder auflegen wollte, knackte es kurz in der Leitung und dann meldete sich Kyano. Irrte ich mich, oder klang seine Stimme anders als sonst? „Hey, ich dachte, ich meld' mich mal bei dir, weil ich dich was fragen wollte", plapperte ich einfach los. „Du Noelia, ich muss dir was sagen", unterbrach er mich mit rüdem Tonfall. Die plötzliche Schroffheit in seiner Stimme ließ mich unruhig werden und ich setzte mich etwas gerader hin. „Was ist denn los?" Eine Weile sagte er nichts. Ich fragte mich schon, ob die Verbindung vielleicht unterbrochen war, als er schließlich weitersprach. „Hör mal. Du bist ein tolles Mädchen, aber das zwischen uns klappt einfach nicht so richtig. Weißt du, was ich meine?" Weißt du, was ich meine? Weißt du, was ich meine? Dieser letzte Satz echote in meinen Ohren und ich musste schlucken. Wie kam er da auf einmal drauf. „Ist das dein Ernst?" Meine Stimme zitterte. Wut und Entsetzen mischten sich in meinem Körper zu einer ekelhaften Brühe, die hochschwappte und meine Sätze durcheinander brachte. „Ja." Dieses einfache abweisende Ja. Das war doch nicht der Kyano, der sich so lieb um mich gekümmert hatte. Nicht der Kyano, mit dem ich so viel Zeit verbracht hatte. Nicht der Kyano, der mich so sanft geküsst hatte. Nicht der Kyano… in den ich mich verliebt hatte. „Also… wie… w… was… warum?" „Es passt einfach nicht." Seine Stimme klang seltsam abgehackt, als würde er die Sätze, wie einen ekelhaften Fremdkörper von sich abstoßen. Kyano holte Luft, als wollte er noch etwas sagen, dann schien er es sich anders zu überlegen, es knackte wieder und der Anruf war beendet.

Er hatte sich selten so miserabel gefühlt. Er widerte sich selbst an. Mechanisch fuhr Kyano fort, den Rasen peinlich genau mit dem Rasenmäher zu mähen und dann mit einer feinen Schere die Halme entlang der Gehwegplatten auf die exakt richtige Länge zu stutzen. Er fühlte sich hundeelend. Sein Auge wurde von einem leichten Blaugrün umrahmt, seine Nase war angeschwollen und die leichte Verletzung an der Stirn hatte er mit einem Pflaster abgeklebt. Die Verletzungen pochten immer noch leicht und wenn er mit irgendetwas gegen die Stellen kam, ließ ihn der Schmerz heftig zusammenzucken. Aber dieser ganze Schmerz ließ sich im Vergleich dazu, dass er ihr weh getan und sie angelogen hatte, aushalten. Er musste die Augen zusammenkneifen, um nicht los zu flennen. Er sollte sich jetzt nicht so anstellen. Er hatte beschlossen dieses Geheimnis zu wahren. Blieb ihm ja auch gar nichts anderes übrig. Aber mit diesem Geheimnis konnte er Noelia in Gefahr bringen und das wollte er auf keinen Fall. Lieber behielt er sie fröhlich und lebendig in Erinnerung. Ein Wagen fuhr vor. Kyano erkannte ihn sofort. Es war der Wagen der zwei Kommissare. Er richtete den Blick stur auf den Boden und verbannte all seine Gefühle aus seinem Gesicht. Die Arbeit in der prallen Sonne war hart und er schwitzte. Er spürte, wie das Pflaster auf seiner Stirn feucht wurde und wischte sich mit der Hand durchs Gesicht, um die störende Nässe zu vertreiben. Der Schmerz durchjagte seinen Körper und Kyano musste sich auf die Lippen beißen, um nicht aufzujaulen. Die Kommissare stiegen aus und kamen geradewegs auf ihn zu. Kyano hatte keine Lust, mit ihnen zu reden, aber das konnte er nicht sagen. Die Wahrheit war immer falsch. Er stellte den Rasenmäher aus und wischte sich die Hände an der Hose ab. Dazu zwang er sich ein aufgesetztes, höfliches Lächeln ins Gesicht, obwohl er beim Anblick der Kommissare das Gefühl bekam, als müsste er sich gleich direkt vor ihren Füßen auf dem Rasen erbrechen. „Hallo, freut mich, Sie wieder zu sehen." Die verräterischen Worte eines Lügners waren das. Kyano ergriff die Hände der Kommissare, ließ aber sofort wieder los, als hätte er sich verbrannt. Was er in gewisser Weise ja auch getan hatte. Die beiden Männer loderten nur so vor Wahrheitsfindung und der Energie, das Gute vom Bösen zu trennen. Kyano hätte sich am liebsten in den Teich geworfen, um das heiße Gefühl zu vertreiben, das der Händedruck der Kommissare hervorgerufen hatte. „Guten Tag, Herr Iyrani", begrüßte ihn der Ältere. Der Jüngere nickte bloß. Es war ihm anzusehen, dass er sich in keinster Weise über Kyanos Anblick freute. „Wollen Sie zu mir?" Der Ältere schüttelte den Kopf. „Nein, wir würden gerne mit Vera König reden. Wissen Sie, ob sie da ist?" Kyano zuckte mit den Schultern. „Ich nehme an, schon." Der Ältere betrachtete Kyanos Gesicht eingehend. „Ist alles gut mit Ihnen? Wie ist denn das passiert?" „Ach das." Kyano winkte ab. „Bloß ein doofer Zufall. Ein Schlagloch zu viel… mit dem Fahrrad unterwegs… kurz unachtsam und… na ja, schon lag ich auf dem Boden. Ist aber nicht weiter schlimm", fügte er schnell hinzu, als er die zweifelnden Blicke der Kommissare bemerkte. „Meine Nachbarin ist Krankenschwester, die hat sich das angesehen." Er lachte gekünstelt und hoffte, dass man ihm nicht ansah, dass er weder den Namen, noch den Beruf seiner Nachbarin kannte." „Na dann." Der Ältere hob seine Finger zum Gruß. Wieder nickte der Jüngere bloß und folgte dann eiligst seinem Chef wie ein junger Hund. Kyano kniete sich hin, als die beiden außer Sichtweite waren und vergrub sein Gesicht in seine Hände. Es war alles zu viel. Viel zu viel. Ein einzelner Mensch konnte diese Last nicht tragen. Kyano stöhnte und rieb sich die Augen. Immerhin ein quälender Gedanke war jetzt endlich verschwunden. Die Angst, Noelia nicht beschützen zu können.

Schutz
du denkst ich bin dein Schild
du denkst ich bin deine Stütze
als könnte ich dich vom Unglück der Welt fernhalten
dabei klebt doch das Unglück an mir
ich bin das Unglück
und Sicherheit kann ich schon lange nicht mehr bieten
noch tarne ich mich gekonnt
aber bald bricht die Wahrheit durch
und du solltest dich vor mir schützen

Staißer fühlte sich klein und unbedeutsam im Angesicht dieser protzigen Villa. Wie lange lebten er und Ellie jetzt wohl schon in ihrer Wohnung? Eine lange Zeit. Hätten sie Kinder bekommen, hätten sie sich vielleicht auch irgendwann mal ein Haus gekauft. So eine Villa aber auf gar keinen Fall, aber zumindest ein Häuschen mit Garten. Er seufzte in sich hinein. In diesem Moment wurde die Tür geöffnet. Vera König sah verwundert aus. Sie war noch immer blass und ihr Haar sah stumpf aus. „Ja bitte?" „Frau König, dürften wir reinkommen", fragte Staißer. Vera König trat einen Schritt zur Seite. „Natürlich dürfen Sie das." Staißer folgte ihr mit Hendrik die Treppe hinauf ins Wohnzimmer. „Möchten Sie etwas trinken?" Staißer und Hendrik schüttelten die Köpfe. Vera griff nach einem Kissen, das sie unruhig zwischen ihren Fingern zusammenknautschte. „Was wollen Sie denn von mir?" Staißer wusste nicht so recht, wie er anfangen sollte, aber Hendrik übernahm kurzerhand das Reden. „Frau König, Kathy Bolthen, die Affäre ihres Mannes, hat sich gestern das Leben genommen." Alle Farbe wich aus Veras Gesicht und sie sah die Kommissare fassungslos an. „Aber... aber warum?" Jetzt übernahm Staißer das Reden wieder. „In einem Brief hat sie geschrieben, dass sie am Abend ihres Selbstmordes kurz vorher von einem Mann wegen eines Fotos, das in ihrem Besitz war, bedroht worden sei. Ein Bild, das Martin König ihr anvertraut hatte." Staißer beobachtete das Gesicht der Frau forschend. Aber in diesem spiegelte sich bloß Ungläubigkeit wider. „Was denn für ein Bild?" „Laut Kathy Bolthen zeigt das Bild sie, wie sie neben einem Jungen knien, den sie zuvor bei einem Autounfall tödlich angefahren haben. Jedenfalls soll das Martin König Kathy erzählt haben", schloss Hendrik seinen Bericht. Vera ließ sich langsam nach hinten sinken. „Was?" Ihre Stimme war kaum mehr als ein Flüstern. Staißer beugte sich weiter nach vorne. „Frau König, stimmt das, was Kathy Bolthen in ihrem Brief schrieb?" Die Frau fuhr sich durchs Gesicht und seufzte schließlich. Dann nickte sie. „Ja, das stimmt. Jedenfalls zum Teil. Martin hatte an diesem Abend ein Geschäftsessen und ich sollte mitkommen. Frauen als Begleitung gelten in diesen Kreisen als sehr... chic." Sie lächelte bitter. „Und auf dem Rückweg war es dunkel und dann... dann es ist passiert. Auf einmal war nur ein dumpfer Aufprall zu hören und schon lag der

Kleine da." Schmerz quoll in Veras Augen über. Längst vergangener Schmerz, von bereit vernarbt gedachten Wunden. „Aber nicht ich bin gefahren." Sie holte zitternd Luft und knetete ihre Finger. „Martin saß am Steuer. Er hätte gar nicht mehr rechtzeitig reagieren können. Und dann war der Junge tot. Ich bin ausgestiegen und wollte den Notarzt rufen, aber Martin hielt mich zurück. Immerhin hatte er da schon ein paar Gläser Sekt intus gehabt. Dass es ein Bild von dem Unfall gibt, wusste ich gar nicht. Ich war wie geschockt. Vielleich hat er da das Foto gemacht, von dem die Rede sein soll. Er hat mir eingeredet, dass man ihn ins Gefängnis stecken würde und ich und Laureen dann niemanden mehr hätten, der sich um uns kümmert und uns versorgt." Tränen liefen über ihre Wangen, aber sie wischte sie nicht weg. Staißer kam es vor, als wär die Frau froh endlich jemandem von diesem Geheimnis, das sie all die Zeit mit sich rumgeschleppt hatte, erzählen zu können. „Er brachte mich dazu, wieder einzusteigen, was ich von dem Augenblick an zutiefst bereut habe, und so zu tun, als wäre nie etwas passiert." Sie sah Staißer mit tränenverschmierten Gesicht an. „Sie können nicht glauben, wie schuldig ich mich gefühlt hab. Aber ich hätte mich nie getraut, zur Polizei zu gehen, noch Martin damit irgendwie anders zu konfrontieren. Verstehen Sie? Ich brauchte ihn. Und das tu ich noch immer." Sie ließ das Gesicht in ihre Hände sinken und schluchzte. Staißer war überfordert. Er glaubte Vera und sie tat ihm leid, aber andererseits widerte es ihn an, dass die Frau zugelassen hatte, wie ein kleiner Junge einsam auf einer Landstraße verstarb. „Wussten sie, ob Martin dieses Bild gemacht hat?", fragte Hendrik. Vera schüttelte den Kopf. „Nein da kann ich mich nicht dran erinnern. Und ich erinnere mich noch immer bis zum heutigen Tage genau an jedes einzelne Detail." „Wenn er dieses Bild gemacht haben sollte, können Sie sich vorstellen, wem er dieses Bild gegeben hätte und warum", hakte Hendrik nach. Vera zog undamenhaft die Nase hoch. „Nein, ich weiß nicht. Wahrscheinlich nur Personen, denen er wirklich vertraut hat. Aber warum? Keine Ahnung." Sie musste wieder schluchzen. „Anscheinend erfahre ich nach dem Tod meines Mannes mehr über ihn, als er noch gelebt hat." Staißer betrachtete Vera König. Die Frau hatte wirklich Pech in ihrem Leben. Aber der lange zurückliegende Autounfall konnte ihr nichts anhaben. Zumal sie anscheinend gar nicht selbst am Steuer gesessen hatte, das glaubte er ihr. Einen Vorsatz konnten weder sie noch Martin König gehabt haben, Luis war einfach zur falschen Zeit am falschen Ort gewesen. Das wäre höchstens fahrlässige Tötung – selbst, wenn Vera die Fahrerin gewesen wäre, wäre dieses Delikt also bereits verjährt. Staißer stand auf und Hendrik tat es ihm nach. „Danke für ihre Zeit, Frau König. Sie hören wieder von uns." Mit diesen Worten verließen die beiden den Raum und ließen Vera König, wie ein Häufchen Elend auf dem Sofa sitzen.

Ich dachte ich hätte schon Liebeskummer gehabt. So oft, wie ich wegen Nathan Tränen vergossen hatte. Im Nachhinein schien er mir keine einzige davon wert. Aber das, was ich jetzt empfand, schien wohl einzig und allein wahrer Liebeskummer zu sein. Und es fühlte sich scheiße an. Dieses Gefühl, als würde sich etwas im Dauerzustand in meinem Magen drehen, was es mir schier unmöglich machte, irgendetwas zu essen. Dazu kam das beklemmende Gefühl des Kontrollverlustes. Kyano hatte sich entschieden und ich konnte nichts dagegen machen. Mir waren die Hände gebunden. Meine Augen waren vom Weinen gerötet und hoben sich gespenstisch aus meinem weißen Gesicht hab. Ich fühlte mich elend, als ich mal wieder mit dem Fahrrad auf dem Weg zur Villa der Königs war. Den kalten Fahrtwind auf meiner Haut spürte ich gar nicht. Es war, als würde eine einfache Kopie den gesamten Weg langradeln. Als wäre mein Körper bloß eine Hülle, ausgestopft mit Watte und darauf programmiert, zu funktionieren.
Ich stellte mein Fahrrad gerade ab, als mein Blick auf ein weiteres fiel, das neben dem Apfelbaum lehnte. Und natürlich kannte ich dieses Fahrrad. Mir wurde ganz heiß und das Karussell in meinem Bauch begann sich zu drehen. Mit jedem Schritt auf dem Kiesweg hatte ich das Gefühl, nicht Herr meiner Füße zu sein. Als würden sie einfach hin und herschwanken, was ein unangenehmes Gefühl verursachte. Und da stand er. Er sah mich nicht, weil er mit dem Rücken zu mir den Rasen mähte. Aber ich sah ihn und seinen muskulösen Körper und die wuscheligen Haare. Tränen kamen keine, aber dafür sah ich plötzlich

rot. Als hätte jemand ein Tuch vor mein Gesicht gehängt mit der fetten Aufschrift „Er hat dich verarscht". Und dieses Tuch trieb mich dazu, dass ich kurzerhand auf ihn zulief, ihm am Saum seines T-Shirts packte und ihn mit einem Ruck zu mir drehte. Das Stottern des Rasenmähers dröhnte in meinen Ohren und der Geruch des gemähten Rasens schlich sich in meine Nase und brannte bis hinauf in die Nebenhöhlen. Aber das alles bekam ich gar nicht mehr mit. Kyanos Anblick erschreckte mich und ich stolperte entsetzt einen Schritt zurück. Was…?" Ein kaum hörbares Wispern, das zwischen meinen Lippen entwich und in der Luft zwischen uns verpuffte. Kyano schaltete den Rasenmäher aus, aber ich nahm das kaum wahr. Er hatte seine Augenbrauen zusammengezogen und sah mich wütend und gleichzeitig sehnsuchtsvoll an. Diese Mischung stürzte mich in komplette Verwirrung. Aber was mich noch mehr in seinen Bann zog, waren seine Verletzungen. Seine Nase war angeschwollen und die Haut um sein Auge glänzte in einem merkwürdigen Ton aus blauen und grünen Schattierungen. Auf seiner Stirn trug er ein Pflaster. Was sich darunter verbarg, wollte ich gar nicht erst wissen. „Wie… wie ist das passiert?" Fassungslos hob ich eine Hand und strich vorsichtig mit einem Finger über seine Wange. Kyano zuckte kaum merkbar zusammen und machte einen Schritt zurück. Gekränkt ließ ich meine Hand sinken. „Ich hatte einen kleinen Fahrradunfall", wiegelte er ab und strich sich seine Haare übers Pflaster. „Ist nichts Ernstes, wirklich. Jemand hat sich das schon angesehen." „Hmm", machte ich nicht besonders überzeugt und mein Blick wanderte zu seinen Augen. Das Grau erinnerte mich an einen trüben Tag, der von Regenwolken verhangen war. Ein Grau, dass hinter seinem abweisenden Äußeren ein verletzliches Flehen verbarg. Ich wollte etwas sagen. Das wollte ich wirklich. Dass ich nicht verstand, warum er auf einmal so abweisend war. Das ich ihm nicht glauben konnte oder wollte, dass er mir die ganze Zeit etwas vorgespielt hatte. Dass ich den Grund für seine plötzliche Abneigung verstehen wollte. All das wollte ich sagen, weil ich ganz genau sah, dass es ihm auch Schmerzen bereitete und er mir etwas zu sagen hatte. Aber ich spürte auch die Mauer, die er aufgebaut hatte. Und auch, wenn er mich vielleicht gar nicht hatte verletzen wollen, so hatte er doch diese Mauer geschaffen, um mich von sich fernzuhalten. Und diese Mauer würde ich ganz sicher nicht durchbrechen. Nicht ohne ihren Grund zu erfahren und ganz sicher nicht ohne Kyanos Hilfe.

Laureen schien mir schon anzusehen, dass etwas nicht stimmte, als sie mich wortlos in ihr Zimmer zog. Während ich mich auf ihrem Bett zusammenrollte, ging sie nach unten, um für die nötige Verpflegung zu sorgen. Ich wickelte mich eng in ihre flauschige Decke und suchte Trost in den vielen Kuscheltieren, die sie in ihrem Bett platziert hatte.

Als Laureen wieder ins Zimmer kam, warf sie sich neben mich und breitete eine Tafel Schokolade, eine Tüte Marshmallows und eine Packung Taschentücher vor mir aus. Ich schniefte dankbar. Auch wenn es in letzter Zeit nicht leicht zwischen uns war, war sie in solchen Momenten für mich da.

Nachdem wir eine Weile stumm nebeneinandergesessen und die komplette Schokolade aufgegessen hatten, setzte Laureen sich gerader hin und griff nach meinen Schultern. „Noelia, wir haben jetzt geschwiegen, ich hab dich getröstet und wir haben die komplette Schokolade aufgegessen. Ich glaub jetzt sollten wir langsam mal an dem Punkt angelangt sein, dass du mir erzählst, was dich so fertig macht." Ich zog die Nase hoch und wischte mit meiner Hand durchs Gesicht. „Kyano, er hat." Meine Stimme brach ab und ich krümmte mich zusammen. „Hey." Laureen sah mich bestürzt an. „Was hat er gemacht?" „Ich... ich weiß es nicht. Wir waren ja nicht mal zusammen. Schluss gemacht kann er also nicht haben. Aber er hat es beendet. Irgendwie." Die letzten Worte heulte ich wie ein Schlosshund. Laureen zog mich in eine Umarmung. „Ach Noelia." Ihre Stimme störte mich. Sie hatte so einen mitleidigen Ton. „Was? Was ist?" Laureen seufzte bloß vielsagend. „Ich hab dir doch gesagt, lass besser die Finger von ihm. Der Typ ist voller Geheimnisse und wird dich verletzen. Oder hat er dir etwas gesagt, warum er es beendet hat?" Ich setzte mich ruckartig auf. „Nein, das hat er nicht. Aber was geht dich das überhaupt an?! Ich bin zu dir gekommen, um mir einen Rat von meiner besten Freundin zu holen und nicht, um mir eine Belehrung anzuhören." „Hey hey", versuchte Laureen mich zu beschwichtigen. „So war das nicht gemeint, aber ich wusste einfach, dass er dir nicht gut tun wird." „WARUM?"

Jetzt schrie ich. „Weißt du etwas, was ich nicht was? Möchtest du mir etwas sagen?" Mein Gesicht glühte und die nassen Spuren der Tränen fühlten sich ekelhaft und glitschig an. „Hattest du vielleicht etwas mit ihm?" Alle Farbe wich aus Laureens Gesicht und sie wurde leichenblass. Nach einer Viertelsekunde Zögern antwortete sie. „Quatsch, natürlich nicht." Aber diese Viertelsekunde reichte. Ich sprang auf, riss die Tür auf und rannte so schnell ich konnte die Treppe hinunter. Vorbei an Vera, die mir erstaunt hinterherrief. Laureen kam mir nicht hinterher. Natürlich nicht. Schuldige liefen einem nie hinterher.

20.05.20

Liebes Tagebuch,

ich verspüre da so einen Drang in mir. Die ganze Wahrheit herauszuschreien. Die Wahrheit ist wunderschön. Aber auch so tückisch. Sie hat sich an mich und meine Geschichten angeschmiegt. Meine Lügen haben sie zurechtgebogen und zu dem gemacht, was sie ist. Und auch wenn es nicht so sein sollte, fühlt es sich ekelig an. Wie eine Schlange, die durch meinen Körper kriecht und sich unter meiner Haut wölbt. Eine Schlange, die ich mit Lügen nähren muss, damit sie satt ist. Aber meine Haut, unter der sie umherkriecht, ist ausgeleiert und wenn ich mir nicht bald was Neues einfällt, platzt sie auf und die Wahrheit schießt hervor.

12. Kapitel 21.05.20 Dienstag

Ellie warf ihm immer wieder fragende Blicke zu. Kein Wunder. Staißer gähnte. Er sah wahrscheinlich so aus, wie er sich fühlte. Kraftlos, ausgelaugt und erschöpft. Mit jeder Nacht auf dem Gästebett tat sein Rücken mehr weh und er ging gebückter. Außerdem bereitete ihm der Fall immer mehr Kopfzerbrechen. Ja, er und Hendrik kamen weiter. Aber sie wühlten bloß in einem endlosen Sumpf aus Schlamm und

Dreck, in dem es schier unmöglich schien, die klaren Wasserstellen zu finden. „Ludwig?" Ellies Stimme klang besorgt. „Ja natürlich mein Schatz." Staißer lächelte müde und trank einen Schluck Kaffee. Ellie schüttelte missbilligend den Kopf. „Vielleicht solltest du mal aufhören, immer dieses Teufelszeug in dich reinzuschütten. Ich habe letztens einen sehr interessanten Artikel darüber gelesen, warte Schatz ich hol ihn dir." Ellie stand auf und Staißer blieb sitzen. Er hätte am liebsten den Kopf auf die Tischplatte gelegt und laut gejammert, wie ein kleines unzufriedenes Kind. Warum kapierte Ellie es nicht? Sein schauderhaftes Aussehen lag nicht an seinem morgendlichen Kaffee, den er schon seit über zwanzig Jahren trank. Nein. Es lag daran, dass er sich immer mit dem Gästebett begnügen musste. In diesem Moment klingelte es. Staißer sprang erleichtert auf. Gut, dass auf Hendrik immer Verlass war und er pünktlich auf der Matte stand. So blieb ihm ein weiterer Artikel Ellies heißgeliebten Schriftstellers, der zu so gut wie jedem Lebensbereich ein paar passende und spirituell angehauchte Ratschläge hatte, erspart. Ellie kam wieder in die Küche, in der Hand eine Staißer so verhasste Zeitschrift.

Kuno Bübchens Tipps für einen freien Geist in jeder Lebenslage.

„Tut mir leid, Kleines, aber ich muss jetzt wirklich los. Wir sehen uns nachher. Du kannst mir den Artikel ja aufs Gästebett legen", rief er mit der Hoffnung, sie würde die Anspielung verstehen. „Natürlich mache ich das", zischte sie mit eisiger Stimme. „Gleich neben die Bettwäsche für den Winter." Staißer seufzte, als er die Haustür schloss. Ellie konnte ebenso gut wie er einen Wink mit dem Zaunpfahl erteilen. Hendrik war sensibel genug, kein Wort über Staißers mürrisches Auftreten zu verlieren. Wenn er es überhaupt mitbekam. Hendrik grinste nämlich so versonnen vor sich hin, dass es Staißer nicht gewundert hätte, würden seinem Kollegen rote Herzchen aus den Augen hervorspringen. Er tippte stark darauf, dass Mayari etwas damit zu tun hatte. Die beiden Männer hatten beschlossen, Frank Rotland einen Besuch abzustatten. Wenn Martin König dieses mysteriöse Bild noch einer weiteren Person anvertraut hatte, dann bestimmt einem seiner langjährigen Freunde. Das hätten sie sich allerdings sparen können. Als Staißer und Hendrik zwei Stunden später auf dem Revier saßen, waren sie frustriert und keinen Schritt weiter. Alle Tennispartner und somit alle von Martins engsten Freunden hatten noch nie etwas von einem Bild oder Autounfall gehört. Staißer hätte am liebsten auf den Schreibtisch geschlagen. Eine Erpressung konnten sie also ebenfalls so gut wie ausschließen. Der Erpresser musste schließlich das Bild gehabt haben oder immer noch haben. Aber wem hätte Martin das Bild sonst noch anvertraut, außer seinen ältesten Freunden oder seiner Affäre, die ihn vergöttert hatte. „Schließen wir mal systematisch aus", meinte Hendrik und stützte seinen Kopf zwischen seine Hände. „Es macht keinen Sinn, dass Vera König dieses Bild haben wollte. Zumal sie gar nichts von dem Bild oder Kathy Bolthen gewusst hatte und laut ihr Martin am Steuer gesessen hatte. Eine Erpressung macht aber auch keinen Sinn, weil dann ja noch irgendjemand anders dieses Bild gekannt haben müsste. Aber alle seine Freunde beteuern, nichts von dem Bild gewusst zu haben. Und wem sollte er sonst dieses Bild anvertrauen? Und warum überhaupt?" Staißer schloss nachdenklich die Augen. „Vielleicht war es ja auch nur als Druckmittel gedacht. Falls die Polizei rausbekommen sollte, wer an dem Unfall tatsächlich Schuld war, konnte der Täter mit dem Bild die Schuld ganz bequem auf Vera schieben. Vielleicht lag das Kind ja schon angefahren auf der Straße, als die Königs zufällig vorbeikamen, egal, wer nun von beiden am Steuer gesessen hatte; den bereits liegenden Körper anfuhren und glaubten, sie hätten Luis überfahren." „Aber warum hat er das Bild dann nicht selbst behalten?!" Hendrik raufte sich die Haare. „Ich hab keine Ahnung", murmelte Staißer. „Aber ich bin mir ziemlich sicher, dass unser lieber Gärtner da noch irgendwie mit drinsteckt. Ich meine... glaubst du, dass seine Verletzungen wirklich von einem Fahrradunfall herrühren?" Hendrik schüttelte den Kopf. „Meinst du, dass er vielleicht bei Kathy war. Und bei einem Kampf sind die Verletzungen entstanden?" Staißer zuckte resigniert mit den Schultern. „Ich denke nicht. Sonst hätte sie doch auch irgendwelche Kampfspuren." Hendrik ließ sich mit einem Stöhnen nach hinten sinken. Staißer tat es ihm nach. Warum kamen sie einfach nicht weiter?

Es reichte mir jetzt. Die konnten mich alle mal. Kyano, Laureen. Alle. Gab es überhaupt noch irgendjemanden, der wirklich zu mir hielt. Aber ich hatte einen Plan. Einen Plan, der mich ablenken sollte von dem ganzen Mist, der mir in den letzten Stunden widerfahren war.

Und mein Plan hieß mal wieder Andreas Sprangel beschatten. Auch wenn ich mit Laureen in letzter Zeit auf Kriegsfuß stand, glaubte ich immer noch felsenfest dran, dass ihr leiblicher Vater etwas mit Martins Tod zu tun hatte. Ich trat fest in die Pedale. Schweißperlen sammelten sich auf meiner Stirn und der Wind pfiff mir um die Ohren, aber es tat gut, endlich mal etwas anderes als diesen Schmerz zu spüren. Es dauerte eine geschlagene Dreiviertelstunde, bis ich völlig aus der Puste das Bürogebäude erreichte. Es war kurz vor Feierabendschluss und ich hatte mir als Plan ausgedacht, ihm einfach nach Hause zu folgen. Vielleicht würde ich etwas Belastendes herausfinden. Oder vielleicht kam ich sogar irgendwie in sein Haus rein. Im selben Moment fiel mir sieden heiß ein, dass ich ja bloß mein Fahrrad dabeihatte. So schnell, wie ein Auto, würde ich wohl kaum sein.? Ach da würde ich mir Gedanken drüber machen, wenn es soweit war.

Und da kam er auch schon aus dem Bürogebäude marschiert. Andreas Sprangel spazierte selbstbewusst auf sein Auto, einen silbernen Mercedes zu, öffnete die Tür und stieg ein. Ich sprang hastig auf mein Rad und verfolgte gebannt, wie er langsam ausparkte und sich dann im Schneckentempo auf die Hauptstraße begab. Und was soll ich sagen? Ich hatte verdammtes Glück. Andreas Sprangel hielt an so ziemlich jeder roten Ampel und hatte den wohl gemächlichsten Rentner der Stadt vor sich. So war es für mich auch kein Problem, ihm mühelos zu folgen. Sein Heimweg dauerte zum Glück nur knapp zehn Minuten. Die Gegend, in der Andreas Sprangel wohnte, kannte ich nicht. Er parkte sein Auto vor einem schicken beigen Haus, mit terracottafarbenen Ziegeln. Ich hielt in gebührendem Abstand und beobachtete ihn. Aber er tat nichts Ungewöhnliches. Schloss bloß sein Auto ab und ging dann in sein Haus. Ich stellte mein Rad an einer Straßenlaterne ab und näherte mich dann dem Haus. Ob das das Haus eines Mörders war? Vorsichtig spähte ich durch ein Fenster. Es war Licht an, aber Andreas Sprangel stand zum Glück mit dem Rücken zu mir. Als er sich einmal umdrehte, duckte ich mich hastig und stieß dabei versehentlich einen Blumentopf vom Fenstersims. Scheißescheißescheiße. Die Scherben lagen zwischen Erde und Blumenblättern verstreut. Ich traute mich nicht mehr, durchs Fenster zu schauen, um zu sehen, ob er den Knall bemerkt hatte. Also schlich ich mich geduckt an der Hauswand entlang. Da war der Garten. Was, wenn er gleich hinter mir stehen würde. Dann könnte ich es vergessen noch irgendetwas herauszufinden. Also sprang ich kurzerhand über den Zaun und versteckte mich hinter einem Gartenschuppen. Mit angehaltenem Atem lauschte ich, aber da war nichts zu hören. Nach einer Minute gab ich mein Versteck auf und huschte zur Terrassentür. Die Gardinen waren zugezogen, aber ein winziger Spalt war frei. Ich presste mein Gesicht gegen das kalte Glas. Das ausgeschaltete Zimmerlicht machte es nicht leichter, etwas zu erkennen. „HA!" Ich drehte mich erschrocken um, das Herz rutschte mir in die Hose und ich wurde kalkweiß. Vor mir stand Andreas Sprangel mit wutverzerrtem Gesicht und schmalen Augen. „Hab ich mir doch gedacht, dass ich etwas gehört hab." Kleine Spucketröpfchen flogen an meinem Gesicht vorbei, als er sich vorbeugte. „Und es war ja klar, dass wieder du kleine Göre darin verwickelt bist." Der Schock, der mir in die Knochen gefahren war, versiegte langsam und ich konnte mich wieder rühren. Mit aller Kraft stieß ich den schweren Mann von mir, der überrascht zwei Schritte nach hinten auswich. „Ich weiß, dass sie irgendetwas mit dem Tod von Martin zu tun haben", zischte ich. Sprangel lachte bloß gehässig. „Woher willst du das wissen?" „Ich weiß es einfach. Und ich werde zur Polizei gehen, verlassen Sie sich drauf." Mit diesen Worten wollte ich den Garten verlassen, aber Andreas Sprangel kam mir zuvor. Mit einem Satz, den man von einem so beleibten Mann gar nicht erwartet, stand er vor mir und seine Augen blitzten. „Ohh nein. Von so einem kleinen, dummen Mädchen lass ich mir nicht alles kaputt machen." Ich wollte schreien. Ich musste schreien. Aber bevor ich irgendwas machen konnte, packte er mich auch schon, presste seine schwitzige Hand auf meinen Mund und drückte mich mit seinem schweren Gewicht zu Boden. Ich wehrte mich mit aller Kraft und versuchte, ihm in die Hand zu beißen. Nichts passierte. Wenn ich jetzt aufgeben würde, hätte er mich und niemand würde etwas davon erfahren. Der Mangel an Luft ließ alle Farben vor meinen Augen zu einer wogenden Masse verschwimmen, aber die Panik verlieh mir zusätzliche Kräfte. Ich trat wie wild um mich und erwischte sein Knie. Mit einem Schmerzensschrei ließ er mich los und ich rappelte mich auf. Mein ganzer Körper zitterte und meine Beine schlackerten, was es mir so gut wie unmöglich machte, schnell vorwärts zu kommen. Ich hatte den Zaun fast erreicht, als mein Fuß in einer der Rillen, die zwischen den Steinplatten, die den Garten ausfüllten, stecken blieb, ich umknickte und mit dem Kopf voran auf den harten Stein fiel. Ein brennender Schmerz durchzuckte meinen Knöchel und mein Schädel brummte. Alles drehte sich und wilde Blitze zuckten vor meinen Augen hin und her. Die Welt hatte sich in ein Spiel aus zuckenden und grellen Farbtupfern verwandelt. Dazwischen das Gesicht eines Mannes und eine Faust, die zielsicher auf mich runtersauste und ein Fuß, der sich in meinen Magen bohrte. Das letzte, was ich hörte, war ein ekelhaftes Knirschen und mein eigener Schrei. Dann fiel alles in sich zusammen und ich landete in einer Kluft zwischen Schmerz und Ohnmacht, die es mir unmöglich machte, noch einen weiteren Gedanken zu fassen.

Melanie hasste die Dunkelheit. Wie wahrscheinlich jeder Mensch. Oder besser gesagt jede Frau, wenn sie alleine durch wogende Finsternis tappt, ohne das Wissen, geschützt zu sein. Melanie zog ihren knappen Rock etwas tiefer. Die Party hatte sich gar nicht gelohnt, um zu dieser Uhrzeit draußen noch rumzuspazieren. Sie griff in ihre Jackentasche und kramte nach der Packung Zigaretten und dem Feuerzeug, das sie heimlich hatte mitgehen lassen. Der kalte Rauch, der über ihr Gesicht strich, beruhigte sie und die wirren Gedanken in ihrem Kopf ordneten sich langsam. Sie musste nur noch die Straße entlang und dann rechts abbiegen. Dann konnte man ihr Haus schon sehen. Melanie klammerte sich an ihre Zigarette, als würde sie ihr Halt geben. Das stumpfe Ein- und Ausatmen tat gut. Hatte etwas Monotones und doch Beruhigendes. Ihre Absätze klackerten auf dem Pflaster. Die Straßenlaternen glommen nur noch schwach. Melanie kam sich vor, als würde sie durch ein kohlrabenschwarzes Meer laufen mit bloß vereinzelten Lichtflecken. Der Rauch kratzte in ihrem Hals und sie musste husten. Nicht mehr weit. Nicht mehr weit. Plötzlich fühlte sie einen Widerstand vor ihren Füßen und kippte vornüber. Zum Glück konnte sie sich rechtzeitig mit den Händen abstützen. Die Zigarette fiel hinunter und verglühte einsam auf dem kalten Asphalt. Obwohl die Nacht lau war, wanderte eine Gänsehaut über Melanies Körper. Sie kramte mit zitternden Fingern nach ihrem Handy und schaltete die Taschenlampe ein. Wenige Sekunden später wünschte sie, sie hätte es nicht getan. Ihr drehte sich der Magen um und sie übergab sich auf dem schmalen Rasenstreifen an der Seite. Ein säuerlicher Geruch füllte ihren Mund aus und ihr Zahnfleisch brannte. Der klägliche Schein des Handylichts fiel auf das junge Mädchen, das da so zusammengekrümmt am Boden lag. Die Arme um ihren Körper geschlungen, das linke Bein in einem grotesken Winkel angezogen. Ihr Kopf lag seitlich auf dem Stein und trotzdem sah man die Platzwunde, die auf ihrer Stirn klaffte. Melanie hatte keine Ahnung was sie tun sollte. Sie fühlte sich merkwürdig schwummerig. Wie lange dieses Mädchen wohl schon dalag? Und warum? Hektisch blickte Melanie über ihre Schulter, aus Angst, das Opfer eines zweiten Angriffs zu werden. Den Krankenwagen musste sie rufen. Ja das wars. Die ruhige Frauenstimme am anderen Ende der Leitung beruhigte sie etwas. Sie hatte etwas an sich, das einem die Hoffnung gab, alles würde gut werden. Als Melanie aufgelegt hatte, beäugte sie nochmal langsam das Mädchen. Das rote Haar fiel ihr über den Rücken und sie hatte die Augen geschlossen. Friedlich. Eindeutig zu friedlich. Melanie spürte wie ihre Zähne aufeinanderschlugen. Ein ekelhaftes Klappern, dass die Stille der Nacht ausfüllte. Melanie hockte sich auf den Boden und umschlang ihre Beine. Das Mädchen ließ sie dabei keine Sekunden aus ihren Augen. Langsam begann sie zu summen. Ein altes Kinderlied, von dem sie nicht einmal wusste, woher sie die Melodie kannte. Das mit dem Summen kannte sie aus Filmen. Das taten die Schauspieler immer, um die Verletzten zu beruhigen. Ob das Mädchen vor ihr allerding verletzt oder tot war, konnte sie nicht sagen. Nur, dass die Arme heute Nacht wohl besser zu Hause geblieben wäre.

128

Liebes Tagebuch,

warum muss sich jeder in das Leben anderer einmischen. Warum denkt jeder, sein Leben wäre

so unglaublich perfekt, dass er es jemand anderem aufzwingen muss. Würde jeder hübsch für

sich alleine leben und die Geheimnisse und Taten anderer, die Geheimnisse und Taten anderer

lassen, würde es auch keine Verletzten geben.

13. Kapitel 22.05.20 Mittwoch

Nichts ging über ein kühles Bier als Entspannung nach einem langen Arbeitstag. Es war schon halb eins. Viel zu lange hatte er über dem Papierkram gehockt. Bis elf Uhr abends. Das Bier und die seichte Komödie, die er sich danach gegönnt hatte, erfüllten ihr Soll und entspannten ihn. In seiner Wohnung war es ruhig. Ellie lag schon im Schlafzimmer und war bereits eingeschlafen, als er die Wohnungstür aufgeschlossen hatte. Die Zeiten, als sie bis nach Mitternacht aufgeblieben war, nur um mit ihm zusammen schlafen zu gehen, waren vorbei. Heute würde er es tun. Sich einfach kurzerhand neben sie legen und die herrliche Weichheit des Ehebettes genießen. Staißer lehnte seine Stirn gegen das kühle Glas der Bierflasche und schloss kurz die Augen. Er fühlte sich ausgelaugt und alt. Die Schauspielerin im Film lachte unangenehm schrill. Staißer griff nach der Fernbedienung. Sein Bedarf an Fernsehen war fürs erste gedeckt. Er würde heute das Zähne putzen ausfallen lassen und sich direkt zu seiner Frau ins Bett kuscheln und somit die erste Nacht ohne Rückenschmerzen genießen. Gerade, als er diesen Entschluss gefasst hatte, klingelte sein Handy. Staißer ließ vor Schreck die Flasche fallen, die lautlos aufs Sofa fiel. Ein dunkler Fleck breitete sich auf dem cremefarbenen Polster, auf das Ellie so stolz war, aus und Staißer fluchte unterdrückt. Er griff nach der Flasche und wollte schon hinüber in die Küche spurten, um einen Lappen zu holen, aber sein Handy klingelte weiter. Bevor Ellie aufwachte und den übel nach Bier riechenden Fleck erblickte, nahm Staißer lieber schnell den Anruf an. Hendriks Stimme am anderen Ende der Leitung klang ernst und sorgenvoll. Staißer spürte, dass er den Gedanken an eine erholsame Portion Schlaf direkt knicken konnte. Er lauschte Hendriks Bericht und vergaß dabei vollkommen den Bierfleck, der langsam, aber sicher in das Polster einsickerte und unter keinen Umständen mehr würde rauszubekommen sein. Aber das war jetzt unwichtig. Zur Not würde er Ellie eben ein neues Sofa holen. Jetzt musste er erst einmal in die Notaufnahme.

Allein der Geruch, der ihm entgegenströmte, als er durch die Schwingtür trat, verursachte ihm Übelkeit. Eine Mischung aus Desinfektionsmittel und Erbrochenem. Staißer spürte eine Gänsehaut über seinen Rücken wandern. Hendrik saß auf einem Plastikstuhl, einen Becher Kaffee in der Hand. Sein Gesicht sah grau und angespannt aus. „Wo liegt sie?" fragte Staißer knapp. Hendrik zuckte mit den Schultern. „Ich war noch nicht bei ihr. Ich hab auf dich gewartet. Die Operation hat wohl nicht lange gedauert und sie liegt schon in ihrem Zimmer." „Na, dann komm." Mit festem Schritt ging er auf den Empfangstresen zu. Die Frau, die dahinter auf einem Drehstuhl saß, musterte die beiden argwöhnisch. „Das Mädchen liegt auf der Intensivstation. Besuche sind ausschließlich von Familienangehörigen erlaubt." Staißer und Hendrik zogen fast gleichzeitig ihre Dienstausweise hervor und hielten sie der Frau unter die Nase. Die verzog ihre grell geschminkten Lippen, als hätte sie auf eine Zitrone gebissen. „Zimmer 129." „Danke." Staißer steuerte geradewegs auf den Fahrstuhl zu und biss sich während der kurzen Fahrt mehrmals auf die Unterlippe. Er hatte Angst vor dem, was er sehen würde.

Normalerweise hatte er zu den Opfern in den Fällen, die er ermittelte, keinerlei Bezug, geschweige denn eine emotionale Bindung. Aber mit ihr, mit Noelia, hatte er schon einige Worte gewechselt und sie war ihm symphathisch vorgekommen. War derjenige, der sie so zugerichtet hatte, die gleiche Person, die Martin König umgebracht und Kathy Bolthen in den Selbstmord getrieben hatte? Fragen über Fragen, die drohten, Staißers Kopf zu sprengen. Auf der Intensivstation war es ruhig. Zimmer 129 lag am Ende des Gangs. Staißer schluckte, bevor er langsam die Klinke hinunterdrückte und ins Zimmer trat. Ein typisches Krankenhauszimmer. Zwei Betten, das eine unbesetzt, ein Tisch mit zwei Stühlen und ein kleiner Fernseher. Die bedrückende Stille, zusammen mit dem Piepen der Monitore schmerzte in Staißers Ohren. Da lag sie. Wie aufgebahrt und furchtbar blass. Staißer schluckte. Er kannte sich mit dem ganzen medizinischen Kram nicht aus, aber für seinen Geschmack waren es eindeutig zu viele Schläuche, die in ihrem Körper steckten. Ein Tropf beförderte eine klare Flüssigkeit in ihr Blut. Noelia hatte die Augen geschlossen und ihr kupferrotes Haar umrahmte stumpf ihren Kopf. Ihr Gesicht zierten Blutergüsse und zwei große Pflaster. Sie bot einen schrecklich hilflosen Anblick. In diesem Moment öffnete sich die Tür und eine kräftige Frau kam herein. Sie musterte die Männer nur kurz, bevor sie sich daran machte, den Tropf zu wechseln und dem Mädchen mit einer Kanüle etwas Blut abzuzapfen. Staißer verfolgte die routiniert wirkenden Bewegungen, bevor er sich ein Herz fasste und die Frau bei ihrer Arbeit unterbrach. „Entschuldigung, aber wären Sie so freundlich und würden uns sagen, was genau sie hat. Mein Kollege und ich sind von der Kriminal…" Die Frau unterbrach ihre Arbeit kurzerhand und drehte sich um. „Sie wollen wissen, was dieses arme Ding hat? Glück, das hatte sie. Ist dem Tod gerade noch so von der Schippe gesprungen. Hätte man sie später operiert, wäre sie wahrscheinlich an den inneren Blutungen gestorben. Und sonst. Eine gebrochene Nase, ein paar Schrammen und Blutergüsse. Ein verknackster Knöchel und eine leichte Gehirnerschütterung. Und dann einfach wie ein Hund hinaus auf die Straße geworfen. Ich hoffe, dieses Schwein... kann nachts nicht gut schlafen. Mehrere Stunden muss sie draußen gelegen haben." Mit einer resoluten Bewegung schüttelte sie die Bettdecke aus. „Alleine atmen kann sie zwar, aber aufgewacht ist sie noch nicht. Aber das wird sie schon noch." Die Frau seufzte und streichelte sanft Noelias Wange. „Keine Sorge, Schätzchen. Der, der dir das angetan hat, wird schon noch seine gerechte Strafe kriegen." Staißer nickte. „Wir tun natürlich alles, was in unserer Macht steht, um den Täter zu fassen." Die Krankenschwester hob bloß eine Augenbraue und wandte sich zum Gehen, nicht ohne sich in der Tür noch einmal umzudrehen. „Ich denke, es wäre besser, wenn sie das kleine Ding erst einmal etwas allein lassen. Ruhe hat noch niemandem geschadet." Mit diesen Worten schloss sie die Tür hinter sich. „Vielleicht hat sie Recht", sagte Hendrik mit gesenkter Stimme. „Lass uns in die Cafeteria gehen. Da kann ich dir dann alles weitere erklären." Staißer nickte und warf einen letzten Blick auf Noelia. Wie friedlich sie doch dalag. Viel zu friedlich im Anbetracht dessen, was ihr widerfahren war.

Das erste, was ich spürte, waren die Schmerzen. Mein ganzer Körper tat weh. Nicht nur ein Teil. Nein. Mein kompletter Körper fühlte sich an, wie in einen zu engen Schraubstock gepresst. In meinem Kopf flogen einzelne Bruchstücke verschiedener Erinnerungen herum. Schwirrten wie ein aufgebrachter Schwarm Wespen umher und ließen mir keine Ruhe zum Nachdenken. Alles, was ich sah, war gähnende Dunkelheit. Kein Licht. Nicht einmal bewegen konnte ich mich. Es war, als wäre ich gelähmt. Dieser Gedanke machte mir solche Angst, dass ich schreien wollte. Laut und durchdringend. Aber ich konnte meinen Mund nicht öffnen. Alles schien auf einmal doppelt so schwer. Kurz flackerte die Erinnerung an ein beiges Haus mit terracottafarbenen Ziegeln in mir auf. Welches Haus war das? Mein Schädel brummte schon beim Versuch, mich zu erinnern. Mit aller Kraft stemmte ich meine Augenlider auf. Wimpern, Bild, Wimpern, Bild. Es dauerte gefühlte Stunden, bis ich meine Augen mühsam offenhalten konnte. Das einzige was ich sah, war eine weiße Zimmerdecke. Noch immer tat mein Körper weh, aber es war auszuhalten. Mein Mund fühlte sich unangenehm trocken an. Vorsichtig bewegte ich meine Hand. Es war mühsam, aber es ging. Wem gehörte diese babyblaue Bettdecke. Wo war ich? In meinem Gesicht ertastete ich zwei große Pflaster und einen Schlauch um meine Nase. Igitt. Das alles war zu viel. Ich musste meine Augen schließen, weil die Kopfschmerzen sonst unerträglich wurden. Am liebsten wäre ich direkt wieder eingeschlafen, aber das wollte ich

132

nicht. Nein. Ich wollte herausfinden, was passiert war. Der Ort, an dem ich mich befand, schien allem Anschein nach ein Krankenhaus zu sein. Aber wie war ich hier gelandet. Meine Zunge fühlte sich pelzig an. Ich musste was trinken. Wieder versuchte ich, mich bemerkbar zu machen, aber es kam bloß ein Krächzen heraus. Hier musste es doch sicher einen dieser Knöpfe geben, die man aus den Ärzteserien kannte. Diese Knöpfe, wo gleich eine Krankenschwester angelaufen kam, wenn man sie drückte. Aber ich war viel zu fertig, um mich noch weiter umzusehen. Also schloss ich meine Augen und dämmerte vor mich hin, mit dem festen Entschluss, auf mich aufmerksam zu machen, sobald jemand mein Zimmer betrat.

Der Kaffee, den Staißer sich zusammen mit Hendrik von der Theke geholt hatte, war lauwarm und schmeckte nach Pappe. Trotzdem kippte Staißer ihn in einem Zug hinunter, bloß um die bleierne Müdigkeit, die sich in seinem Körper breitmachte, zu betäuben. Hendrik hielt seinen Pappbecher fest umklammert und drehte ihn nachdenklich hin und her. Staißer sah seinen Kollegen auffordernd an. Er wollte endlich wissen, was passiert war. „Hätte ich heute keinen Nachtdienst gehabt, hätten wir wahrscheinlich gar nicht mitbekommen, was passiert ist", murmelte Hendrik düster und nahm einen Schluck Kaffee. „Lange Rede kurzer Sinn, als der Notruf circa um halb zwölf einging, wurde ich samt Spurensicherung und Krankenwagen zum Tatort geschickt und dann lag sie da auch schon. Irgend so eine junge Frau, die von einer Feier gekommen war, hatte sie gefunden. Sie war regelrecht über sie gestolpert." „Und niemand von den Nachbarn hat etwas mitbekommen?", fragte Staißer fassungslos. Hendrik schüttelte den Kopf. „Die Menschen in den umliegenden Häusern haben nichts gesehen oder gehört. Waren alles Leute über 65, die schon nach halb acht in ihren Betten liegen." Staißer schnaubte. „Wer tut so etwas? Verprügelt ein junges Mädchen und lässt es dann einfach auf der Straße liegen?" Er knirschte wütend mit den Zähnen und zerdrückte den leeren Pappbecher in seiner Hand. „Was ist mit den Eltern?" „Fehlanzeige." Hendrik hob bedauernd die Schultern. „Ans Telefon sind sie zu Hause

133

nicht gegangen und auch als wir jemanden bei ihnen vorbeigeschickt haben, hat niemand aufgemacht." Staißer dachte nach. „Wir sollten bei Frau König vorbeifahren. Die war doch so gut befreundet mit ihrer Mutter. Dann hätten wir immerhin die Handynummer." Hendrik nickte und stand auf, um den Kaffee zu bezahlen. Staißer sah sich suchend um und tastete prüfend seine Taschen ab. „Ich glaub ich hab mein Handy im Zimmer vergessen." „Dann los!" Hendrik machte eine scheuchende Handbewegung. „Beeil dich." Staißer lief, so schnell es eben in einem Krankenhaus angemessen war, zurück zum Fahrstuhl.

Auf der Intensivstation war es noch genauso ruhig wie vorher. Staißer überlegte kurz, ob er anklopfen sollte, entschied sich aber dagegen. Vorsichtig öffnete er die Tür und huschte zum Tisch hinüber. Sein Handy war nirgends zu sehen. Siedend heiß fiel ihm ein, wo es sich befand. Auf dem Armaturenbrett des Autos. Staißer drehte sich um und wollte schon wieder aus dem Zimmer verschwinden, als sein Blick auf das Krankenbett fiel und er vor Schreck fast einen Schrei ausgestoßen hätte. Noelia lag noch immer in der gleichen Position, wie vorhin da, aber ihre großen grünen Augen starrten ihn hilfesuchend an. Als Staißer seinen ersten Schreck überwunden hatte, griff er nach einem Stuhl, zog ihn neben ihr Bett und setzte sich. „Was ist passiert?" Ihre Stimme klang kratzig und unsicher. Staißer schluckte. „Das wollten wir eigentlich von dir wissen." Sie sah ihn mit zusammengekniffenen Augen an. Staißer war sich überhaupt nicht sicher, ob sie ihn erkannte. „Noelia, weißt du, wer ich bin?" Sie nickte langsam. „Ja einer der Polizisten, die in Martins Mordfall ermitteln, oder?" Er nickte erleichtert. „Aber was ist denn passiert? Ich… ich weiß nicht…" Sie brach ab und starrte die Zimmerdecke an. Ihre Augen füllten sich mit Tränen. „Ich habe Angst. Ich hab keine Ahnung, was passiert ist. Ich... ich war bei diesem Haus", brachte sie stockend hervor. Staißer sah sie mitfühlend an. Es zerriss ihm schier das Herz das junge Mädchen so hilflos zu sehen. Sie wandte ihm ihr Gesicht wieder zu. „Warum bin ich hier?" Staißer lehnte sich auf seinem Stuhl zurück. „Wir wissen nichts Genaues. Aber alles deutet darauf hin, dass du zusammengeschlagen wurdest. Eine junge Frau hat dich auf der Straße liegend gefunden und direkt den Notarzt gerufen. Du hattest innere Blutungen und wurdest operiert. Aber soweit ich weiß, ist alles gut verlaufen." Noelias Gesicht war bei seinem Bericht blass geworden und sie starrte ihn ungläubig an. „Auf der Straße hat sie mich gefunden?" Staißer nickte, „Vielleicht war das alles erstmal ziemlich viel für dich und du möchtest dich ausruhen oder mit deinen Eltern reden." Noelia machte eine abwinkende Handbewegung. „Die sind auf einer Geschäftsreise. Und nein ich will mich jetzt auf keinen Fall ausruhen." Staißer fühlte sich unwohl. Auch wenn sie es nicht zugeben wollte schien das Mädchen noch ziemlich schwach zu sein. Er sollte besser eine Krankenschwester holen. Er machte Anstalten aufzustehen. „Nein warten Sie. Bitte!" Staißer seufzte und blickte sehnsuchtsvoll zur Tür. „Ich war bei diesem Haus, weil… weil ich etwas herausfinden wollte, wegen… wegen." Wütend starrte sie an die Decke." „Bei welchem Haus warst du?", fragte Staißer. Wenn sie wüssten, wessen Haus Noelia besucht hatte, würden sie auch mit ziemlich großer Wahrscheinlichkeit den Täter finden. „Warst du allein bei diesem Haus oder mit deiner Freundin?", wollte Staißer ihr auf die Sprünge helfen. Noelias Augen wurden groß. „Nein nicht mit Laureen, aber wegen Laureen. Ihr… ihr Vater." Die Worte sprudelten auf einmal nur so aus ihr heraus und Staißer hatte Mühe sie zu verstehen. „Also du warst bei dem Haus von Laureen Königs leiblichen Vater. Andreas Sprangel." Noelia nickte heftig und verzog gleich darauf das Gesicht, als würde die ruckartige Bewegung ihr Schmerzen bereiten. „Ja ich war bei ihm. Das war nicht das erste Mal, dass ich probiert hatte, irgendetwas über ihn rauszufinden. Aber… aber das war das erste Mal, dass ich ihm bis nach Hause gefolgt bin." Staißer lauschte gebannt und wagte nicht, sie zu unterbrechen. „Er hat mich erwischt und festgehalten, aber als ich mich losgerissen hatte und weglaufen wollte bin ich umgeknickt und hingefallen und danach." Sie überlegte angestrengt. „Danach weiß ich wirklich nichts mehr." Das erklärte den verstauchten Knöchel. „Weißt du noch ungefähr, wann das war?" Noelia biss sich auf die Unterlippe. „Ich glaub so um kurz vor acht." Staißer stand auf. „Mein Kollege und ich werden ihm direkt mal einen Besuch abstatten. Du hast uns wirklich geholfen Noelia, aber das nächste Mal solltest du nicht auf eigene Faust ermitteln. Du hast ja gesehen, wie gefährlich das enden kann. Wenn du einen Verdacht hast, kannst du den der Polizei mitteilen." Das Mädchen nickte etwas kleinlaut. Staißer drehte sich im Türrahmen nochmal um. „Ich werde einer Krankenschwester Bescheid geben, dass sie nach dir sieht. Ich hoffe du bist bald wieder fit."

Es fühlte sich gut an, wieder Herr über meine Erinnerungen zu sein. Zu wissen, dass sie nicht mehr wie rastlose Fliegen in meinem Kopf herumschwirrten, sondern von mir beherrscht werden konnten. Aber mit den Erinnerungen kam auch der Schmerz zurück. Der Gedanke daran, dass mein Herz einen tiefen Schnitt in sich trug. Der Gedanke an zwei graue Augen, die mich abweisend musterten. Die Krankenschwester war lieb gewesen. Sie hatte mir Trinken gebracht, den störenden Schlauch aus meiner Nase entfernt und mich über meine Verletzungen aufgeklärt. Im Gegenzug hatte ich ihr die Handynummer meiner Eltern gesagt, damit sie diese benachrichtigen konnte. Mittlerweile war es nach Mitternacht. Draußen war es dunkel und nur einem gedimmten Nachtlicht verdankte ich es, noch etwas zu sehen. Auch, wenn ich wahrscheinlich voller Wut auf Andreas Sprangel sein musste, fühlte ich mich bloß kraftlos und leer. Mein einziger Gedanke galt Kyano. Ich verstand einfach nicht, warum er mich auf einmal so behandelt hatte. Ich hatte gedacht, das zwischen uns wäre etwas Besonderes gewesen. Ich spürte, wie meine Augen zu brennen anfingen. Der ganze aufgestaute Schmerz kam hoch und floss in Tränen meine Wangen hinunter. Da ich mich noch immer nicht viel bewegen konnte, lag ich bloß da und spürte meine eigenen Tränen auf meiner Haut.

"Meinst du wirklich, dieser Andreas Sprangel hat Martin König umgebracht?" Staißer spürte Hendriks ungläubigen Blick auf sich. Er zuckte mit den Schultern. „Ich weiß es nicht. Aber wenn Noelia recht hat, dann hat er sie auf jeden Fall zusammengeschlagen. Und warum sollte er das tun, wenn er nichts zu verbergen hätte."

Die Nachtluft war angenehm lau und Staißer atmete tief durch. Es schien ewig her zu sein, dass er geschlafen hatte und doch war er wach wie noch nie. Es dauerte nicht lange, bis sich die Tür öffnete. Schon nach dem zweiten Klingeln stand ein breiter Mann mit Bademantel und zerknautschtem Gesicht in der Tür. Bei dem Anblick der Pistole, die an Staißers Gürtel baumelte, trat er vor Schreck ein paar Schritte zurück. „Andreas Sprangel", sagte Hendrik mit fester Stimme. „Sie sind vorläufig festgenommen, wegen des Verdachtes, ein minderjähriges Mädchen körperlich misshandelt zu haben." „Aber..." Andreas Sprangel machte einen weiteren Schritt zurück, aber Hendrik machte einen schnellen Sprung nach vorne, drehte in einer geschickten Bewegung die Hände des Mannes auf dessen Rücken. „Alles, was Sie sagen, kann und wird vor Gericht gegen sie verwendet werden. Wenn Sie sich keinen Anwalt leisten können, wird ihn einer vom Staat zur Verfügung gestellt", erklärte er dem fassungslos dreinblickenden Sprangel, während er die Handschellen an dessen Handgelenken zuschnappen ließ. Sie standen jetzt so weit im Flur, dass Staißer ohne Probleme ins Wohnzimmer blicken konnte. Er stutzte. Auf dem Schreibtisch lagen zwei Laptops. Ein flacher, ziemlich teuer aussehender und ein deutlich älteres Modell. „Sind das beide ihre?", fragte er und wandte sich Andreas Sprangel zu. Der warf Staißer bloß einen finsteren Blick zu und sagte gar nichts. Staißer runzelte die Stirn. Er hatte da so eine Ahnung. „Die nehmen wir mit", sagte er an Hendrik gewandt. „Das können Sie nicht, das ist Diebstahl", protestierte Sprangel und Spucketröpchen flogen aus seinem Mund. „Oh doch. Gegenstände, bei denen der Verdacht besteht, dass sie mithilfe einer Straftat erlangt wurden, dürfen von der Polizei beschlagnahmt werden", erwiderte Staißer knapp. „Handschuhe sind im Auto" meinte Hendrik und führte den beleibten Mann ab. Staißer rieb sich erregt die Hände. Er war sich sicher, dass sie diesmal auf der richtigen Spur waren.

Kyano fühlte sich schlecht. Sein Kopf schmerzte und seine Augen brannten. Er fühlte sich wie gerädert, als er da in seinem Bett lag und an die Decke starrte. Wie hatte das alles bloß soweit kommen können? Dass er jetzt sogar ohne Noelia das alles durchstehen musste, machte ihn fertig. Er hasste sich dafür, wie er mit ihr geredet hatte. Immerhin hatte Vera König erlaubt, dass er sich heute einen Tag freinehmen durfte. Mittlerweile war es halb eins. Kyano drehte sich auf den Rücken. Er fühlte sich so dreckig wie noch nie. Ekelhaft. Er widerte sich selbst an. Sein Gedicht über Noelia würde er wohl nie schreiben. Voller Wut und Schmerz krampfte er sich zusammen und hielt die Tränen zurück. Weinen brachte nichts. Weinen bedeutete Schwäche. Und das konnte er sich nicht leisten. Kyano schloss die Augen und dachte an sie. An ihr so wunderbar duftendes Haar, die weichen Lippen, ihre funkelnden Augen und das strahlende Lächeln. Und das sollte er aufgeben? Alles? Nein! Mit einem Mal stand sein Entschluss fest. Er war sich sicher, dass Noelia die Richtige für ihn war. Die einzig richtige, die es jemals geben würde und würde er jetzt zu lange warten, wäre seine Chance vorbei. Und das durfte er auf keinen Fall riskieren. Ihre Adresse hatte sie ihm zum Glück inmitten einer ihrer Gespräche schon mal verraten. Er durfte jetzt nur keine Zeit verschwenden. Als er das Haus von Weitem sah, spürte Kyano ein freudiges Kribbeln. Er stellte sein Fahrrad ab und klingelte. All seine Muskeln waren angespannt und er kaute nervös auf seiner Unterlippe. Ob sie ihn überhaupt sehen wollte? Die Tür wurde von einer Frau geöffnet, die unverkennbar Noelias Mutter war. Dasselbe Haar und derselbe Mund. Ihre Augen waren rot und hoben sich gespenstisch aus ihrem blassen Gesicht ab. Er hatte das ungute Gefühl, dass irgendetwas passiert war. „Hallo, ich würde gerne zu Noelia. Ist sie da? Ich bin ein Freund von ihr. Ich heiße Kyano… ich...“ Er brach ab und streckte der Frau seine Hand hin. Sie ergriff sie und schüttelte sie leicht. „Ich glaube Noelia hat dich ein paarmal erwähnt. Du bist doch der Gärtner der Königs, oder?“, fragte sie mit leiser Stimme. Kyano nickte. „Und? Ist sie da?“ Noelias Mutter atmete tief durch, bevor sie den Kopf schüttelte. „Nein, ist sie nicht. Sie ist im Krankenhaus. Bis heute Morgen lag sie noch auf der Intensivstation. Mein Mann und ich waren auf einer Geschäftsreise, aber als wir den Anruf bekommen haben, sind wir direkt nach Hause gekommen." Sie wischte sich durchs müde Gesicht und holte zitternd Luft. „Was genau passiert ist, wissen wir auch nicht, aber sie ist wohl zusammengeschlagen worden. Der... der Täter hat sie einfach auf der Straße liegen lassen. Hätte man sie nicht gefunden..." Ihre Stimme kippte und Tränen liefen ihr die Wangen herunter. „Die Ärzte meinten, sie ist jetzt übern Berg. Die Schrammen und der Knöchel verheilen gut und die OP ist auch hervorragend verlaufen. Nur ihren Kopf muss sie noch etwas schonen. Aber ich denke, sie wird sich freuen, wenn du sie besuchst. Mein Mann und ich wollten eben nur ein paar ihrer Sachen zusammensuchen. Dann kommen wir auch wieder ins Krankenhaus." Sie lächelte ihn noch einmal schwach an, bevor sie die Tür schloss. Kyano war während ihrer Erzählungen übel geworden. Er lehnte sich an die Hauswand und musste die Augen schließen. Alles um ihm herum drehte sich. Verschwamm zu einem Klumpen, der ihn zu erdrücken drohte. Kyano schnappte nach Luft. Egal wie oft er schluckte, der schale Geschmack in seinem Mund verschwand nicht. Was war er bloß für ein Mensch? Er hatte sich von ihr abgewandt und war deshalb nicht für sie dagewesen, als sie ihn am dringensten gebraucht hätte. Jetzt lag sie im Krankenhaus. Mit dem Glauben, dass er sie verlassen hatte. Das hätte er alles verhindern können. Es war seine Schuld. Alles war seine Schuld. Er hätte sie beschützen können. Wäre er direkt zu Polizei gegangen. Gott, wie er sich schämte. Sein Körper glühte und Kyano fühlte sich, als ob ein riesiger Strudel aus Lügen und Intrigen ihn unweigerlich aufsaugen würde. Und es gab nur einen einzigen Weg ihm zu entkommen. Die Wahrheit.

Wahrheit
Brennt in meinem Körper
Hält mich wach
Lässt mich nicht vergessen
Klebt an mir und schnürt mir die Luft ab
Vergeht der Schmerz, wenn ich gestehe
Oder beginnt er erst?

Staißer war frustriert. Er und Hendrik waren auf dem Weg zurück zum Revier. Seit der Verhaftung von Andreas Sprangel war nichts besonders Hilfreiches passiert. Der Mann saß nach wie vor in Untersuchungshaft. Der Laptop war fast leer gewesen. Nichts ließ darauf vermuten, dass er Kathy Bolthen gehört hatte. Nichts außer dem berüchtigten Foto. Es war nicht unbedingt von guter Qualität. Etwas körnig und dunkel. Und doch konnte man im Scheinwerferlicht die kniende Vera König erkennen. Neben einem kleinen Jungen, der seltsam verdreht neben seinem Kinderfahrrad lag. Staißer hatte sich der Magen umgedreht.

Jetzt mussten sie allerdings noch auf die Ergebnisse der Spurensicherung warten, ob die Fingerabdrücke von Kathy Bolthen, mit denen auf dem Laptop übereinstimmten. Zur Anschuldigung, Noelia Welsmann zusammengeschlagen zu haben, sagte Andreas Sprangel gar nichts mehr, außer dass er den ganzen Abend Fernsehen geschaut hätte und die Göre ihm bloß unbedingt etwas anhängen wolle. Staißer glaubte ihm kein Sterbenswörtchen, aber es stand Aussage gegen Aussage.

Auch der erneute Besuch bei Vera König hatte nichts Neues ergeben. Sie hatte bestätigt, dass der Unfall auf dem Bild, der Unfall war, in den sie vor einem Jahr mit ihrem Mann verwickelt gewesen war. Mit Andreas Sprangel hatte sie seit der gerichtlichen Anordnung keinen Kontakt mehr gehabt und ihr Mann sowieso nicht. Noelias Mutter hatte ihr schon davon berichtet, was ihrer Tochter zugestoßen war und sie und Laureen wollten gleich nach der Schule ins Krankenhaus fahren. Aber auf Staißers Frage, ob Vera König sich vorstellen könnte, dass ihr Exmann zu so etwas fähig sein könnte, hatte sie bloß mit einem hilflosen Schulterzucken geantwortet. Sie habe ihn ewig nicht gesehen und keine Ahnung, wie er sich im Laufe der Jahre entwickelt hätte. „Ich verstehe es einfach nicht", maulte Hendrik. „Wir sind so nahe dran. So nahe." Staißer stimmte ihm zu. Solange Andreas Sprangel seinen Mund nicht aufmachte, konnte sie eigentlich nichts tun. „Wir befragen ihn einfach nochmal. Hendrik brummte bloß etwas Unverständliches und sah genervt aus dem Fenster.

Die Gestalt, die sich vor dem Präsidium herumdrückte, erkannte Staißer schon von Weitem. Kyano Iryani. Er sah nicht gut aus. Müde und abgekämpft. Seine Augen glänzten und er biss sich immer wieder auf die Unterlippe. „Hallo, ich... ich muss mit Ihnen reden." Seine Stimme klang unsicher. „Natürlich", nickte Staißer. „Kommen Sie mit." Kyano folgte den beiden Kommissaren in einen kleinen Raum. „Na dann." Staißer lächelte ihn aufmunternd an. „Erzählen Sie." Kyano knetete unruhig seine Hände und sah gequält zwischen Staißer und Hendrik hin und her. „Ich weiß nicht richtig, wie ich anfangen soll", murmelte er. „Eigentlich wollte ich das nicht tun. Aber als ich das mit Noelia erfahren habe. Ich habe mich in sie verliebt", sagte er mit vor Tränen erstickter Stimme. „Ich wollte nie, dass es so weit kommt." „Das was soweit kommt", fragte Staißer mit ruhiger Stimme. Er spürte, dass er Junge etwas wirklich Wichtiges zu sagen hatte. „Ich hab es gesehen", flüsterte Kyano. „Ich habe gesehen, wie sie ihn rausgetragen haben." „Wer ist sie?", bohrte Staißer nach, obwohl er es sich mittlerweile selbst denken konnte." „Vera. Vera und Laureen." Seine Stimme klang heiser. „Ich habe gesehen, wie sie aus dem Haus gekommen sind. Mit der... der Leiche." Es schüttelte ihn kurz. „Warum sind Sie nicht direkt zur Polizei gegangen?", fragte Hendrik ungläubig. „Kyano lachte bitter. „Denken Sie Vera hätte mich nicht gesehen? Oh doch, das hat sie. Ist direkt zu mir gekommen und meinte, dass mir auf der Stelle das Gleiche passieren würde, würde ich sie verraten. Und so irre, wie sie in dem Moment aussah, hab ich ihr das auch geglaubt. Außerdem hätte ich ja meinen Job verloren, wenn Vera ins Gefängnis gegangen wäre. Und ohne Job hätte ich doch wahrscheinlich zurückgemusst. Zu meiner Familie." Staißer verkniff sich die Bemerkung, dass das so nicht ganz stimmte, aber er konnte verstehen, dass ein 19-jähriger, der noch nicht lange in Deutschland war, so dachte. Hendrik neben ihm war baff. „Aber was ist mit dem Zahnarzttermin? Den hatten Sie doch zu der Zeit, zu der Sie normalerweise gärtnern." Kyano nickte. „Das stimmt auch. Aber ich bin extra danach noch für zwei Stunden, von 16 bis 18 Uhr zum Arbeiten zu den Königs gefahren. Das konnte ich Ihnen aber schlecht sagen." Er senkte den Kopf „Es ist mir egal, wenn ich jetzt ins Gefängnis komme. Solange ich weiß, dass Noelia nichts mehr passiert."

Als er wieder hochschaute, lag Entschlossenheit in seinem Blick. „Sie kommen nicht ins Gefängnis", beruhigte Staißer ihn. „Da Sie nicht aktiv am Mord beteiligt waren und Vera Ihnen gedroht hat, wird nicht mehr als eine Verwarnung ausgesprochen." „Aber warum war denn überhaupt Noelia in Gefahr?", mischte Hendrik sich wieder ein. Kyano starrte an die gegenüberliegende Wand. „Liebe macht schwach, hat mein Opa immer gesagt. Ich nehme an Vera hatte Angst, dass ich Noelia etwas erzählen würde. Deshalb wurde ich mehrmals dran erinnert, dass ich keinerlei Kontakt zu ihr haben sollte." „Ich nehme an, das", Staißer wies auf das mit Blutergüssen übersäte Gesicht des Jungen, "ist eine der Erinnerungen." Kyano nickte. „Wer das war... keine Ahnung, aber ich glaube, es war dieselbe Person, die Noelia zusammengeschlagen hat, weil sie sich in den Kopf gesetzt hatte, etwas rauszufinden." „Das macht Sinn", murmelte Hendrik. Staißer hatte einen ziemlich starken Verdacht, dass dieser Schläger gerade bei ihnen in Untersuchungshaft war. Aber jetzt galt es erst einmal, Vera und ihrer Tochter einen Besuch abzustatten.

„Wow." Hendrik schüttelte ungläubig den Kopf. „Die Irre hat echt ihren Mann getötet. Und uns die ganze Zeit was vorgespielt. Ich fasse es nicht." Staißer stimmte seinem Kollegen zu. Vera König schien ganz und gar nicht die Frau zu sein, für die man sie hielt. Kyano war noch auf dem Präsidium geblieben, um seine Aussagen zu Protokoll zu geben.
Dass das Auto nicht vor der Villa stand, machte Staißer stutzig. Irgendetwas stimmte nicht. Und mit seinem Instinkt hatte er wieder mal Recht. Zweimal durchkämmten die Kommissare das Haus, allerdings ohne Erfolg. Vera hatte wohl schon geahnt, dass es nach der Verhaftung von Andreas Sprangel nicht mehr lange dauern würde, bis man ihr auf die Schliche kam. Hendrik war schon dabei, eine Fahndung aufzugeben. Staißer zerbrach sich den Kopf darüber, wo die beiden wohl sein konnten, aber ihm fiel partout nichts ein.
Dass sie das Auto entdeckten war reines Glück. Staißer hätte es wahrscheinlich sogar übersehen, aber Hendrik mit seinen Argusaugen hatte es direkt am Waldrand erspäht. Schlecht versteckt hinter einer Eiche. Derselbe Wald, in dem man Martin Königs Leiche gefunden

hatte. Staißer stellten sich die Nackenhaare auf, als sie ihn betraten. Die Dienstwaffe hatten sie in der Hand und Verstärkung war gerufen. Er war sich sicher, dass Vera König sich nicht kampflos ergeben würde. Obwohl es erst Mittag war, war es im Schatten der Bäume dämmrig. Und still war es. Totenstill. Kein einziger Windstoß, der an den Bäumen rüttelte. Staißer glaubte kaum, dass sich Vera hier irgendwo hinter einem Baum versteckte, wo sie die Spürhunde direkt finden konnten. Der Weg, den die beiden einschlugen, führte zum See. Der See, in dem das Auto von Martin König gefunden worden war. Staißer sah sich um. Es gab zwei Stege, die aufs Wasser hinausführten. Neben dem einen stand eine kleine Hütte, in der allerlei Krimskrams aufbewahrt wurde. Fischernetzte und Bojen. Die Tür war nur angelehnt. Hendrik folgte Staißers Blick und nickte. Die beiden näherten sich langsam der Hütte. Staißer stieß die Tür auf, die Dienstwaffe fest umklammert. „Ich habe mir gedacht, dass sie schon bald kommen würden." Vera Königs Stimme klang ruhig. Sie stand an die hinterste Wand gepresst. In der Hand ein Messer. Ein Küchenmesser mit spitzer Klinge. „Wenn Sie wussten, dass wir Sie finden würden, warum haben Sie sich dann hier versteckt?" Staißers Stimme klang ruhig und fest. „Es ging eigentlich nie darum mich zu schützen." Ihre Gesichtsausdruck wurde sentimental. „Ich wollte immer nur meine Tochter schützen. Und sehen Sie die vielleicht hier irgendwo?" Sie machte eine unbestimmte Hand-bewegung. „Frau König, lassen Sie jetzt das Messer fallen. Das hat doch alles keinen Sinn mehr." Vera König lachte höhnisch. „Ich bin so weit gekommen. Ich werde jetzt nicht so einfach aufgeben." Sie machte einen Schritt auf die Kommissare zu. „Wissen Sie, ich wollte ihn gar nicht umbringen. Eigentlich war das alles nur ein doofer Unfall. Aber danach musste ich handeln." „Frau König." Hendrik war laut geworden. „Machen Sie es nicht noch schlimmer. Legen Sie sofort das Messer weg!" Ihre Augen blitzten auf. „Und wenn sie mich erschießen, ich werde mich nicht ergeben." Noch bevor die beiden reagieren konnten, warf sie das Messer mit Wucht in Hendriks Richtung. Im selben Moment zielte Staißer ein Stück tiefer und drückte den Abzug. Es knallte und Staißer hatte das Gefühl sein Trommelfell zerbarst. Hendrik und Vera König sanken fast gleichzeitig zu Boden. Das Messer hatte sich zum Glück nicht tief in Hendriks Arm gebohrt und mit einem satten Schmatzen zog er es wieder heraus. Sein Gesicht sah schmerzverzerrt aus und er drückte seine Hand auf die Wunde, aus der Blut quoll. Staißer eilte zu Vera König hinüber. Sie saß mit den Rücken an die Wand gelehnt und hielt ihren Oberschenkel umklammert. „Sie Schwein", presste sie noch zwischen ihren zusammengebissenen Zähnen bevor, bevor sie vor Schmerz zur Seite kippte. Staißer fing sie gerade noch rechtzeitig auf und kramte sein Handy hervor. Den Notarzt und Verstärkung orderte er mit einer monotonen Stimme her, die nicht seine eigene sein konnte. Er fühlte sich seltsam. Schwummerig. In seinen Ohren summte es und vor seinen Augen tanzten Punkte umher. Auch wenn er nichts falsch gemacht hatte, fühlte er sich wie ein Verbrecher. Noch nie hatte er seine Waffe benutzen müssen. Und auch wenn es richtig gewesen war, fühlte er sich nicht wohl in seiner Haut.

15. Kapitel 24.05.20 Freitag

„Ludwig hier bin ich. Luuudwiiig." Staißer drehte sich um. Hendrik kam auf ihn zugelaufen. Freudig winkend mit dem Arm, den er gestern noch vor Schmerzen umklammern musste. Staißer fiel ein Stein vom Herzen, als er seinen Kollegen so unbeschwert auf ihn zukommen sah. Der Notarzt hatte ihm zwar gestern schon versichert, dass Hendrik schon bald wie neu sein würde. Aber trotzdem hatte er die ganze Nacht wach gelegen und sich hin und her gewälzt. Obwohl er sogar im gemütlich weichen Ehebett hatte schlafen können, als er Ellie von ihrem Einsatz erzählt hatte. Sie war so besorgt gewesen, dass sie die ganze Nacht darauf bestanden hatte, in seinem Arm zu liegen. Staißer begrüßte Hendrik, der ihm stolz seine Narbe zeigte. „Fünf Stiche. Nur doll belasten soll ich ihn noch nicht." „Na das musst du heute ja auch nicht", meinte Staißer. Heute stand die Befragung von Vera König an. Sie lag noch im Krankenhaus, aber auch ihre Verletzung verheilte gut und würde ihr keine Probleme bereiten. Und genauso, wie ihre Mutter und ihre beste Freundin, lag Laureen ebenfalls im Krankenhaus. Ernsthafte Verletzungen hatte sie nicht, aber einen gewaltigen Schock.

Staißers Kollegen hatten sie gestern im Wald gefunden. Hinter einem Baum hockend. Mit verheultem Gesicht und der Anweisung ihrer Mutter sich nicht vom Fleck zu rühren... Um sie zu schützen. Wie schützend es letztendlich gewesen war, darüber konnte man streiten. In Vera Königs Blick lag Feindseligkeit, als die beiden Kommissare in ihr Zimmer traten. „Was wollen Sie denn hier?", fuhr sie die beiden an. „Wir sind da, um sie zu verhören, Frau König", lächelte Staißer geduldig. „Und es wäre freundlich, wenn sie uns endlich die Wahrheit sagen würden." Die Frau drehte ihren Kopf störrisch zur Seite und würdigte die beiden keines Blickes. Nach ein paar Minuten seufzte sie schließlich. „Es war wirklich nur ein Unfall. Das müssen Sie mir glauben." „Frau König, was genau ist am 11. Mai passiert?" Sie seufzte wieder und sah aus dem Fenster. Ihr Blick verlor sich in der Ferne. „Er kam wie immer nach dem Tennis nach Hause. So um halb sechs. Und dann haben wir uns gestritten. Das hatten wir auch schon öfter in letzter Zeit. Jedes Mal habe ich klein beigegeben." Wut schlich sich in ihren Blick. „Es kam schon öfter vor, dass er mich geschlagen hat. Aber diesmal hab ich mich gewehrt. Und ihn von mir gestoßen. Er war so überrascht, dass er nach hinten gefallen ist und sich den Kopf an der Tischkante gestoßen hat. Tot war er noch nicht, er hat nämlich noch so geröchelt und seine Augen haben mich angestarrt, aber ich wusste, dass wenn er überleben sollte, er mich ins Gefängnis bringen würde." Staißer wurde stutzig. „Warum sollte er Sie ins Gefängnis bringen?" Vera schluckte. „Das Bild", sagte sie mit tonloser Stimme. „Nicht Martin ist an diesem Abend gefahren, sondern ich. Ich habe zu spät reagiert und den Jungen überfahren. Ich war kurz davor, den Krankenwagen zu rufen, aber Martin hat mir eingebläut, dass sie mich ins Gefängnis stecken würden. Und ich hab doch eine Tochter." Tränen traten in ihre Augen. „Das Bild muss er wohl gemacht haben, als ich neben dem Jungen gekniet habe. Gemerkt habe ich davon nichts. Aber nach dem Unfall konnte er so ziemlich alles mit mir machen, was er wollte. Ich war seine Marionette." „Aber warum haben sie sich denn nicht gewehrt?", fragte Hendrik. „Vera sah ihn zornig an. „Er hat mir jedes Mal klar gemacht, dass wenn ich mich ihm widersetzten würde, er genügend Beweise hätte, dass ich ins Gefängnis komme. Und das habe ich ihm geglaubt. Verstehen Sie? Hätte ich mich ihm widersetzt, wäre er schnurstracks zur Polizei und hätte mich mit Hilfe des Bildes verraten." „Aber warum hat er das Bild, bei Kathy Bolthen aufgehoben?" Hendrik sah verwundert aus. „Er hat es ja erst eine Zeit lang mit sich rumgetragen. Aber er hatte wohl Angst, dass ich sein Handy und seinen Laptop durchsuche, was ich ein paarmal getan habe, aber leider zu spät. Tja, und dann hat er die Frau gefunden, die ihn vergöttert. Und die alles für ihn getan hätte." Sie schnaubte. „Dieser Mistkerl!" „Was ist dann passiert?", wollte Staißer wissen. „Mir war jedenfalls klar, dass er, nachdem ich ihn gestoßen hatte, zur Polizei gehen würde und das konnte ich nicht zulassen. Ich war eh gerade am Kochen und das Messer lag da und dann." Sie schwieg einen Moment. „Dann habe ich es genommen und einfach auf ihn eingestochen. Mit all der Wut, die sich in mir aufgestaut hat. Erst danach ist mir klar geworden, was ich getan hatte. Aber dann war es schon passiert." „Was ist mit ihrer Tochter gewesen?", fragte Staißer. „Die stand auf einmal im Türrahmen. Sie hatte auch schon gemerkt, dass Martin mich seit langer Zeit, wie seine Sklavin behandelte. Warum wusste sie nicht. Vom Autounfall habe ich ihr nie irgendetwas erzählt. Nur dass Martin wieder mal gewalttätig geworden war und ich mich hatte verteidigen müssen. Und das hat ihr schon an Erklärung gereicht. Ich war immerhin ihre Mutter. „Und dann?" Hendrik hatte sich mit offenem Mund nach vorne gebeugt. „Dann haben wir ihn gepackt und zum Auto geschleift. Natürlich mit Handschuhen." „Und dabei hat Kyano Iyrani sie gesehen und sie haben ihm gedroht?", unterbrach Staißer sie. Vera zuckte mit den Schultern. „Ich konnte es mir nicht leisten, dass ein einfacher Gärtner mich aufliegen lässt. Ab diesem Moment ging es nur noch um meine Tochter und mich. Wir haben Martins Leiche in seinem Auto in den Wald gefahren und ihn dort vergraben. Das Auto im See zu versenken war auch nicht weiter schwer. Und als wir wieder zu Hause waren, haben wir alles sauber gemacht, geduscht und bis zum nächsten Morgen gewartet, bis wir die Polizei riefen. Und ab da ging dann das gesamte Schauspiel los." Sie seufzte mit einem Unterton der Genugtuung. „Es war eigentlich der perfekte Plan. Sogar die zwei abgehackten Finger waren geplant. Es war zwar unnötig, hatte aber wunderbar für Verwirrung gesorgt und die Spur von uns abgelenkt, als Kyano sie vor unsere Haustür gestellt hat. Laureen hat es so geekelt, dass sie das sich Übergeben gar nicht spielen musste." Vera König lächelte zufrieden. „Dieses Gefühl von Macht war berauschend. Klar, am Anfang habe ich die Angst mit mir rumgetragen und die Schuld, aber nach und nach hat sie nachgelassen und es hat direkt Spaß gemacht, alle im Dunkeln herumtappen zu sehen und Spielchen mit ihnen zu spielen. Alles wäre gut gewesen, hätte ich nicht ausgerechnet dann von Martins Affäre erfahren." Ihr Blick verdüsterte sich. „Als Sie mir von ihr erzählt haben war ich so sauer. Verstehen sie? Obwohl ich Martin gehasst hab, habe ich ihn geliebt. Er hat mir gehört. Und dann kommen Sie und erzählen mir, dass es noch eine andere Frau gegeben hat. Ich musste einfach wissen, wer. Und mir war klar, dass sein bester Freund von Martins Machenschaften wusste. Also hab ich ihn mir am Tag der Beerdigung geschnappt und Frank, dieses Weichei, hat natürlich alles gebeichtet. Der hat natürlich jedes Mal mit angesehen, wie Martin in irgendeiner schmuddeligen Bar mit diesem Flittchen rummachte. Und hat er je was gesagt? Natürlich nicht. Und noch am selben Tag hab ich dann ihre Adresse rausgekriegt und bin bei ihr vorbeigefahren." „Aber was hätte das denn genützt", mischte Hendrik sich ein. „Martin König war schon tot. Die Affäre war vorbei." Veras Augen fixierten ihn scharf. „Ich musste sie sehen. Ich musste einfach. Die Frau, wegen der mein Mann untreu geworden ist. Und als ich sie dann gesehen habe. Da hätte ich fast lachen können. Die gefärbten Haare und Tattoos. Bemitleidenswert. Aber das Lachen ist mir im Hals stecken geblieben, als ich gesehen habe, dass sie schwanger war. Und dabei hatte er mir immer erzählt, dass ein zweites Kind für ihn nie in Frage kommen würde. Ich hätte ihr am liebsten den Hals umgedreht. Ihr und dieser Missgeburt, die da in ihr heranwuchs." „Was hat sie davon abgehalten?", fragte Staißer und beugte sich nach vorne. „Sie hat mir meine Gefühle wohl angesehen", zischte Vera. „Sie hat mir gedroht. Sie mir! Das müssen sie sich mal vorstellen. Hat irgendwas davon gefaselt, dass Martin ihr ein ziemlich wertvolles Bild anvertraut hätte. Und wenn ich nicht wollte, dass alle Welt wüsste, dass ich einen kleinen Jungen umgebracht hatte, solle ich sie besser in Ruhe lassen. Also bin ich erst mal wieder nach Hause gefahren. Ich hätte ihr nichts antun können. Erstens, da sie das Bild gegen mich in der Hand hatte und zweitens, da ein Mord an ihr ja direkt auf mich zurückzuführen wäre. Immerhin war sie die Geliebte meines Mannes. Also musste es jemand anders tun." „Und so kam Andreas Sprangel ins Spiel", meinte Staißer und schüttelte fassungslos den Kopf. „Wie sind sie nach all den Jahren auf ihren Exmann gekommen?" „Durch eine einfache E-Mail. Er hat mir geschrieben, dass er von dem Mord gehört hat. Er wollte wissen, wie es mir geht und wollte wissen, ob ich so ein rothaariges Mädchen kennen würde, das sich als Freundin von Laureen ausgegeben hätte und ihm sogar bis in die Therapiepraxis hinterhergelaufen sei. Mir war sofort klar, dass das Noelia sein müsse, aber darum wollte ich mich später kümmern. Ich wusste, dass Andreas immer nur zwei Sachen wollte. Dass ich wieder zu ihm zurückkam und dass er seine Tochter kennenlernen konnte. Und ich habe ihm versprochen, dass er seine Tochter kennenlernen durfte, wenn er mir einen Gefallen tat. Dieser Dummkopf hat natürlich sofort eingewilligt. Der hatte ja nie ein Gefühl für Falsch und Richtig. Aber mir kam das gerade Recht. Ich hab ihm nur das Nötigste verraten. Dass diese Frau ein Bild besitzen würde, das ihr nicht zustehe. Und dass er ruhig überzeugend sein dürfte. Die Interpretationsweise von überzeugend habe ich ihm überlassen. Dass sie sich gleich umbringt konnte ich ja nicht wissen." Sie widerte Staißer an. Ihre ganze Art, wie sie da so selbstgefällig in ihrem Bett thronte. „Und dann haben sie Andreas Sprangel weiter angeheuert", machte Hendrik weiter. Vera nickte. „Obwohl ich Kyano schon gewarnt hatte, dass, etwas passieren würde, wenn er sich nicht von Noelia fernhielte, hat er nicht auf mich gehört. Ich hatte Angst, dass er sich verplappert. Und das konnte ich mir nicht leisten. Also habe ich Andreas einfach ein weiteres Treffen mit Laureen in Aussicht gestellt und er hat getan, was ich wollte. Und zwar Kyano ordentlich zu verprügeln. Hätte er das bei Noelia gemacht wäre es wahrscheinlich wirkungsvoller gewesen und dieser dämliche Gärtner hätte verstanden, dass ich nicht spaße. Aber sie war immerhin noch die Freundin meiner Tochter. Also habe ich sie in Ruhe gelassen und gehofft, dass es für Kyano Warnung genug wäre und Noelia ihre kindischen Ermittlungen schließlich sein ließe. Dass

Andreas sie dann doch noch ausschalten musste, war gar nicht geplant. Aber was hätte er sonst tun sollen? Sie wäre doch direkt zur Polizei gegangen." „Nun ja, das mit dem Ausschalten hat letzten Endes doch nicht so funktioniert. Lässt der Idiot sie auch quasi direkt vor der eigenen Türe liegen." Hendrik stand auf und ging zur Tür. Staißer folgte ihm. „Wenn Sie wieder vollkommen genesen sind, können Sie sich auf ihren Prozess gefasst machen. Einen schönen Tag noch." „Ich bin eigentlich nicht so." Staißer drehte sich um. Sie hatte sich aufgesetzt und ein Flehen lag in ihren Augen. „Ich war mal eine glückliche Frau. Ich hatte Freunde und eine wunderbare Tochter. Ich… ich habe mich einfach nur in den falschen Mann verliebt." Staißer holte Luft, als ob er was sagen wollte, entschied sich dann aber dagegen und schloss die Tür hinter sich. Vera König hatte ihr Schicksal selbst gewählt.

Vor dem Krankenhaus musste er erst einmal tief Luft holen. Es war vorbei. Der Fall, der ihn Tage und Nächte wachgehalten hatte war vorbei. Andreas Sprangel hatte, sobald er hörte, dass Vera König verhaftet worden war, alles gestanden. Die krankhafte Liebe zu einer Frau, die ihn nur benutzt hatte, war ihm zum Verhängnis geworden. Und auch Laureens Aussagen deckten sich mit der ihrer Mutter. Während Vera König und Andreas Sprangel direkt ins Gefängnis wandern würden, würde das junge Mädchen wohl noch länger in psychiatrische Behandlung kommen. Kyano Iyrani war gerade so noch ohne eine gravierende Strafe davongekommen. Staißer hoffte für ihn, dass er eine neue Arbeit fand und sich ein neues Leben aufbauen konnte. „Kommst du?" Hendrik sah fragend zu seinem Kollegen hinüber. Staißer nickte. Der Himmel war blau und die Sonne linste zwischen den Wolken hervor. Alles war gut.

8 Tage später

Gott, diese Krücken machten mich verrückt. Ich humpelte wie eine 80-jährige. Auch meine Eltern, die immer wieder betonten, dass ich das doch schon super machte, regten mich mittlerweile auf. Heute waren sie nicht da und auch sonst waren keine weiteren Patienten im Garten des Krankenhaus zu sehen. Die ersten Strahlen der Junisonne kitzelten meine Haut und ich stakse hinüber zur Bank. Mit einem erleichterten Seufzer ließ ich mich auf die weichen Polster sinken. Auch wenn mein Kopf, sowie die OP-Narbe ziemlich gut verheilte, schmerzte mein Knöchel beim Belasten noch ziemlich. Ich hielt meine Nase in die Sonnenstrahlen und schloss die Augen. So viel war passiert. Die beste Freundin meiner Mutter hatte sich als komplett irre, als Mörderin rausgestellt und auch Laureen war nicht die, für die ich sie gehalten hatte. Gesehen hatte ich die beiden nicht noch einmal. Vera saß mittlerweile wohl im Knast zusammen mit ihrem durchgeknallten Exmann und Laureen hatte ein Zimmer in der Kinder- und Jugendpsychiatrie in der Nachbarstadt. Aber es war mir recht so. Kontakt wollte ich keinen mehr zu ihnen. Helena und Lilly, die mich regelmäßig besuchten, waren genauso geschockt, als sie von Vera und Laureens Taten erfuhren.

Zu Kyano: den hatte ich ebenfalls nicht mehr gesehen und der Riss in meinem Herzen war zu einer feinen Narbe verheilt. Der ältere Kommissar hatte mich darüber aufgeklärt, wie er in den Fall verstrickt gewesen war. Machte das die Tatsache besser, dass er mich belogen hatte? Ich wusste es nicht. Ich versuchte nicht mehr viel an ihn zu denken. Auch wenn ich manchmal in meinen Träumen…

Ein Schatten fiel über mich. Ich wollte mich schon beschweren, als ich sie sah. Ein Paar rauchgraue Augen. Ich schluckte und stellte mich mühsam hin. All der Schmerz und die Wut darüber, dass er mich verlassen hatte, war vergessen. Es gab nur noch uns beide. Der Garten löste sich auf und bloß er hielt mich noch im Hier und Jetzt. Dieses Gefühl weckte alte Erinnerungen. Ich wusste nicht, was ich sagen sollte. Aber vielleicht musste ich das ja auch gar nicht. „Noelia." Seine Stimme klang rau. „Es gibt keine Worte dafür, wie sehr mir das alles leidtut. Ich weiß, dass eine Entschuldigung allein nicht reicht, aber ich will nur, dass du weißt, wie viel du mir bedeutest. Und aus dem Grund wollte ich dich auch beschützen. Weil du ohne mich das alles hättest gar nicht durchmachen müssen. Ich wünschte, es wäre anders gekommen." Er drückte mir einen Zettel in die Hand. Für eine Millisekunde spürte ich die Wärme seiner Hand. Es fühlte sich richtig an. Seine Augen suchten meine. Es war ein flüchtiger Kuss, in dem doch alle Gefühle lagen, die sich in den letzten Wochen aufgestaut hatten. Ich wusste, dass es unser letzter war. Und ich wusste auch, dass ich nie wieder solche starken Gefühle haben würde. Als wüsste er das auch, strich er mir noch ein letztes Mal über die Wange und ging. Endgültig. Ich setzte mich auf die Bank. Es war richtig so. Jedenfalls glaubte ich das. Ich verstand, dass er sich von mir abgewandt hatte, um mich nicht noch weiteren Gefahren auszusetzen. Und doch schmerzte es. Das Papier knisterte in meiner Hand. Ich strich es glatt, um zu lesen. Und dabei flossen Tränen meine Wange hinunter. Die Tränen, die ich doch so gut versteckt gehalten hatte. Zusammen mit einem zarten Lächeln breiteten sie sich auf meinem Gesicht aus. Vielleicht würde ich ja doch wieder glücklich werden. Irgendwann…

Noelia
Das schönste Mädchen, das ich kenne
Wie kannst du mich so glücklich machen?
Mich meine Fehler vergessen lassen?
Du siehst mich wie kein anderer
Bist für mich das Mädchen meiner Träume
Dich zu verlieren, war der schlimmste Schmerz
Nie wollte ich, dass es so kommt
Nie wollte ich dich verletzen
Noelia bitte vergiss nie
Wie sehr ich dich liebe…

....geschrieben im Sommer 2020

Herstellung und Verlag: BoD – Books on Demand, Norderstedt
ISBN: 978-3-7526-7127-8